木馬文學 50

蘇菲的世界（上）

Sofies Verden

喬斯坦・賈德◎著
Jostein Gaarder
伍豐珍◎譯

木馬文化

馬文學 50

菲的世界（上）

ofies Verden

者　喬斯坦·賈德（Jostein Gaarder）
者　伍豐珍
長　陳蕙慧
社長　陳瀅如
編輯　戴偉傑

版　木馬文化事業股份有限公司
行　遠足文化事業股份有限公司（讀書共和國出版集團）
址　231 新北市新店區民權路 108 之 4 號 8 樓
話　02-2218-1417 傳真 02-8667-1891
ail　service@bookrep.com.tw
撥帳號　19588272 木馬文化事業股份有限公司
服專線　0800221029
律顧問　華洋法律事務所　蘇文生 律師
刷　成陽印刷股份有限公司
版一刷　2017 年 12 月
版 21 刷　2024 年 7 月
價　新台幣 499 元（上下冊不分售）
BN　978-986-359-480-2

家圖書館出版品預行編目資料

菲的世界 / 喬斯坦．賈德 (Jostein Gaarder) 著；
豐珍譯 . -- 二版 . -- 新北市：木馬文化出版：
足文化發行，2017.12
；公分 . --（木馬文學；50-51）
自：Sifies Verden
BN 978-986-359-480-2(全套：平裝)
1.457　　106022536

作者中文序

親愛的台灣讀者，

我在二十年前寫了《蘇菲的世界》這本書。回想起來，要是當年知道自己的作品將被翻譯成超過五十種語言，我會把東方哲學也納入書中，比如印度和中國豐富的哲學傳統。

這些年來，我想著想著，也覺得應該在書中多強調一些倫理或道德哲學的觀點。所以我很高興能在《蘇菲的世界》二十週年紀念版的序言中，補充自己這段時間的反思。

所有倫理學都有一個重要基礎，就是「黃金律（The Golden Rule）」，或稱互惠原則（the Principle of Reciprocity），意即己所不欲，勿施於人。然而，黃金律不能再侷限於「我們」和「他人」這樣的水平面向。我們必須瞭解，互惠原則也有垂直的面向，你希望「上一個世代」如何待你，就該如此對待「下一個世代」。

就是這麼簡單。你當愛「鄰」如己，包括在時空中和你為鄰的下一個世代，以及未來將在地球上生活的每一個後世子孫。

人類的大家庭並非同時居住在地球上。有人比我們早到，有人此刻正在這裡生活，也有人比我們晚到。然而，比我們晚生活在地球上的人，同樣是人類大家庭的一份子。試想，如果這些人比我們早生活在這顆星球，我們希望他們如何對待我們，那我們自己就必須這麼對待他們。

規則就這麼簡單。我們何其有幸，生活在如此美好的地球，無權把失色的環境交到下一代手中。要是海裡的魚兒少了，飲用的水少了，食物少了，雨林少了，珊瑚礁少了，動植物的種類少了……

地球將不再美麗！不再令人屏息！少了壯麗的景致和喜悅！

時至今日，哲學最大的勝利可能是聯合國大會於一九四八年通過的《世界人權宣言》。人權並不是老天爺所賦予我們的，也不會憑空出現。人權象徵了一段數千年蛻變過程的終點。

二十一世紀已過了十年，我們應該這麼問：如果沒有同時看重自身的「責任」，如何能要求我們的「權利」？或許我們需要一個新的人權宣言？畢竟時機已經成熟，我們現在該提出《世界人類義務宣言》了。

我們現在似乎站在一個關鍵位置，開始面對人為氣候變遷的後果；但在此同時，民意調查卻顯示，地球的居民並未真的特別關心這件事。然而，這樣全盤否定調查報告所指出的人為氣候變遷，簡直可列入全世界最大的陰謀論之一。

事實上，人類的活動使地球環境和地球上的重要基本資源都產生了重大改變，以致我們現在居住的地球進入了嶄新的地質時代，「人類世（Anthropocene）」。

在植物、動物、海洋、石油、煤礦和瓦斯之中，都有為數龐大的碳急著想被氧化，溜到大氣層中。金星、火星這類死行星的大氣層主要由二氧化碳構成，如果地球上的生物和自然環境無法抑制碳排放量，我們的地球也會陷入同樣的處境。然而，從十八世紀中期以來，地球蘊藏的化石燃料就不斷誘惑我們，彷彿阿拉丁的神燈精靈。碳悄聲說：「把我從神燈釋放出來！」而我們放任自己受到誘惑，現在卻努力想逼精靈回到神燈裡。

倘若地球上僅存的石油、煤礦和瓦斯都被開採出來，釋放到大氣層中，顯然我們的文明將無法存續。儘管如此，仍有許多人認為開採、燃燒自己國境內所有的石油、煤礦，簡直是天經地義的權利。

既然如此，那麼擁有雨林的國家，為何不能擁有這種天經地義的權利，自行決定該怎麼處置他們的雨林？

工業革命開始時，大氣層中的二氧化碳濃度是275ppm；到了今天，已增加至387ppm，而且這個數字仍持續上升，無疑將導致毀滅性的氣候變遷。

我們遲早必須試著回到工業革命前的生活水平。今年的蘇菲獎得主，優秀的美國氣候科學家詹姆斯．漢森博士（Dr. James Hansen）指出，至少在初步階段，我們必須讓二氧化碳濃度降至350ppm以下，才能確保地球和我們的文明不受到真正慘重的傷害。然而，現實趨勢卻是背道而馳。

若想成功保存我們的糧食供給和地球的生態多樣性，就必須改變我們的思考方式，來一場「哥白尼革命（Copernican Revolution）」。抱持「我們的時代」是萬物中心的想法而生活著，簡直和相信所有天體環繞地球運轉一樣天真。然而，比起往後的世世代代，我們的時代並非特別重要。對我們本身來說，自己所生活的時代當然最為重要，但我們必須考慮往後將生活在地球上的人們，對他們來說，這個時代並非關鍵。

在人與人之間，以及國家與國家的關係上，我們皆已成功脫離了未開化階段。但說到世代與世代之間的關係，我們仍處於原始的無法治狀態。

或許前人認為地球是宇宙中心的想法太過天真，但如果不認清我們只能共享唯一一個地球，反而活得像在享受許多星球的資源，不是也同樣天真嗎？

我們當然能有信仰，也有權盼望世界得到救贖。然而，我們無法確定未來是否會有一個新的天堂，和一顆新的地球；更無法確定上天是否真會安排審判日。但可以確定的是，我們有一天終將被自己的後代子孫審判。

根據互惠原則，我們使用無法再生的資源時，應該要求自己有所節制，為後代子孫做好準備。如此一來，當他們終將面對沒有這些資源的環境，也能設法應對。

道德問題不一定都難以回答，只是我們不需要答案也能苟且過日子。然而，如果我們忘了為後代子孫設想，他們將永遠不會忘記我們。

在整個宇宙中，人類或許是唯一有「宇宙意識」的生物；我的意思是，意識到自己是這整個遼闊、奧秘宇宙的一部份。這麼一想，保護我們所生活的環境，就變得不只是一種地球責任，而是「宇宙」責任。

喬斯坦·賈德　二〇一〇年六月九日　於挪威奧斯陸

不能汲取三千年歷史經驗的人，沒有未來可言。——歌德

目次

伊甸園

……事物必定曾在某個時刻，歷經從無到有的過程……

蘇菲．艾孟森走在放學回家的路上。一開始她和喬安娜一起走，路上聊著有關機器人的話題。喬安娜認為，人的大腦就像先進的電腦，但蘇菲不太敢肯定這個想法，她覺得，人應該不只是一台機器吧。

兩人走到超市那裡就分開了。蘇菲家在市郊的外圍，那裡草木蔓生，離學校的距離幾乎比喬安娜家多出一倍。附近只有蘇菲家的花園，沒有其他住宅，感覺上蘇菲好像住在世界的盡頭。再往遠處走，就會踏進森林了。

蘇菲轉進苜蓿巷，這條小路盡頭有一個急轉彎，大家稱為「船長彎」。除了週末，很少有人會經過這裡。

時間正逢五月初。在某些住戶的花園裡，果樹周圍已被一叢叢盛開的水仙環繞，樺樹也長出了嫩綠的新葉。

每年的這個時節，萬物總是生意盎然，真是奇妙！當天氣轉暖，積雪全都融化時，一大片花草樹木就在死寂的大地上繁茂生長，這是什麼力量所造成的？

蘇菲打開花園的門，順便檢查了信箱。裡面通常有很多廣告信和一些寄給媽媽的大信封。蘇菲會先把信堆在廚房的桌子上，再上樓回她的房間寫功課。

有時候，信箱裡會有一些銀行寄給爸爸的信，但是蘇菲的爸爸和別人的爸爸不一樣。他擔任一艘大油輪的船長，幾乎一整年都不在家。當他難得回家幾個星期，就會細心整理整間屋子，幫蘇菲母女把家裡打點得溫馨舒適。但當他出海工作的時候，卻彷彿距離母女倆很遙遠。

今天信箱裡只有一封信，而且是寫給蘇菲的。信封上寫著：「苜蓿巷三號，蘇菲・艾孟森收」。就只有這樣，沒有寫寄件人是誰，也沒有貼郵票。

蘇菲隨手關上花園的門，接著便拆開信封。裡面只有一小張跟信封差不多大的紙，上面寫著：你是誰？

除此之外，信紙上什麼也沒寫，只有這三個手寫的字，後面畫了一個大大的問號。

蘇菲又看了一次信封，這的確是寫給她的信。但究竟是誰把信投進信箱的？

蘇菲快步走進有著紅色外牆的家。正要關上門時，她的貓咪雪瑞卡像平常一樣，悄悄從樹叢中溜了出來，跳上門前的台階，鑽進屋裡。

每次蘇菲的媽媽心情不好，就會說他們家好像「動物園」。顧名思義，動物園裡聚集了很多動物，而蘇菲也確實養了很多心愛的動物。起初只有三隻金魚，分別叫作金冠、小紅帽和黑傑克。接著她又養了兩隻鸚哥，叫史密特和史摩兒，然後又養了一隻叫葛文達的烏龜，最後是貓咪雪瑞卡。這些動物都是爸媽給她的，因為媽媽總是傍晚才能下班回家，而爸爸又常離家到各地航行。

蘇菲把書包扔在地上，然後盛了一碗貓食給雪瑞卡。接著就坐在廚房的凳子上，手裡拿著那封神秘的信。

你是誰？

她不知道。她的名字叫蘇菲．艾孟森，這是肯定的，但蘇菲．艾孟森又是誰呢？她還沒有想出來——至少目前還不知道。

要是爸媽幫她取了別的名字呢？比方說安妮．納特森。這樣一來，她會不會變成了別人？

蘇菲忽然想起，爸爸原本要叫她莉莉。她開始想像自己和別人握手，並介紹說「我叫莉莉．艾孟森」，但卻感覺很不對勁，好像在聽別人自我介紹一樣。

她很快坐了起來，拿著那封奇怪的信走進浴室，站在鏡子前凝視自己的雙眼。

「我是蘇菲．艾孟森。」她說。

鏡子裡的女孩沒有反應，連眼睛也沒眨一下。蘇菲做任何動作，她就依樣畫葫蘆。蘇菲想讓鏡中的影像趕不上自己，於是迅速做了一個動作，但那個女孩卻和她同樣敏捷。

「妳是誰？」蘇菲問道。

鏡子裡的女孩依然不回答。在那一瞬間，蘇菲忽然感到很困惑，究竟問問題的人是她，還是鏡中的倒影呢？

蘇菲伸出食指，點著鏡中的鼻子說：「妳是我。」

對方仍然沒有回應，於是蘇菲把問題反過來說：「我是妳。」

蘇菲常常覺得自己長得不好看。她的一雙杏眼經常被誇漂亮，但大家可能只是因為她的鼻子太小、嘴巴又有點太大，才會稱讚她的眼睛。而且她的耳朵和眼睛距離也太近了。最糟的是她的頭髮很直，幾乎不能做什麼造型。有時爸爸聽完一首德布西的曲子，就會摸摸她的頭髮，叫她「亞麻色頭髮的少女」。① 爸爸當然覺得沒關係，因為這頭死板的直髮不是長在他頭上。無論是造型慕絲或髮膠，都完全無法改變蘇菲的髮型。有時候她覺得自己好醜，大概是一出生就有點變形了吧。媽媽總是說她當年生蘇菲的時候有多辛苦，但是，一個人的長相真的就這樣決定了嗎？

她竟然不曉得自己是誰，這不是很奇怪嗎？而且她完全無法選擇自己的長相，這很不合理吧？她被迫接受自己的模樣。她可以選擇要和誰作朋友，卻不能選擇自己要成為什麼人。她連自己要不要做個「人」都沒得選。

人是什麼？

她再次抬起頭，望著鏡子裡的女孩。

「我要去樓上寫生物課的作業。」她的語氣聽起來，簡直像是在道歉一樣。她才剛到了走廊，心裡就想：「算了，我還是去花園吧。」

「貓咪！貓咪！貓咪！」

蘇菲追著貓咪跑出門，來到門前的階梯，接著隨手把前門關上。

蘇菲站在花園的石子路上，手中拿著那封神秘的信，心中浮現一股前所未有的奇異感受。她覺得自己好像一個玩偶，眼前有根魔杖一揮，就忽然被賦予了生命。

此刻她身處這個世界，四處漫遊，展開美妙的探險，這不是很令人驚奇嗎？

雪瑞卡輕巧地躍過石子路，快步溜進濃密的紅醋栗樹叢裡。雪瑞卡很活潑，有著一身光亮的毛，從白色的鬍鬚到搖擺的尾巴都充滿了生氣。牠現在也來到了花園，但卻沒有像蘇菲一樣意識到這件事情。

蘇菲開始思考「活著」這件事情，同時也漸漸瞭解到，她不會永遠活著。她心想：「我現在活在這個世界上，但是有一天我會死去。」

人死了之後還有生命嗎？這也是貓咪不會想到的問題，牠可真有福氣。

不久之前，蘇菲的祖母才剛剛去世。這六個多月以來，蘇菲每天都好想念她。生命為什麼要結束？這真是不公平！

蘇菲站在石子路上想事情。她專心思考著生命的意義，想藉此忘掉自己不會永遠活著。但這是不可能的。只要她開始專心思索活著這件事，腦中就會立刻浮現死亡的念頭。反之亦然：只有當她強烈地意識到自己有一天會死去，才能體會到活著的美好。這兩件事情就像錢幣的正反面，在她手中不斷地翻轉，當其中一面變得更大、更清晰，另一面也會逐漸清楚起來。

「若沒有意識到人終有一天會死去，就無法體會活著的滋味。」她心想。然而，如果你不覺得活著是多麼不可思議而美妙，那也同樣無法瞭解人終究會死去的事實。

蘇菲還記得，醫生告訴祖母她生病的時候，祖母曾說過同樣的話。她是這麼說的：「直到現在，我才體認到生命的可貴。」

大部分的人總要等到生了病，才會瞭解活著就是一種福氣。這不是很悲哀嗎？或許他們也要等到在信箱裡發現一封神秘的信，才會領悟到這一點。

也許她該去看看有沒有新的來信。蘇菲快步走到花園的入口，查看綠色的信箱，很訝異地發現裡面竟然有另一個白色信封，就和第一封完全一樣。可是，她拿走第一封信的時候，信箱裡明明是空的！這封信上也寫著她的名字。她把信拆開，拿出一張和第一封信同樣大小的便條紙。

世界從何而來？紙上這麼寫。

「我不知道。」蘇菲心想。當然不會有人真的知道世界從何而來，但蘇菲認為這是一個好問題。她生平第一次覺得，活在這個世界上，至少該問問「世界從何而來」吧，否則真是說不過去。

神秘的來信讓蘇菲感到頭昏腦脹。她決定去祕密基地坐一下。

基地是蘇菲最隱密的藏身之處。每當她生氣、難過，或是很高興的時候，就會到這裡來。但今天，她只是覺得困惑才來這裡。

蘇菲家的紅房子座落在一整個大花園中。四周滿是花圃，各種不同的果樹也結實纍纍，還有一整片寬廣的草坪，上面有一架鞦韆和一座小涼亭。當初奶奶的第一個孩子出生才幾周後就夭折，於是爺爺為奶奶蓋了這座涼亭。夭折的孩子名叫瑪麗，她的墓碑上寫著：「小瑪麗到訪，寒暄，又迅速離去。」

花園裡有一個小小的角落，就在覆盆子樹叢的後方，那兒只有一片濃密的灌木，完全沒有花朵和果樹。其實那裡原本有一道樹籬，算是分隔花園和森林的界線，但因為二十年來都沒有人修剪，早已長成一大片糾結的樹叢，根本走不過去。以前奶奶常常說，打仗的時候，家裡的雞在花園裡放養，有了這道樹籬，牠們比較不會被狐狸捉到。

除了蘇菲之外，所有人都覺得老樹籬就像花園另一頭的兔籠一樣，毫無用處。但這只是因為大家都還沒發現蘇菲的祕密。

蘇菲從懂事以來，就知道樹籬中有一個小小的洞。只要她爬過小洞，就會抵達灌木叢裡的大洞穴。大洞穴就像一個小小的屋子。蘇菲知道，沒有人會發現她在那兒。

蘇菲手裡緊握著兩封信，跑過整個花園，接著趴了下來，扭動身體，鑽進樹籬的小洞。祕密基地的空間夠高，平常她在裡面可以勉強站直起來，但她今天卻在糾結的樹根上坐著。從這個角度，她可以透過枝葉之間小小的隙縫往外窺看。雖然這些縫隙比一枚錢幣還小，她還是能清楚看見整座花園。她小的時候，很喜歡躲在祕密基地，偷看爸媽在樹叢裡找她的樣子，覺得很好玩。

蘇菲總覺得這個花園自成一個世界。每次一聽到聖經的伊甸園故事，她就會像自己坐在祕密基地，觀察屬於她的小小樂園。

世界從何而來？

她不知道。她曉得這個世界只是太空中的一個小小星球。但太空又是從何而來呢？

太空很可能一直都存在。這樣一來，她就不需要思考太空從哪兒來了。但是，事物有可能本來就存在嗎？她內心深處有一個念頭說不可能。眼前的所有事物，必然是從某個時候才開始存在吧？所以說，太空一定是在某個時刻由別的事物所形成的。

然而，如果太空是由其他事物所形成的，那個東西必定也是從其他東西所變成的。蘇菲覺得自己只是在拖延問題。事物必定曾在某個時刻，歷經從無到有的過程。但是，真的可能嗎？這簡直和「世界一直存在」的看法一樣令人無法置信吧！

學校在課堂上教過，世界是上帝所創造的。蘇菲為了安慰自己，努力相信這就是整個問題最好的解答。但她又開始想，她能接受上帝創造太空的說法，然而，上帝又是誰創造的？難道祂無中生有，創造了自己？她心裡的念頭又否決了這個可能。雖然上帝創造了萬物，但是在「上帝自己」存在以前，祂根本不可能創造出自己。所以呢，現在只剩下一個可能性：上帝一直都存在。但蘇菲已經否認這個可能性，她認為眼前的所有事物，一定都是從某個時候才開始存在。

真煩！

她又打開那兩封信來看。

你是誰？

世界從何而來？

真是煩人的問題！而且，這兩封信到底是誰寄的？簡直和信中的問題一樣神秘。

究竟是誰擾亂了蘇菲平靜的生活，忽然要她面對這個宇宙的大謎題？

蘇菲又去看看信箱，這已經是第三次了。郵差先生才剛送完今天的信，蘇菲把手探進信箱，拿出一大疊垃圾信、期刊，還有幾封寫給媽媽的信。另外，還有一張印著熱帶海灘的明信片。她把明信片翻到背面，上面貼著挪威的郵票，蓋有「聯合國部隊」的郵戳。是不是爸爸寄來的？可是爸爸人不在這裡，況且上面的筆跡也不像他的。

當蘇菲看到收信人的名字時，不禁有點心跳加速。明信片上寫著：「請住在苜蓿巷三號的蘇菲．艾孟森轉交給席妲．穆樂．奈格……」接下來的地址也都正確。卡片上寫著：

親愛的席妲：

十五歲生日快樂！我想送妳一份能幫助妳成長的禮物，我想妳一定瞭解吧。抱歉，我必須請蘇菲把卡片轉交給妳，因為這樣比較方便。

愛妳的爸爸

蘇菲快步回到屋裡，走進廚房。她的思緒一團混亂。明信片上寫的席妲是誰？她竟然只比蘇菲早一個月過十五歲生日。

她翻出家裡的電話簿開始查。有很多人姓穆樂，也有不少人姓奈格，但就是找不到叫作穆樂．奈格的。

她又仔細讀了這張神秘的卡片。上面有郵票和郵戳，看起來確實不像偽造的。

這明明是別人的生日卡，為什麼這位爸爸會寄給蘇菲呢？為什麼故意把信寄到別人家，讓自己的女兒收不到生日卡？為什麼他說「這樣比較方便」？再說，蘇菲究竟要去哪裡找這個「席妲」？

蘇菲又有新的問題要煩惱了。她先努力整理自己的思緒。

下午短短的兩個小時之內，她就面臨了三個問題。首先，是誰把兩個白色的信封放進她家的信箱？第二，信中的難題該如何回答？第三，這個「席妲．穆樂．奈格」究竟是誰，為什麼她的生日卡片會寄到蘇菲家？蘇菲很確定，這三個問題在某種程度上，必然互相關聯。一定是這樣，因為直到今天為止，她向來過著平凡無奇的生活。

---

① 〈亞麻色頭髮的少女〉一曲出自法國作曲家德布西（Claude Debussy）寫於一九一〇年的鋼琴前奏曲集(Preludes)。

魔術師的禮帽

……只要有好奇心，就能成為優秀的哲學家……

蘇菲相信她還會繼續收到匿名信。她決定暫時不讓任何人知道這件事。

上課的時候，她變得很容易分心。老師好像都在教一些無關緊要的事。他們為什麼不談「人是什麼」或「世界是什麼，又是從何而來」這類的問題呢？

這是她第一次覺得，無論在學校或其他地方，大家都只關心一些雞毛蒜皮的瑣事。在這個世界上，還有更重要的事情等著解答。

有誰能回答這些問題嗎？蘇菲覺得，與其花時間背誦不規則動詞的變化，思考這些問題還重要多了。

最後一堂課的下課鐘聲響起，蘇菲快步走出學校，喬安娜在後頭跑了一段才追上她。

不久後，喬安娜開口說：「傍晚要不要玩牌？」

蘇菲聳聳肩。「我現在不太喜歡玩牌。」

喬安娜一臉驚訝。「是哦？那要不要打羽毛球？」

蘇菲低頭看著人行道，又抬頭看看喬安娜。

「我現在也不太想打羽毛球。」

「開什麼玩笑啊！」

蘇菲聽出喬安娜有點不高興。

「可以跟我說妳是有什麼急事要辦嗎？」

蘇菲搖搖頭。「這個……這是秘密。」

「天啊，妳該不會是交男朋友了？」

兩個女孩又走了一小段路，什麼話也沒說。走到足球場時，喬安娜開口了：「我要穿過足球場回家。」

穿過足球場?!這的確是喬安娜回家的捷徑，但她平常不會走這條路，除非家裡有客人，或是要趕著看牙醫。

蘇菲後悔自己對喬安娜講話太不客氣，但是她又能怎麼解釋呢？難道要說她突然沈浸在「我是誰」和「世界從何而來」等問題中，因此沒時間打羽毛球？喬安娜聽得懂嗎？

這些都是世間最重要，也可以說是最自然的問題。但為何一心想著這些問題會如此累人？

蘇菲打開信箱的時候，發覺自己心跳加速。剛開始，她只看到一封銀行的信，還有幾個要給媽媽的咖啡色大信封。真糟糕，原來蘇菲一心期待著想收到匿名信！

蘇菲關上花園的門，這時她注意到一個大信封，上面寫著她的名字。信封背面寫著：「哲學課。小心輕放。」

蘇菲跑過石子路，把書包扔到門前的台階上，再把其他的信塞到門前的踏墊下面，接著就跑進花園，躲到祕密基地。她只有在這裡才能拆開大信封來讀。

雪瑞卡跟在蘇菲後面，也跳進了祕密基地。蘇菲也沒辦法，因為她知道雪瑞卡會賴著不肯走。

大信封裡有三張紙，上面的字是打好的，用一個迴紋針固定起來。蘇菲開始讀。

哲學是什麼？

親愛的蘇菲：

大家都有不同的嗜好，有人喜歡收集古錢幣或是外國郵票，有人喜歡刺繡，有人空閒的時候喜歡去運動。

很多人喜愛閱讀，但是閱讀的品味又各不相同。有人只看報紙或漫畫書，有人喜歡讀小說，也有人偏好關於天文、大自然或科技的書籍。

如果我對馬兒或寶石有興趣，那也不能期待大家都和我一樣喜歡。如果我看電視最愛體育台，也得接受某些人覺得運動比賽很無聊的事實。

難道沒有一件事會讓所有人都感興趣嗎？在這個世界上，是否沒有任何事情能讓大家都一同關切？無論是誰或者住在何處，都對這件事同感興趣？親愛的蘇菲，在這個世界上，的確有一些問題是大家都想知道的。這門課程正是要談這些問題。

生命中最重要的事是什麼？如果去問一個快要餓死的人，他必定會回答「食物」。問一個快要凍死的人，答案肯定是「溫暖」。若是拿同樣的問題去問一個孤單寂寞的人，答案很可能是「陪伴」。

但是當這些基本需求都獲得了滿足，還會有什麼是每個人都需要的嗎？哲學家認為確實有。他們深信人活著不是單靠食物。每個人當然都需要食物，也需要愛和關懷；但除此之外，還有一些是大家都需要的：明白我們是誰，為什麼活在這個世界上。

思考「我們為何活在這個世界上」這類問題，跟集郵等休閒嗜好不同。會問這類問題的人，要探討的是打從人類出現在地球上開始，就一直爭辯不休的問題。宇宙、地球和生命從何而來？比起問上屆奧運誰拿到最多金牌，這個問題更宏觀，也更重要。

通往哲學大門的最佳途徑，就是問有關哲學的問題。

世界是怎麼創造出來的？在事物的背後，是否有一個意志在操縱，或是有某種意義呢？人死了以後還有生命嗎？我們要如何解答這些疑惑？還有最重要的問題：我們該如何生活？人們千百年來都在問這些問題，在我們已知的文化中，每一個都曾探討「人是誰」、「世界從何而來」等問題。

基本上，哲學問題並不多。我們已經提出了最重要的幾個問題，但是自古以來，每個問題的答案都眾說紛紜。所以說，提出哲學問題要比回答問題來得容易。

現在也一樣，每個人都必須找到自己對這些問題的答案。妳在百科全書裡查不到「上帝是否存在」或「人死後是否還有生命」等問題的答案。百科全書也不會教我們該如何生活。但無論如何，讀過其他人的想法，多少能幫助我們建立自己的生命觀。

哲學家追尋真理的故事就像偵探小說。有人判定安德森是兇手，有人則認為是尼爾森或詹森殺的。警方有時能偵破犯案，有時卻永遠查不出真相，但其實每個案件都有破解之道。所以呢，不管問題有多難回答，無論如何，總會有一個正確答案（而且是唯一的解答）。人死了之後，若不是以某種形式繼續存在，就是不再擁有生命。

人類千百年來的謎題，很多已經能用科學來解釋。月亮黑暗的那一面曾經是很神秘的，沒人知道看不見的半邊月亮是什麼樣子。這種問題就算討論也得不到答案，因此每個人對月亮的樣子都有自己獨特的想像。但現在我們已真的看過月亮的另一面，就不會再「相信」月亮上住了人，或者月亮是綠乳酪做成的。

兩千多年以前有位古希臘哲學家認為，哲學是源自人的好奇心。他認為人對「活著」這個事實感到很訝異，因此自然會提出哲學問題。

就好像我們看魔術表演，因為不明白箇中奧妙，自然會提出疑問：「魔術師是怎麼把白色的絲巾變成活的小兔子？」

很多人活在這個世界上，常感到不可思議，就像看到魔術師突然從眼前空無一物的帽子裡拉出一隻小兔子。

我們知道，帽子裡之所以出現小兔子，只不過是魔術師耍的把戲。而我們想知道的是：他是怎麼辦到的？不過談到這個世界的奧秘，那又不太一樣了。我們很清楚，這個世界並不是魔術師巧手變出來的騙人把戲，因為我們此刻就身處其中，我們是世界的一部分。其實，我們正是被人從帽子裡拉出來的兔子。我們和小兔子唯一的不同，就是兔子並沒有意識到自己參與了一場魔術表演。但我們正好相反，我們感覺自己是某種神秘事物的一部分，想參透箇中奧秘。

PS：或許可以把小兔子比喻為整個宇宙，而人類就像顯微鏡才能看到的蟲子，寄居在兔子的毛皮深處。但哲學家不斷努力沿著兔子的細毛往上爬，想親眼看看魔術師的真面目。

蘇菲，妳還在看嗎？未完待續……

蘇菲覺得好累好累。還在看嗎？她幾乎是一口氣把信讀完，說不定根本沒停下來喘口氣。信是誰寄的？一定不會是那個寫生日卡給席妲．穆樂．奈格的人，因為卡片上有貼郵票，也蓋了郵戳。但是這個咖啡色大信封卻和之前的兩個白色信封一樣，是有人把它投進信箱的。

蘇菲看看手錶指針，兩點四十五分。還要再過兩個多小時，媽媽才會下班回家。

蘇菲爬出基地，回到花園，又跑到信箱那兒。說不定會有另一封信。

她又找到一個咖啡色信封，上面同樣寫著她的名字。這次她先四處張望，但沒有看到任何人。於是她又跑到樹林的入口旁，望向路的另一頭。

那裡也沒有人。突然，她好像聽到樹林深處傳來「啪」一聲，似乎是樹枝折斷了。她不敢完全肯定，但也沒有追過去看，畢竟如果人家有心想逃跑，你怎麼追也沒有用。

蘇菲回到家裡，跑到樓上自己的房間，拿出一個鐵製餅乾盒，裡面裝滿了漂亮的石頭。她把石頭倒在地板上，把兩個大信封裝進鐵盒，然後又快步回到花園，雙手緊緊捧著餅乾盒。出門之前，她幫雪瑞卡倒了一些食物。

「貓咪！貓咪！貓咪！」

蘇菲一回到祕密基地，就打開第二個咖啡色信封，拿出裡頭打著字的紙，開始閱讀。

奇怪的生物

蘇菲，很高興再次見面！這門短期的哲學課接著會以同樣的形式，分成好幾小段來進行。首先，先繼續上回的序言。

我有沒有說過，只要擁有好奇心，就能成為優秀的哲學家？如果還沒有，那我現在要說：只要擁有好奇心，就能成為優秀的哲學家。

小嬰兒都有好奇心，這個大家都知道。在媽媽的肚子裡度過短短幾個月後，寶寶就會掉入一個嶄新的世界。但是呢，他們漸漸成長，好奇心似乎也隨之減少。為什麼呢？蘇菲，妳能回答嗎？

假設初生的小嬰兒會說話，可能會說自己出生在一個奇妙的世界吧。只要稍微觀察，我們就會看到小孩子總是四處張望，充滿好奇，想伸手觸摸眼前的事物。

當小孩子漸漸會說話以後，只要看見狗狗，就會抬起頭說：「汪！汪！」還會在學步車裡上下跳，揮動雙手說：「汪汪！汪汪！」看在我們這些年紀比較大、又懂得比較多的大人眼裡，會覺得應付興奮的孩子實在很累。我們對孩子的熱情無動於衷，只會說：「對啦，對，是汪汪喔。乖乖坐好，不要動。」我們看到狗，可不會像小孩那麼興奮，畢竟早就看過了嘛。

小孩對狗的著迷會一再重演，大概要等到看過狗狗好幾百次之後，才不會再那麼興奮。換成大象或河馬，情況也是一樣。但是呢，早在小孩變得很會說話、並學會哲學思考之前，他就會習慣眼前所見的世界。

在我看來，這是很可惜的事情。

親愛的蘇菲，我擔心妳長大了以後，也會像很多人一樣，把這個世界視為理所當然。所以呢，為了確定妳不會成為這樣的人，我們將在正式課程開始之前，先作幾個思考實驗。

請試著想像，有天妳到樹林裡散步，突然看到前方的路上有一艘小型太空船，有個小小的火星人從裡面爬出來，站在前方抬頭看著妳……

遇到這種情況，妳會怎麼想？沒關係，這不重要。但妳是否想過到，其實自己也是火星人？

顯然，妳應該不會忽然碰見其他星球的生物。我們連其他星球是否有生物存在，都還不曉得呢。但是呢，有天妳或許會忽然遇見自己。妳可能會忽然停下腳步，用截然不同的眼光來看自己，就在這段樹林散步的途中。

「我是一個不平凡的存在，是一個神秘的生物。」妳這麼想著。

妳感覺自己好像從魔幻的夢境中醒來。「我是誰？」妳問。妳知道自己走在宇宙中的一個星球上。但，宇宙又是什麼？

如果妳因此意識到自己的存在，妳就會發現自己其實和剛才所說的火星人一樣神秘。妳看到了一個外星來的生物，同時也深深體會到自己的不平凡。

蘇菲，妳懂我的意思了嗎？現在開始做另一個思考實驗吧。

某天早上，爸爸、媽媽和小湯瑪斯（兩歲或三歲大）在廚房吃早餐。過了一會，媽媽走到水槽那裡。就在這個時候，爸爸飛起來了，在天花板下方飄浮。沒錯，爸爸飛起來了，而小湯瑪斯坐著看爸爸。妳覺得湯瑪斯會說什麼？他可能會指著爸爸說：「爸爸在飛耶！」湯瑪斯一定感到很驚訝，但是，他本來就常有驚訝的感覺啊。爸爸總是做些奇怪的事，對湯瑪斯來說，吃早餐時飛起來也沒什麼大不了。爸爸每天都用一種很好玩的機器刮鬍子，有時還爬到屋頂上去調天線，或是把頭探到車子的引擎蓋裡，整張臉弄得好黑。

至於媽媽呢，她聽到小湯瑪斯說爸爸飛起來，才忽然轉過頭。妳認為，她看到爸爸若無其事地飄浮在餐桌上空，會如何反應呢？

她失手把一罐果醬掉在地上，嚇到尖叫出來。等爸爸安然回到座位上，她可能需要急救了。（這下爸爸真該改進自己的餐桌禮儀了！）為什麼小湯瑪斯和媽媽的反應完全不同？妳覺得呢？

這都是因為「習慣」。（注意！）媽媽知道人不會飛，但是湯瑪斯還不知道。他還不曉得人活在這個世界上，能做什麼事，或是不能做什麼事。

但是蘇菲，這個世界本身呢？它也同樣飄浮在太空中，妳覺得這有可能嗎？

可惜的是，隨著我們年紀增長，就會漸漸習慣地心引力，也會很快習慣這個世界。我們好像在長大的過程中，也漸漸失去了對世界的好奇心。於是呢，我們失去了一種很關鍵的能力，也就是哲學家希望我們重拾的能力。因為在我們心靈深處，有個聲音告訴我們：生命是非常難解的神秘存在。我們都曾有相同的體驗，即使當時還沒學會用這樣的方式去思考。

說得更明確一點吧，雖然哲學問題和我們每個人都有關，但並不是每個人都會成為哲學家。大部分的人都被困在日常瑣事中（各有不同的原因），心中對世界的好奇都被擱到一旁了。（就像寄居在兔子毛皮深處的小蟲，久了就舒服地安頓下來，從此不再離開。）

對小孩子來說，世界上的萬物都是前所未見，因此會感到驚奇。但大人就不同了，他們大多把世界的存在看作理所當然。

這就是哲學家與眾不同之處。哲學家永遠不會太習慣這個世界。對他們來說，這個世界上，總會有些事物無法以常理解釋，讓人感到困惑，甚至神秘難解。所以呢，這就是哲學家和小孩子所共同擁有的特質。哲學家可說一輩子都像小孩一樣，對周遭的事物非常敏感。

現在該妳選擇囉，蘇菲。妳是個還沒有厭倦這個世界的小孩嗎？或是堅持永遠不會習慣這個世界的哲學家？

如果妳只是搖搖頭，不確定自己究竟是小孩或是哲學家，那就表示妳已經很習慣這個世界，不會對周遭的事物感到驚訝了。蘇菲，妳要小心！妳現在處境很危險，所以才需要上這門哲學課，以防萬一。我絕不會讓妳像其他人那樣，對周遭的一切失去感覺，變成一個冷漠的人。我希望妳對萬物永遠充滿好奇，保持求知欲。

這門哲學課完全不需要學費，所以呢，就算妳最後沒有上完，也不能退費。如果妳想中途停修也可以，只要在信箱裡留個訊息，讓我知道就好。放一隻活的青蛙就很適合，或是其他綠色的東西，不管放什麼，只要是綠的就好，這樣郵差才不會嚇一跳。

簡而言之，就是「魔術師從帽子裡拉出了一隻兔子」。而且這隻兔子非常龐大，因此魔術師花了數十億年，才變出這場戲法。所有生物都出生在兔子身上的細毛末端，從那個角度看來，這場帽子戲法簡直不可置信。但是呢，當他們日漸長大，就越往兔子的毛皮深處移動，在那裡待了下來。他們住得很舒服，所以不想再冒險爬回危險的兔毛末端。只有哲學家會踏上這段危險的旅程，極力探索語言和存在的最大可能。有些人爬到一半就掉下來，有些人則死命抓牢兔毛，還對著窩在柔軟兔毛裡吃吃喝喝的人們大吼。

「各位先生，各位女士，我們在太空中飄浮！」哲學家大喊著，但住在兔毛深處的人根本不會聽。

「你們少惹麻煩了！」那些人只會這麼說，然後就繼續講話：可以幫我拿奶油嗎？我們買的股票今天漲多少？蕃茄現在一斤多少錢？你知道戴安娜王妃又懷孕了嗎？

當天下午媽媽回家時，蘇菲的心情還是很震驚。她把鐵盒好好地藏在基地，裡面裝著神秘哲學家的來信。回家後，蘇菲想開始寫功課，但是一坐在書桌前，腦子裡想的都是剛才信裡的內容。

她以前從來不曾這麼用力思考。她已經不是小孩子了，但也不算真的長大。蘇菲發現自己已經開始爬向兔子溫暖的毛皮深處（就是從宇宙的帽子裡拉出來的那隻兔子），卻在途中被這位哲學家拉住。他（或是她）從後面抓住蘇菲的脖子，將她拉回兔毛的末端（就是她小時候玩耍的地方）。於是，就在兔子細毛的最頂端，蘇菲又能以「彷彿是首度看見」的新鮮眼光看待這個世界。

這位哲學家救了她，這點無庸置疑。匿名的寄信人把她從生活瑣事中拯救出來了。

媽媽在下午五點回到家，蘇菲把她拉到客廳的扶手椅坐好。

「媽媽，妳不覺得『活著』是一件很不得了的事情嗎？」蘇菲開始問問題。

媽媽聽蘇菲這麼問，頓時嚇了一跳，不知該如何回答。畢竟她回家的時候，蘇菲通常在房裡寫功課。

「有時候我也會這樣想吧，有時候。」她說。

「有時候嗎？這是沒錯，但是妳不覺得，這個世界竟然會『存在』，這也很驚人嗎？」

「蘇菲，聽我說，不要再這樣講了。」

「為什麼？媽，妳是不是覺得這個世界沒什麼特別的？」

「不是嗎？我多少會這樣覺得啊。」

這下蘇菲懂了，哲學家說得沒錯，大人把這個世界的存在視為理所當然，任由自己陷入生活瑣事中，彷彿永遠被催了眠。

「媽，妳太習慣這個世界，遇到任何事情都不會覺得驚訝。」

「蘇菲，妳到底在說什麼？」

「我說妳太習慣身邊的一切了，意思就是，妳變得很遲鈍。」

「蘇菲，不准這樣跟我說話！」

「好吧，我換一種說法。妳此刻就住在一隻被拉出『宇宙帽子』的白兔身上，而且在兔毛深處待得很舒服。等一下妳就會把馬鈴薯拿去烤，然後開始看報紙，接著再小睡半小時，然後打開電視看新聞。」

媽媽的表情看來有點擔心。她走進廚房把馬鈴薯拿去烤。不久後，她就回到客廳，這次換她把蘇菲推到扶手椅坐好。

「蘇菲，我得跟妳聊聊。」媽媽說。蘇菲從她的聲音聽出來，她要說的事情很嚴重。

「親愛的蘇菲，妳應該沒有跑去嗑藥吧？」

蘇菲差點笑了出來，但她知道媽媽為什麼這麼問。

「媽，妳瘋了嗎？嗑藥只會越來越笨耶！」蘇菲說。

那天晚上，母女倆都沒有再提起嗑藥或兔子的事情。

神話

……善與惡之間，存在不穩定的平衡關係……

隔天早上，蘇菲沒有收到信。在學校上了一整天無聊的課，她簡直如坐針氈。下課的時候，她對喬安娜特別好；放學回家的路上，兩人還聊到等樹林的地變乾，就要一起去露營。

等了好久好久，蘇菲終於回到家，可以打開信箱了。一開始，她拆開一封有墨西哥郵戳的信，是爸爸寄來的。爸爸在信裡寫說他很想家，還說他下西洋棋第一次打敗了大副。另外，他上次冬天假期結束後，帶了一批書到船上看，現在也幾乎都讀完了。

看完爸爸的信，蘇菲又發現一個寫著她名字的咖啡色信封。她先把書包和其他的信拿回家裡放好，然後就跑到祕密基地，抽出信封裡剛好字的信紙，開始展讀。

神話中的世界觀

蘇菲好！今天要上的內容很多，我們趕緊開始吧。

我們所謂的「哲學」，指的是基督誕生前六百年左右，在希臘發展出的一種全新的思考方式。在更早以前，人們藉由不同的宗教來解答心中的疑問。宗教對世界的解釋，透過神話的形式在世代間流傳。神話就是神的故事，用意是解釋為什麼生命會是現在的樣子。

好幾千年來，世界各地流傳著豐富的神話，這些故事都是為了解答哲學問題。而希臘哲學家則想推翻這些解釋。

我們必須先瞭解神話中描繪的世界，才能理解古代哲學家的想法。妳住在挪威，不用舉太遠的例子，就說北歐神話吧。

妳可能有聽過索爾和鐵錘的故事。在基督教傳到挪威以前，大家相信索爾會乘著兩隻山羊所拉的戰車越過天空。他一揮動斧頭，天空就會雷電交加。挪威文的「雷」（Thordon）意思是「索爾的怒吼」。在瑞典文中，「雷」（aska）是從asaka來的，意思是「神在天上出巡」。

天空雷電交加的時候，也會下雨，而雨是北歐農民賴以維生的關鍵。所以索爾被尊稱為「富饒之神」。神話中說，下雨是因為索爾揮動了他的錘子。雨落下來，玉米就會萌芽、茁長。

人們不懂田裡的植物是如何生長、結實，但顯然多少和雨水有關。也因為大家都相信下雨是因為索爾的關係，他就成為古代北歐最重要的神祇之一。

索爾受到重視的原因還有另外一個，這和整個世界的秩序有關。

北歐人相信他們所生活的世界是一個島嶼，不時會受到來自外面的威脅。他們把這個島叫作「米德加德」，意思是「中央王國」。王國裡有個叫「阿斯加德」的地方，是神的領地。

在中央王國外面，還有另一個王國「烏特加德」，那裡住著狡猾的巨人，他們用盡各種詭計想把世界摧毀。這種邪惡怪物經常被稱為「混亂的力量」。除了北歐神話之外，其他文化幾乎也都認為，善與惡的兩股勢力之間，存在不穩定的平衡。

巨人摧毀「中央王國」的手段之一，就是綁架象徵豐饒的女神芙瑞雅。要是巨人綁架了女神，田裡就長不出作物，女人也無法懷胎生子。所以一定要設法阻止巨人。

索爾是對付巨人的關鍵角色。他的鐵鎚不但能喚來雨水，也是一項重要的武器，能對抗危險的混亂力量。鐵鎚幾乎讓他擁有無邊的法力，例如，他可以用鎚子擲殺巨人，而且不必擔心把它會弄丟，因為鐵鎚就像回力棒，永遠會自動回到他身邊。

神話就是這樣解釋大自然中的平衡，以及為何善與惡的力量永遠互相抗衡。不過，哲學家對這樣的解釋並不滿意。

但，這不只是解釋的問題。

凡人面對乾旱和瘟疫等災害的威脅時，不能只是呆坐著，等待天上的眾神伸出援手。他們必須自己設法對抗邪惡，於是，各種宗教儀式開始舉行了。

在古代的北歐，「獻祭」是最重要的宗教儀式。對神獻祭能夠增強神的法力。舉例來說，凡人必須將祭品獻給神，讓神擁有戰勝「混亂」的力量。獻祭的方式是宰殺動物來祭拜神。例如人們祭拜索爾時，通常會用山羊作祭品，祭拜歐丁時，有時候是以人為祭品。

北歐國家最有名的神話源自古冰島的〈史萊慕之詩〉。詩中敘述，某天索爾一覺醒來，發現他的鐵錘不見了，氣到雙手發抖，連鬍子也捲起來了。於是呢，他帶著隨從洛奇去找芙瑞雅，問說能不能借用她的翅膀，讓洛奇飛到巨人居住的「約騰海」，調查巨人是不是偷了索爾的錘子。

洛奇飛到約騰海之後，和巨人之王史萊慕見面。史萊慕非常得意，甚至開始宣稱他把鐵錘藏在地底下七里之處，他還要求眾神把芙瑞雅許配給他，否則絕不歸還錘子。

蘇菲，妳能想像這個情況嗎？忽然之間，善良的眾神陷入了人質危機。巨人奪走了眾神最重要的防衛武器，這簡直令人完全無法忍受。只要巨人握有索爾的鐵錘，就能完全控制眾神和凡人的世界。巨人竟然要求用芙瑞雅來交換錘子，這同樣令人無法接受。要是眾神必須放棄守護萬物的豐饒女神芙瑞雅，田野就再也看不見綠草，所有的神和凡人也將死去。這是一個無解的困境。

神話中記載，洛奇回到阿斯加德之後，要芙瑞雅穿上她的新娘服，準備嫁給巨人之王（唉！）。芙瑞雅氣極了，她說要是答應嫁給一個巨人，大家會覺得她根本是想男人想瘋了。結果，有個叫海姆達爾的神想到一個辦法。他提議讓索爾打扮成新娘，只要把頭髮盤起來，在衣服裡面墊兩塊石頭，裝成女人的樣子。想當然耳，索爾是百般不情願，但他最後也不得不承認，這是拿回鐵錘的唯一辦法。

就這樣，索爾穿上新娘服準備出嫁，而洛奇就充當伴娘。

套句現代的說法，索爾和洛奇可說是眾神中的「反恐特勤小組」。他們假扮成女人出任務，要突破巨人的大本營，奪回索爾的鐵錘。

他們抵達約騰海之後，巨人就開始籌備婚宴。但是呢，新娘索爾卻在筵席中大口吃下一整隻牛和八條鮭魚，又狂飲三桶啤酒。史萊慕看到新娘這個樣子，簡直嚇壞了，眼看「特勤小組」的真實身分就快要曝光，多虧洛奇靈機一動，解釋說芙瑞雅因為太期待來到約騰海，整整一個星期都沒有進食，這才化解了危機。

正當史萊慕掀開新娘面紗，準備親吻新娘時，卻驚訝地發現自己直視索爾熾熱的目光。而洛奇又再次出面解圍，他說新娘在婚禮前興奮過度，整整一個星期都沒有闔眼。聽洛奇這麼說，史萊慕命令手下取來鐵鍾，要在婚禮時放在新娘的懷中。

索爾一拿到他的鐵錘，就忍不住放聲狂笑。他先用錘子擊殺史萊慕，再把所有巨人和他們的親族都殺光。於是，可怕的人質事件有了圓滿的結局。索爾可說是眾神中的蝙蝠俠、〇〇七，再次擊敗了邪惡勢力。

蘇菲，故事到此告一段落，但故事的背後要傳達什麼意義呢？神話不只是讓人聽了覺得有趣，也是在「解釋」某些事情。可能的解讀如下：

人們一遇到旱災，就會開始問：天空為什麼不下雨？是不是因為索爾的鐵錘被巨人偷走了？

說不定，這個神話的起源，是因為人們想解釋一年中的季節更迭：大自然到了冬天就會死亡，這是因為索爾的鐵錘被偷到約騰海了；一到春天，索爾就會打敗巨人，把錘子奪回來。就像這樣，神話解釋了人們所無法理解的事物。

不過，神話可不只是一個「解釋」。人們也會舉行和神話有關的宗教儀式。我們也能想像，從前人們遇上乾旱或作物歉收時，會根據神話中的故事演出戲劇。村子裡可能會有個男人打扮成新娘子（把石塊綁在胸前），想把鐵錘從巨人那裡偷回來。這麼做是為了祈求雨水，讓田裡的作物能夠生長。

世界各地還有很多類似的例子，都是人們把「季節神話」改編成戲劇演出，想藉此催促大自然的季節更替。

目前為止，我們只稍微認識了古代北歐的神話。然而，關於索爾、歐丁、芙瑞耶、芙瑞雅、霍德爾、波爾德和眾神的神話故事，簡直多不勝數。神話的世界觀在各地廣為流傳，直到哲學家開始質疑神話的解釋。

當哲學最早開始在希臘發展之際，希臘人其實自有一套神話的世界觀。幾百年來，希臘眾神的故事在世代間流傳了下來，比方說主神宙斯、太陽神阿波羅、宙斯的妻子希拉、智慧女神雅典娜、酒神戴奧尼索斯、醫神阿斯克雷皮歐斯、大力士海格力斯、火神赫菲斯特斯等。

大約在西元前七百年，荷馬和希臘作家賀修德用文字把許多希臘神話記錄了下來。從此以後，神話的存在變得截然不同，有了文字記載，人們開始能討論神話的內容。

早期的希臘哲學家對荷馬的神話展開批評，他們認為神話中的眾神和凡人太過相似，神和人類同樣自私而狡猾。這是破天荒第一次，有人提出神話只是出於人們的想像。

其中一位批評者是哲學家贊諾芬尼司（約生於西元前五七〇年）。他認為人們根據自己的形象來創造出眾神，因此相信神也是由上一代所生，和凡人一樣擁有身體、會穿衣服，並使用語言。但是呢，衣索比亞人相信神是塌鼻子的黑人，在巴爾幹半島東部的古國，史瑞斯人心目中的神是金頭髮、藍眼睛。如果說牛、馬、獅子這些動物會畫畫，一定會把神畫得像牛、馬、或是獅子！

這個時期，希臘人在自己國內和義大利南部、小亞細亞等希臘殖民地建立了很多城市。城市裡的所有的勞動都由奴隸負責，因此市民有足夠的時間參與政治和文化活動。

就這樣，在城市的環境中，人們的思考方式變得和以往截然不同。每一個人都可以質疑社會的運作方式，也能直接提出哲學問題，不再仰賴神話中的解釋。

我們形容這個現象是思考模式的轉變，從「神話」思維發展到「根據經驗和理性」的思考。早期希臘哲學家的目標，是要為大自然的變化找到「自然」（而非超自然）的解釋。

蘇菲走出基地，在廣大的花園隨意漫步，努力想忘記她在學校課堂上學過的東西（尤其是自然科學課）。

如果她從小在這個花園裡長大，完全不瞭解大自然的一切，那麼，當春天來臨時，她會有什麼感覺？

如果有天忽然下起雨，她會不會想辦法解釋這個現象的原因？她會不會編出一個故事，來解釋雪融化後去了哪裡、太陽為什麼在清晨升起？

會的，她一定會這麼做。她已經開始編故事了：

有一個美麗公主叫西琪塔，她被壞心的穆瑞特囚禁在寒冷的牢裡，於是冬天用冰冷的手緊握住大地。但是某天早上，勇敢的布瓦托王子前來營救公主，西琪塔快樂得在草原上跳起舞來，口中哼著她在濕冷牢房裡所寫下的旋律。大地和樹木都深深為之動容，積雪也化作眼淚。太陽升起，徹底曬乾了眼淚，就連鳥兒也學著西琪塔的歌聲鳴唱。美麗的公主放下一頭金黃色的長髮，幾綹髮絲落在地上，化作原野上的百合……

蘇菲很喜愛自己編的美麗故事。她心想，要是以前沒聽過其他有關季節更迭的解釋，她一定會相信自己編的故事就是真的。

蘇菲知道，人們面對大自然的變遷，總是想找出一套解釋。所以在發展出科學以前，才會有那麼多神話故事。

自然派哲學家

……沒有任何事物是無中生有……

媽媽下午結束工作回家時，蘇菲坐在鞦韆椅上想事情，她在想哲學課和名叫席妲・穆樂・奈格的女孩會不會有所關連？（就是那個收不到爸爸生日卡片的女孩。）

「蘇菲，有妳的信！」媽媽從花園的另一頭叫她。

蘇菲忽然緊張了起來。她剛才已經拿出信箱裡所有的信，所以這封一定是那個哲學家寫來的。她究竟要怎麼跟媽媽說？

「沒貼郵票，該不會是情書吧！」

蘇菲從媽媽手中接過信。

「妳不打開看？」

這下她得找個藉口了。

「哪有人會在媽媽面前看情書啊！」

就讓媽媽以為這是情書吧。雖然這實在很難為情，但總是好過被媽媽發現她在上一堂函授哲學課，況且老師是個完全不認識的哲學家，還跟她玩捉迷藏。

這次寄來的是小型白色信封。蘇菲走上樓，回自己的房間讀信，信裡寫了三個新的問題：

世界上的萬物是否由某一種「基本物質」所組成？

水會變成酒嗎？

用土和水要如何製造出活青蛙？

蘇菲心想，這是什麼蠢問題？但是一整個晚上，她卻忍不住一直想。隔天去上學之後她還在想，仔細把三個問題反覆思索。

世界上的萬物是否由某一種「基本物質」所組成？如果真是如此，那「基本物質」又怎能忽然變成花朵或是大象？

同樣地，水又怎能忽然變成酒？蘇菲聽過耶穌把水變成酒的故事，但她並不覺得故事是真的。就算耶穌真的把水變成酒，那也一定是有奇蹟發生，畢竟，這不是常人能做到的事。蘇菲知道世界上有很多水，不只酒中含有水，所有能生長的事物中也含有水。但即使小黃瓜的水分含量有百分之九十五，小黃瓜裡面一定還有其他物質。因為小黃瓜就是小黃瓜，不是水。

還有青蛙的問題。真是怪了，這位哲學老師好像特別喜歡青蛙。

她或許能接受「青蛙是土和水組成的」，但若真是如此，土一定是由一種以上的物質所組成。如果土中確實含有許多不同的物質，那麼土和水混合之後，就很可能真的會產生青蛙；當然，土和水會先變成青蛙卵和小蝌蚪，再變成青蛙。畢竟不管你再怎麼澆水，青蛙也不會從高麗菜園裡長出來。

那一天，蘇菲放學回家後，發現信箱裡已經躺著一封厚厚的信。她像平常一樣，躲到祕密基地去讀信。

哲學家的課題

又到了上課的時間。今天不講兔子之類的事了，直接進入正題吧。

我會先概略描述從古希臘時期開始，人們是怎麼看待「哲學」，然後一路講到現代。但我們要先按照順序，分年代來講。

這些哲學家和我們活在不同的年代，或許也來自不同的文化背景，所以呢，或許可以先試著瞭解每位哲學家所關注的「課題」。意思是說，去瞭解每個哲學家最想解答的課題是什麼。有的哲學家可能想探究植物和動物從何而來，有的或許想知道世界上究竟有沒有上帝，或是人的靈魂是否不朽。

當我們確定了每位哲學家所專注的「課題」，就更能掌握他的思想脈絡，畢竟，沒有任何哲學家能涵蓋哲學的所有領域。

我剛才說「他」的思想脈絡，用「他」來代表哲學家。這是因為在從前的社會，哲學史是由男人寫成的。以前的女人無論在性別或思想上，都只能服從男人。我們就此失去了很多寶貴的經驗，真是悲哀。女人一直到了這個世紀，才真正在哲學史上寫下了紀錄。

我不會要妳寫功課，這堂哲學課不會有難的數學題之類的，也不需要背英文的動詞變化。但我偶爾會出一點小小的作業。

如果妳接受以上條件，我們就開始上課吧。

自然派哲學家

有些人把最早的希臘哲學家稱作「自然派哲學家」，因為他們關注的課題是大自然和其中的變遷。

我們都曾對萬物的起源懷抱好奇。在現代，很多人認為萬物一定在某個時刻歷經「從無到有」的過程。希臘人倒是不這麼想，基於某種原因，他們認為有「某種事物」自始至終都存在著。

所以說，希臘人並不著眼於探討「事物如何從無到有」。他們看到水中有活生生的魚兒，貧瘠的土壤竟能長出高聳的樹木和鮮豔的花朵，而女人的子宮竟能生出小嬰兒，不禁為之驚嘆。

哲學家打開自己的雙眼用心觀察，發覺大自然無時無刻都在改變。但，這樣的變化是怎麼發生的？

比如說，「物質」如何變成「生命」？

早期的哲學家相信，大自然的所有變化都源於某種「基本物質」。他們為何這麼認為？這很難說，我們只知道這個觀念是經由時間累積所慢慢形成的。這些哲學家相信，世界上必定有「某種事物」，而萬物皆由此而生，最終也回歸至此。

我們最感興趣的，並非早期哲學家最後想出的結論，而是他們所提出的問題、所追尋的解答。我們想瞭解他們思考的方式，而非他們思考的內容。

我們現在知道，哲學家提出問題，是因為他們在物質世界觀察到了變化。他們想尋求這些變化中蘊含的自然法則，用不同於古代神話的觀點來理解周遭的事物。而他們最看重的，是藉由研究大自然本身，來瞭解其中實際的變遷。比起用眾神的故事來解釋打雷、閃電和四季更替的現象，哲學家採用了截然不同的觀點。

於是，哲學逐漸跳脫出宗教的範疇。自然派哲學家算是朝著「科學論證」的方向跨出第一步，也因此成了科學的先驅。

自然派哲學家所留下的口述和紙本紀錄，如今只剩下殘缺的片段。我們從兩百多年後亞里斯多德的著作中，得知了一小部分，但其中只引述了自然派哲學家提出的一些結論，所以我們無法確知哲學家是如何思考，才得出這樣的結論。不過呢，我們從既有的資料中，得知早期希臘哲人的「課題」，關乎組成萬物的基本物質，以及大自然的變化。

米利都城的三位哲學家

我們所知的第一位哲學家叫泰勒斯，來自希臘在小亞細亞的殖民地米利都城。他曾到許多國家旅行，據說他曾在埃及計算金字塔的高度（他的方法是在自己的影子和身高等長的同時，測量金字塔的影子長度）。還有傳言說，在西元前五八五年，他曾準確預測了一次日蝕。

泰勒斯認為，「水」是萬物的根源。我們無法確知這句話的意思，或許他相信所有生命都是源於水，而生命結束以後，也終將回歸為水。

他在埃及遊歷時，一定曾觀察到尼羅河三角洲的洪水退去後，地上的作物隨即開始茁長。他可能也有注意到，剛下過雨的地方會出現青蛙和小蟲。

泰勒斯也可能想到了水結成冰或化為蒸氣後，又變回水的過程。

據說，泰勒斯曾說「萬物之中皆有神」。我們只能猜想這句話的涵義，或許當他看到花朵、作物、昆蟲（甚至蟑螂）全都來自黑色的土壤，就想像土中充滿了肉眼看不見的「微小生命菌」。但肯定的是，泰勒斯所說的神，並非荷馬神話中的眾神。

我們所知的第二位哲學家是泰勒斯的學生阿納克西曼德，同樣來自米利都城。在他看來，我們生活的世界由「無限定者」的物質所構成，而且還有無數生生滅滅的世界存在著，我們生活的世界只是其中之一。他所謂的「無限定者」並不容易解釋，但顯然他的看法和泰勒斯不同，認為世界並非由某一種特定的物質所組成。或許他的意思是，萬物的起源必定不是已經被創造出來的事物，既存的事物都是「有限」的，在這些事物出現之前與消逝之後，必定存在著

「無限定者」。顯然，組成世界的物質不可能是水這麼平凡無奇的事物。

第三位來自米利都城的哲學家是安那米尼斯（西元前五七〇年至西元前五二六年）。他認為萬物必定源於「空氣」或「氣體」。安那米尼斯當然很熟悉泰勒斯提出的「水」理論。但是水從何而來？安那米尼斯認為水是空氣凝結而成的。我們也觀察到，下雨的時候，空氣中擠出了水。安那米尼斯認為，水再繼續受到擠壓時，就會變成土。或許他曾注意到冰融化之後，會產生土和沙。他還認為，火是較為精純的空氣。安那米尼斯認為，空氣是水、土、火的源頭。

這其實很接近「水是萬物之源」的想法。也許安那米尼斯認為土、空氣和火都是創造生命的必要條件，而萬物之源則是「空氣」或「氣體」。他和泰勒斯抱持相同看法，認為自然界的一切必然由一種基本物質所形成。

沒有任何事物是無中生有

以上三位米利都城的哲學家都相信，宇宙間存在某一種基本物質，是萬物的源頭。但是，一種物質怎會忽然變成其他事物？我們不妨說這是「變化的問題」。

大約從西元前五百年開始，義大利南部的希臘殖民地伊利亞有一群哲學家對「變化的問題」很感興趣。

這群哲學家之中，最重要的一位是帕梅尼德斯（西元前五四〇到西元前四八〇年）。他認為既存的萬物始終都存在著，而希臘人對這個觀念並不陌生，他們多少認為，世上的萬物當然是永遠存在的。帕梅尼德斯認為，沒有任何事物是來自虛無，既存的事物也不會消失於無形。

不過，帕梅尼德斯想得比其他人更深遠。他認為，世界上沒有真正的變化，沒有任何事物能變成其他的事物。

帕梅尼德斯當然也明白大自然的恆常變化。他透過感官察覺到事物的改變，但他觀察到的現象和理智思考的結論並不相同。他必須選擇要依賴感官或是理智，而他選擇了理智。

蘇菲，妳有聽過「眼見為憑」這句話吧。但是帕梅尼德斯在自己親眼見到之後還是不相信。他認為，我們透過感官所認識到的世界是不正確的，而且和我們的理智相違背。他認為自己身負哲學家的使命，要揭穿各種形式的感官幻象。

像帕梅尼德斯這樣堅決相信人類理智的態度，稱為「理性主義」。理性主義者相信，我們對世界的主要認識，都是源於人的理智。

萬物都是流動的

在帕梅尼德斯的時代，還有一位哲學家叫赫拉克里特斯（約西元前五四〇到西元前四八〇年），他來自希臘古城以弗所，定居於小亞細亞。他認為恆常的變化，或稱流動，其實是大自然最基本的特質。我們或許可以說，赫拉克里特斯對自己所感知的事物比帕梅尼德斯更有信心。

赫拉克里特斯說：「萬物都是流動的。」所有事物都在持續變化、移動，不會靜止不變，所以我們「無法渡過同一條河兩次」。當我第二次渡河時，我和河流都已經改變，和上一刻不同了。

他指出，世上的一切都是相對的。如果我們沒生過病，就不會懂得健康的感受。如果不嘗過饑餓之痛，吃飽時就不會感到愉悅。如果世界上不曾有過戰爭，我們就不會珍惜和平。如果沒有經歷冬天，春天也不會來到。

赫拉克里特斯相信，善與惡在事物的秩序中，都扮演不可或缺的角色。善惡兩極之間必須持續交互作用，否則世界將不復存在。

「神既是白天也是黑夜，是冬季也是夏日，是戰爭也是和平，是饑餓也是飽足。」赫拉克里特斯說。他說的「神」顯然並非神話故事裡的眾神。他認為神囊括了整個世界。在大自然持續的變化與對比之中，確實能清楚看見神的存在。

赫拉克里特斯常用希臘文的「理性（logos）」一詞來取代「神」的說法。他深信，雖然每個人都有不同的想法，理性的程度也各自不同，但世界上必定有種「普遍的理性」，指引著自然中發生的每一件事。

「普遍的理性」（或稱「普遍法則」）是全人類共通的，而且會以此作為原則。但赫拉克里特斯認為，大部分的人仍然靠個人的理性在生活著。總而言之，他瞧不起其他人，還說：「大多數人的想法都是兒戲。」

所以說，赫拉克里特斯從大自然持續變化和對比之中，觀察到「一致性的存在」，他認為這樣的「一致性」便是萬物之源，並稱之為「上帝」或「理性」。

四種基本元素

某種程度來說，帕梅尼德斯和赫拉克里特斯的看法正好相反。帕梅尼德斯相信理性的判斷，認為萬物皆不會改變。赫拉克里特斯根據感官認知，認為大自然會不斷改變。誰的看法才對？我們要聽從理性，或是仰賴感官？帕梅尼德斯和赫拉克里特斯各有兩點主張。

帕梅尼德斯說：

一、任何事物皆不會改變；

二、因此，不可信賴我們的感官認知。

赫拉克里特斯說：

一、萬物皆流動；

二、我們的感官認知是可靠的。

兩位哲學家的看法簡直南轅北轍。到底誰才是對的？最後，西西里的哲學家恩培多克勒（約西元前四九〇至四三〇年）解決了這段理不清的論辯，開啟新的局面。

恩培多克勒認為，兩人分別都說對了一點，也說錯了一點。他指出，兩人的主張會出現根本性的差異，是因為他們都認定世界上只存在「一種」元素。如果確實如此，那麼，理性思考所得的事物和「肉眼可見的事物」之間，就存在著無法跨越的鴻溝。

顯然水不會變成魚或蝴蝶。事實上，水並不會改變，純水永遠都是純水。因此帕梅尼德斯主張「沒有任何事物會改變」，這是對的。

但恩培多克勒也同意赫拉克里特斯的主張，認為我們必須相信感官所體驗到的事物，眼見為真，而我們確實用雙眼看見了自然的變化。

恩培多克勒的結論是，我們不該接受「世界上只有一種基本物質」的想法；只有水或者空氣，是無法變成玫瑰或蝴蝶的。大自然不可能源於一種單一「元素」。

恩培多克勒相信，總體來說，大自然由四種元素所組成，他稱之為四個「根」——土、氣、火和水。

大自然的所有變化，都源於四個「根」的結合或分離。萬物都是由土、氣、火和水所混合而成，但組成的比例各有不同。恩培多克勒說，當花兒及動物死亡時，體內的四種元素就會再度分離，而這些是我們肉眼可見的變化。但是土、氣、火和水卻會永恆存在，不受其組成之事物影響。因此不能說「萬物」都會改變，基本上，任何事物都不會改變，只有四種元素持續地結合或分離。

就拿畫畫來說吧，如果畫家只有紅色的顏料，就畫不出綠色的樹木。但如果他有黃、紅、藍、黑四種顏料，就能按照不同的比例來調配，創造出好幾百種顏色。

在廚房烹飪也是一樣。如果手上只有麵粉，恐怕只有魔法師才能做出一個蛋糕。但如果有雞蛋、麵粉、牛奶和糖，就可以做出各式各樣的蛋糕。

恩培多克勒認為土、氣、火和水是大自然的四個「根」，這並非出於偶然。在他之前也曾有哲學家想證明組成萬物的基本元素是水、氣或火。泰勒斯和安那米尼斯也曾指出，水和氣都是物質世界中不可或缺的元素。希臘人相信火也同樣重要，例如說，他們觀察到所有生物都需要陽光，而且連動物和人都有體溫。

或許，恩培多克勒觀察過木材燃燒，看到木材分解的情形。木材燃燒時，我們會聽見「劈啪」聲，那就是「水」；除此之外，還有某些東西在煙霧中上升，那是「氣」；燃燒時，肉眼能清楚看見「火」，火熄滅所殘留的灰燼，就是「土」。

恩培多克勒用四個「根」的結合與分離解釋了大自然的變遷，但有另一件事情仍待解釋。為什麼這四種元素會結合，創造出新的生命？這些元素所組成的事物（比如花），又為什麼再次分解？

恩培多克勒相信，自然界有「愛」與「恨」兩種力量在運作。「愛」使事物結合，「恨」則使其分離。

值得注意的是，他指出「物質」和「力量」的區隔。即使在今天，科學家也將「元素」和

「自然的力量」區分開來。現代科學家認為，自然界的一切變化，全是各種元素在不同的自然力量之下，相互作用所產生。

恩培多克勒進一步提出「我們如何能感知到事物」的問題。比如說，我們如何「看見」一朵花？這個過程是怎麼發生的？蘇菲，妳有想過嗎？

恩培多克勒相信，我們的雙眼就像自然界的其他事物，同樣由土、氣、火、水所組成。所以我們眼中的「土」可以看見四周由「土」所組成的事物，「氣」能看到四周的氣，同樣地，眼中的「火」和「水」能看見周遭相應的事物。如果我們眼中缺少四種物質的任何一種，就無法看見自然萬物。

在萬物之中，皆有萬物的一部分

另一位哲學家安那克薩哥拉（西元前五百至四二八年）也抱持相同看法，認為我們親眼看見的自然萬物，並非都是由一種單一「基本物質」（例如「水」）所形成的。他也無法接受土、氣、火、水能化為血液和骨頭的說法。

安那克薩哥拉主張，大自然由無數肉眼看不見的微小粒子所組成。他還進一步指出，萬物都能被分割成更小的粒子，而且，即使在最微小的部分中，也存在其他所有事物的成分。在他看來，如果皮膚和骨頭並非其他事物所形成的，那麼在我們喝的牛奶和吃的食物中，也必定含有皮膚和骨頭的成分。

舉一些現代的例子吧，這樣或許能說明安那克薩哥拉的想法。現代雷射科技可以製造出「全像攝影（Hologram）」。① 如果某一張全像圖呈現出一輛汽車，而圖被切割成一片片，則我們雖然只有汽車保險杆的那一部份的圖，仍舊能看見整輛汽車。這是因為，在每一個微小的部分之中，都存在著「整體」。

就某方面來說，我們的身體也是這樣組成的。如果有一個皮膚細胞從我的手指上掉下來，那麼從這個細胞核中就能看出我皮膚的特徵，也能看出我的眼睛是什麼樣子、髮色、手指的數量和外觀等等。人身上的每一個細胞，都帶有其他細胞的構造藍圖，所以說，每個細胞之中，都存在「萬物的一部分」。在每一個微小的部分中，都有「整體」。

安那克薩哥拉為這些含有「萬物的一部分」的「小粒子」命名，稱其為「種子」。

還記得嗎？恩培多克勒說「愛」的力量使各種元素結合，組成了整體。安納哥拉斯覺得「秩序」也是一種力量，創造了動物和人類、花草和樹木。他把這股力量稱為「心靈」或「睿智（希臘文是nous）」。

安那克薩哥拉的想法之所以吸引人，也因為他是我們所知的第一位雅典哲學家。他生在小亞細亞，在四十歲時遷居雅典。後來他的思想被指責為無神論，最後被迫離開雅典城。他還說太陽並不是神，而是又紅又熱的石頭，面積比希臘的伯羅奔尼撒半島還大。

安那克薩哥拉對天文學很感興趣。他相信宇宙中的所有星球，其組成成分都和地球相同。他是在研究過一塊隕石之後，才得到這個結論，也因此想到或許其他星球上也有人類生活著。

他進一步指出，月亮本身並不會發出光亮，它的光來自地球；針對日蝕的現象，他也提出了一套解釋。

PS：蘇菲，謝謝妳專心聽課。關於這一章的內容，妳說不定要讀個兩三遍才能徹底理解。不過呢，要想理解事物，總是要多費點心。如果妳有一個朋友，她完全不努力，就能把所有事情做好，妳大概也不會很欣賞她吧。

至於萬物的基本組成物質，還有自然變遷的最佳解釋，答案必須等明天再揭曉，屆時我會介紹德謨克利特斯這位哲學家。今天就上到這裡吧！

蘇菲坐在基地裡，視線穿過濃密的灌木叢的小洞，往外看著花園。一口氣讀了這麼多，她需要努力釐清思緒。

白開水只能化為冰塊或水蒸氣，絕不可能變成其他東西，這件事再清楚不過了。除此之外，水也無法化作西瓜，因為西瓜除了含有水分，還有其他成分。但蘇菲之所以如此肯定，是因為學校的自然課有教過。如果學校不是這樣教的，她還能肯定冰塊完全是由水構成的嗎？她至少必須先仔細觀察水如何結冰、如何融解，才能做出判斷。

這一次，蘇菲又試著運用自己的常識，拋開別人教給她的知識。

帕梅尼德斯不認為世界上有任何事物會產生變化。蘇菲越想越覺得，他說的其實沒錯。理智思考告訴他，「某個事物」不可能忽然變成「另一個完全不同的事物」。要說出這個想法需要非常大的勇氣，因為這代表他必須否認人們親眼所見的各種自然變化。他一定曾被很多人嘲笑吧。

恩培多克勒一定也很聰明，他證明了世界由「一種以上」的物質構成，如此一來，大自然才能在萬物維持不變的情況下，產生種種變化。

這位古希臘的哲學家光靠理性推論，就發現了這一點。他當然曾研究大自然的變化，但他當時並不像現代科學家，能用科技設備來進行物質的化學分析。

蘇菲不確定自己是否相信萬物都是由土、氣、火和水組成的，但這似乎沒有關係。原則上，恩培多克勒說得沒錯。如果我們要接受親眼所見的自然變化，卻又不願違背理性思考，就只能承認世界上存在一種以上的基本物質。

蘇菲覺得哲學課越來越好玩了，因為她能運用自己的常識來理解這些哲學思想，不需要倚賴學校所教的知識。她得到一個結論，認為我們無法「學習哲學」，但或許能學著「用哲學的方式思考」。

㈠全像攝影術又名「三次元立體影像再生技術」，為利用高同調性的雷射光，在底片上紀錄物體三維影像之攝影技術。

德謨克利特斯

……全世界最巧妙的玩具……

蘇菲把上面有打字的信紙放回餅乾盒裡，蓋上蓋子，爬出基地，在花園裡站了一會兒，看著整個花園。她想著昨天的事，今天吃早餐的時候，媽媽又取笑她收到情書。想到這裡，她快步走向信箱，免得又像昨天一樣被媽媽看到。連續兩天都收到情書，這簡直太尷尬了。

信箱裡又出現了白色小信封！蘇菲發現，哲學家送信的時間有固定模式：她每天下午會先收到咖啡色大信封；接著哲學家會趁她讀信的時候，偷偷把另一個白色小信封放進信箱。

既然如此，蘇菲就能查出他的身份了。他搞不好是女的呢！從蘇菲在樓上的房間，可以清楚看到信箱。她只要站在窗前，就可以看到神秘的哲學家了。白信封總不可能是憑空變出來的吧？

蘇菲下定決心，明天一定要密切觀察。明天是星期五，她有一整個週末可以做這件事。

她回到自己的房間，把信打開來看。今天的信只寫了一個問題，但這次比上回的三個問題更蠢。

為什麼積木是世界上最巧妙的玩具？

首先呢，蘇菲不敢說積木是世界上最巧妙的玩具。她已經很多年沒玩過積木了。而且她根本想不透，積木和哲學有什麼關係？

但蘇菲是個好學生，她還是在衣櫃的上層翻出以前裝積木的袋子，裡面有各種大小、形狀不一的積木。

接著，在這麼多年以後，她再次開始玩積木。她一邊動手，對於積木就開始有了想法。她覺得積木很好組合。雖然每一塊都不一樣，但都能組裝在一起。而且積木摔不破，她印象中好像不曾看過破掉的積木。這些積木看起來，就像多年前新買的時候一樣，表面還很亮。什麼東西都能用積木拼出來，還能拆開再組成別的東西，她覺得這是積木最棒的一點。

這樣的玩具不是很棒嗎？蘇菲現在覺得積木真的是全世界最巧妙的玩具，但她仍然不懂，這和哲學究竟有何關連？

蘇菲快要蓋好一棟很大的積木娃娃屋，她其實很久沒有玩得這麼開心了（雖然她不太想承認）。

為什麼人長大之就不玩了？

媽媽回到家時，看到蘇菲在玩積木，忍不住說：「很好玩吧！很高興妳還沒長大到不能玩玩具。」

「我不是在玩！」蘇菲不高興地回嘴。「我是在做一個很複雜的哲學實驗。」媽媽深深嘆了一口氣，心想蘇菲大概又在想兔子和帽子的事情吧。

隔天蘇菲放學回家後，信箱裡已經放了一個咖啡色大信封，裡面有好幾張信紙。她拿著信回到房間，等不及想開始讀，但她也提醒自己，要留意信箱附近有沒有人來。

原子理論

蘇菲，我又來上課了。今天我們要談最後一位偉大的自然派哲學家，他叫德謨克利特斯（約西元前四六〇至三七〇年），來自愛琴海北岸的小鎮阿比德拉。

如果妳能輕鬆回答上次的積木問題，應該能瞭解這位哲學家所關注的課題。

先前提過的幾位哲學家的想法，德謨克利特斯也能認同。他相信，自然的變化並非因為任何事物真的產生改變了。他認為萬物都是由微小而不可見的積木組合而成，每一塊積木都是恆久不變的最小單位，叫作「原子」。

原子這個字的本意是「不可分割的」。德謨克利特斯致力證明，組成萬物的單位不可能被無限分割成更小的單位。因為，如果每一個組成萬物的單位都能被繼續分割，那麼大自然就會像一直被稀釋的湯，最後就消失了。

進一步來說，大自然的積木必須永恆存在，因為沒有任何事物能夠「無中生有」。關於這點，他的看法與帕梅尼德斯和希臘殖民地伊利亞的哲學家相同，認為所有的原子都很穩固而堅實，但並非完全相同。要是所有原子都一模一樣，我們就無法解釋原子如何能結合而形成罌粟花、橄欖樹、羊皮，以及人類的頭髮等萬物。

德謨克利特斯相信，自然是由無數形狀各異的原子所組成的，有的原子是邊緣平滑的圓形，有的呈不規則鋸齒狀，也正因為各個原子的形狀完全不同，才能互相組合，形成各種事物。不過呢，就算原子的數量和形狀變化都無窮無盡，卻仍然是永恆不變、無法被分割的。

當一個物體（比如樹或是動物）死亡且分解之後，原子就會分散到各處，準備組成新的物體。原子在宇宙中到處移動，用本身的「鉤」和「刺」來組成我們所看見的萬物。

現在妳知道我為什麼要提出「積木問題」了嗎？積木多少和德謨克利特斯說的「原子」有類似的特性，所以才會這麼好玩。首先呢，每一個積木都無法被分割；其次，積木有各種不同的大小和形狀，而且都很堅實，不會被水滲透。另外，積木也算是有自己的「鉤」和「刺」，可以被組合在一起，變成任何妳所能想像的形狀。積木組合完畢之後，也能再次拆掉，用原本的積木拼成新的物體。

積木可以不斷重複使用，所以才這麼受歡迎。同樣一塊積木，今天可以拿來造卡車，明天可以蓋城堡。我們也能說積木是「永恆」的玩具，因為爸媽小時候玩的積木可以留給小孩子玩。

我們也能用黏土來做東西，但黏土並不能重複使用，因為黏土可以持續被分割成更小的單位，而這些微小的單位無法再組成其他事物。

到了今天，我們已能確定德謨克利特斯的「原子理論」或多或少是正確的。自然萬物確實是由各種「原子」的聚散而形成，在我鼻頭細胞裡的一個氫原子，以前可能組成了某一隻大象的鼻子；我肌肉裡的碳原子說不定曾構成恐龍的尾巴。

但是呢，現代的科學家已經發現，原子能夠分裂為更小的「基本粒子」，稱作質子、中子和電子。也許這些粒子未來也能被分割為更小的粒子。但物理學家一致認為，繼續分裂下去，一定會遇到極限，因為大自然的組成，必定有一個「最小單位」。

在德謨克利特斯的時代，並沒有現代的電子設備，他只能運用自己的心靈，但在理性思考之後，他只能得出唯一一個答案。因為，他既然認為萬物皆不會改變、沒有任何事物是無中生有，也沒有任何事物會消失，這樣一來，大自然的組成，必定是能夠反覆聚散的無限小單位。

德謨克利特斯不相信在大自然的變化過程中，有任何「力量」或「靈魂」的介入。他認為，世界上唯一存在的事物只有「原子」和「虛空」。也因為德謨克利特斯只相信「物質」，因此被稱為唯物論者。

德謨克利特斯認為，原子的聚散並未經過刻意「設計」。在自然界中，每件事都是以相當「機械化」的方式發生。這並不代表每一件事都是出於偶然，因為萬物都必須遵從「必然法則」。無論發生什麼事，背後都必然有一個自然的原因，而這個原因就存在於事物的本身。德謨克利特斯曾說，他寧可努力去發現新的自然法則，也不想當波斯國王。

德謨克利特斯認為，「原子理論」也能解釋我們的感官知覺。我們能夠感受到某個事物，是因為原子在宇宙中移動；我們能看見月亮，是因為「月亮原子」穿透了我們的雙眼。

那麼「靈魂」呢？靈魂當然不可能是由原子或物質組成的吧？事實上，這是有可能的。德謨克利特斯認為，靈魂是由一種獨特、圓滑的「靈魂原子」所構成。人死的時候，靈魂原子四處飛散，可能形成另一個新靈魂。

這就表示，人類並沒有不朽的靈魂，而現在有很多人相信這個說法。他們和德謨克利特斯一樣，相信「靈魂」與大腦是相連的，大腦分解以後，我們就失去了知覺意識。

就這樣，希臘的自然派哲學發展到德謨克利特斯的「原子理論」為止。他意同赫拉克里特斯的看法，認為自然界的萬物都是「流動」的，事物的形體會出現又消失；但在每一個「流動」的事物背後，存在著永恆不變的事物，而德謨克利特斯稱之為「原子」。

蘇菲一邊讀信，一邊往窗外瞥了好幾眼，想看看神秘的哲學家會不會出現在信箱那兒。現在她讀完了信，卻只是坐著，往下看著窗外的路，思考信中的內容。

她覺得，德謨克利特斯提出的觀念雖然簡單，卻也非常巧妙。他找出了「基本物質」和「變化」問題的真正答案。歷來的哲學家都為這個複雜的難題傷透腦筋，但最後，德謨克利特斯只運用了自己的常識就找到答案。

想到這裡，蘇菲忍不住微笑。大自然必定是由許多恆久不變的微小單位所組成；而另一方面，赫拉克里特斯認為自然界的所有形體都是「流動」的，這個想法也顯然正確。因為所有人和動物都會死亡，就連山脈也會逐漸瓦解。重點是，山脈是由不可分割的微小單位所組成，這些單位永遠不會分解。

而德謨克利特斯同時也提出了新的問題。比如說，他認為每一件事情的發生都是「機械化」的。他不認同恩培多克勒和安那克薩哥拉的觀念，他認為，生命中並不存在任何精神力量，他也相信人沒有不朽的靈魂。

蘇菲贊成德謨克利特斯的想法嗎？

她不曉得。畢竟，她才剛開始上這門哲學課。

命運

……「算命師」想預測事實上幾乎不可預知的事物……

剛才蘇菲一邊讀著德謨克利特斯的「原子理論」，已經注意過信箱四周的動靜。但為了預防萬一，她決定還是去花園的入口看一看。

她打開前門，看見門前的階梯上有個小信封，而收信人當然是「蘇菲．艾孟森」。這就代表，他已經知道了！今天她特別注意信箱的動靜，但神秘哲學家卻偷偷從另一個方向溜到家門口，把信留在階梯上，再急忙躲回樹林裡，這傢伙真是的！

他為何知道蘇菲今天會特別留意信箱？他是不是有看到她站在窗邊？但無論如何，蘇菲還是很慶幸在媽媽回家之前拿到信。

蘇菲回到自己的房間讀信。信封的邊緣有點濕濕的，上面還有兩個小洞。為什麼呢？這幾天都沒有下雨啊！

信封裡的紙條寫著：

你相不相信「命運」？

疾病是不是眾神對人類的懲罰？

什麼力量影響了歷史的走向？

蘇菲相信「命運」嗎？她不敢肯定，但她知道有很多人相信。班上有一個女同學喜歡讀雜誌的星座專欄。相信占星術的人，大概就會相信命運吧，因為占星學家認為，星星的位置會影響我們在地球上的生活。

如果你相信在路上遇見黑貓會帶來壞運氣，就表示你相信命運，是吧？蘇菲思索著這個問題，也想到其他關於宿命論的例子。比如說，為什麼很多人覺得敲木頭會帶來好運？為什麼十三號星期五是不吉利的日子？蘇菲聽說過，很多旅館都沒有十三號房，這一定是因為大家都很迷信吧。

「迷信」這個詞很奇怪，如果信奉基督教或伊斯蘭教，就稱為「信仰」；但若是相信占星術或十三號星期五不吉利，就變成「迷信」了！誰有權利說別人相信的事物就是「迷信」？

雖然如此，蘇菲可以肯定的一件事情：德謨克利特斯不相信命運，他是唯物論者，只相信「原子」和「虛空」。

蘇菲又努力思考信中的其他問題。

「疾病是不是眾神對人類的懲罰？」現在當然不會有人相信這種說法吧？但她又想到，很多人認為祈禱有助於康復，因此無論如何，他們一定相信上帝有某種力量能掌控人的健康。

最後一個問題更難。蘇菲從來沒仔細想過，究竟什麼力量會影響歷史的走向？一定是人吧？如果上帝或命運能影響歷史，人就沒有自由意志了。

蘇菲從「自由意志」的觀念聯想到其他事。她幹嘛要忍受這個神秘哲學家的捉迷藏遊戲？何不自己寫一封信給他？他（或她）很可能會在今晚或明天早上放一個大信封在信箱裡。到時候她要寫好一封信給這位神秘客。

蘇菲立刻開始動筆。她心想，要寫信給一個未曾謀面的人還真難，她甚至還不曉得對方是男是女，年紀究竟多大。想到這裡，搞不好這位神秘哲學家根本就是她認識的人！

她在信上這麼寫著：

敬愛的哲學家：

我很感謝您提供的函授哲學課，但一直不曉得您的真實身份，深感困擾。在此請求您提供您的全名，我們將邀請您到寒舍共進咖啡，作為答謝。但最好選我母親不在家的時段，她的上班時間為週一到週五，每天上午七點半至下午五點。我週一到週五也要在學校上課，但每個星期四都會在下午兩點十五分回到家。對了，我很會煮咖啡喔。

在此先謝謝您。

認真的十四歲學生　蘇菲．艾孟森　敬上

在這封信的最後，她寫著「懇請回覆」。

蘇菲寫完之後，覺得有點太正式了。但是要寫信給一個素未謀面的人，實在很難拿捏要用怎樣的措辭。她把信放在一個粉紅色的信封裡，寫上「哲學家收」。

問題來了，要把信放在哪兒才不會被媽媽看到？蘇菲必須等媽媽回家之後，才能把信放進信箱。另外，她必須在隔天早上報紙送來之前，先檢查信箱。如果她沒有在傍晚或深夜收到新的信，就得先拿回粉紅色的信。

為什麼事情會變得這麼複雜？

雖然是星期五，蘇菲晚上還是很早就回到房間。媽媽一直叫她下樓吃披薩、看恐怖片，但蘇菲說她好累，想在床上看書。

她趁著媽媽坐著看電視時，偷偷帶著信溜到信箱那裡。

媽媽顯然很擔心。打從蘇菲說過什麼帽子裡的白兔以後，媽媽跟她講話的口氣都變了。蘇菲不想讓媽媽擔心，但她還是得回房間裡觀察信箱的動靜。

媽媽在晚上十一點左右上樓，而蘇菲坐在窗邊，看著外面的路。

「妳該不會是在看信箱吧？」媽媽問。

「我愛看什麼就看什麼。」

「蘇菲，妳一定是談戀愛了。就算他又寫信，也不會半夜送來啊。」

好討厭，幹嘛一直講這些愛來愛去的事？但蘇菲也只能讓媽媽相信她真的交了男朋友。

「是他告訴妳兔子和帽子那些事情？」媽媽又問。

蘇菲點頭。

「他……應該沒有在嗑藥吧？」

聽到這裡，蘇菲真的為媽媽感到很難過。她不能再讓媽媽這樣擔心下去，但媽媽也真的很神經，只要聽到誰有一些奇怪的想法，就懷疑人家是不是嗑了藥。有時候大人還真蠢。

「媽媽，我答應妳，我永遠都不會嗑藥什麼的……他也不會。但是他對哲學非常感興趣。」蘇菲說。

「他年齡比妳大嗎？」

蘇菲搖搖頭。

「跟妳一樣大？」

蘇菲點點頭。

「好吧，我想他一定是個可愛的人。但妳現在該去睡覺了。」

但蘇菲還是坐在窗邊，感覺好像經過了好幾個小時，後來她眼睛都快睜不開了。看看時間，已經是凌晨一點。

她正準備要上床睡覺，卻忽然看見一個影子在樹林裡一閃而過。

外面雖然很黑，但蘇菲還是看出那裡有人，而且是男人，蘇菲覺得他看起來有點老，絕對不可能和她同年。他頭上好像戴著一頂貝雷帽。

蘇菲很確定看到他往樓上看了一眼，但是蘇菲房間的燈沒開。男人直接走到信箱旁邊，把一個大信封丟進去，他看到蘇菲寫的信，又把手伸進信箱去拿，再快步走回樹林，消失在林裡的小徑。

蘇菲的心噗通噗通地跳。她直覺想穿著睡衣追出去，但又不敢半夜去追一個陌生人。不過，她的確得出去拿那個大信封。

過了一兩分鐘，她才偷偷爬下樓，悄悄打開前門，跑到信箱那裡，再迅速帶著信回到房間。她坐在床上，屏住呼吸，等了幾分鐘後，屋裡仍然靜悄悄，這時她才打開信封開始讀。

她知道這並不是針對她那封信的回覆。回信要等到明天了。

命運

早安，親愛的蘇菲。為了不讓妳胡思亂想，我得先聲明：妳絕對不能調查我的身分。我們總有一天會見面，但是時間地點由我決定，就這麼說定了。妳應該會乖乖聽話吧？

先繼續上課吧，我們已經看到哲學家如何試著為大自然的變遷尋求自然的解釋。在更早之前，人們都是用神話來解釋這些現象。

但是呢，我們也必須破除其他領域的古老迷信。「迷信」影響了人們對疾病和健康、甚至政治的看法；而希臘人談到這些領域時，其實非常相信「宿命論」。

「宿命論」是指相信世界上發生的事情都是命中註定。宿命論的想法遍佈全世界，不只從前的人有這種想法，現代人也一樣。像我們北歐國家的人就非常相信所謂的「lagnadan」，也就是命運，也很相信冰島詩集中記載的神話和傳說。

我們也會發現，古希臘或其他地方的人都相信，我們能藉由某種形式的「神諭」來得知自己的命運。也就是說呢，可以用不同的方式來預知一個人或國家的命運。

直到今天，還是有很多人相信我們能藉由紙牌、手相或星座以預知未來。

挪威人有一個很特別的「咖啡杯算命法」。我們喝完咖啡之後，杯底通常會有一些殘渣。如果運用天馬行空的想像力，就會發現咖啡渣形成了某種圖樣。如果殘渣看來像一輛車子，或許代表喝咖啡的人將要駕車遠行。

於是呢，「算命師」努力預測一些極不可能預知的事。其實所有預言都有這種特質，也正因算命師「看」到的未來十分模糊，我們很難去反駁他的說法。

當我們抬頭看天上的星星，只會看到一閃一閃的不規則點狀物體。但儘管如此，幾百年以來，仍有人相信我們能透過星星看見人類的命運。直到現在，某些政治領袖在做出重要決策前，仍會徵詢占星學家的意見。

德爾菲的神諭

古希臘人相信，人們可以透過著名的「德爾菲」神廟之神諭，知道自己的命運。阿波羅神負責頒佈神諭，他透過女祭司琵西雅發言。琵西雅坐在土地裂縫間的凳子上，有一股催眠般的蒸氣從裂縫中冒出，讓她陷入恍惚，成為阿波羅的代言人。

當人們來到德爾菲神廟，就必須將他們的問題呈交給負責神諭的祭司，再由祭司轉達給琵西雅。琵西雅的回答會很含糊不清、模稜兩可，必須由祭司加以解釋。人們就是這樣獲得了阿波羅的智慧，相信他無所不知，甚至能預見未來。

在那個時候，有很多國家元首在打仗或作出重要決策之前，都必須先請示德爾菲的神諭。也因為如此，阿波羅的祭司們多少像是外交人員，或說是熟悉人民和國家事務的專家。

德爾菲神廟的入口處上方，刻印了一行很有名的話——「瞭解自己」。這是要提醒來訪的人，絕對不能認為自己是不朽的，而且無人能夠逃脫宿命。

希臘人流傳著許多故事，敘述人類終究逃不過宿命的安排。久而久之，這些「悲劇人物」的故事被寫成好幾部劇本，其中最有名的一齣是伊底帕斯國王的悲劇。

歷史和醫學

但是呢，古希臘人相信「命運」不只主宰了個人的生活，也左右著世界的歷史，而戰爭的局勢可能因為眾神的介入而改變。在今天這個時代，也有很多人深信歷史的走向是由上帝或某種神秘的力量在背後操縱。

然而，當希臘哲學家努力為大自然的變化尋求解釋時，最早的一群歷史學家也開始為歷史的走向尋求合理的解釋。希臘史學家認為，國家打敗仗並不是因為受到神的報復。史上最有名的兩位希臘歷史學家是希羅多德（西元前四八四年至四二四年）和修昔底德（西元前四六〇至四〇〇年）。

古希臘人相信，疾病是神降的災禍所致，只要人好好向神獻祭，神就會使生病的人痊癒。這並不是希臘人獨有的觀念。在現代醫學尚未成熟之前，人們普遍相信疾病起因於某些超自然的力量。例如英文的「流行性感冒（influenza）」這個詞，意思其實是「受到星星的不良影響」。

即使到了今天，仍然有許多人相信，某些疾病（例如愛滋）是上帝對人類的懲罰，也有人相信病患能藉由超自然的力量痊癒。

此刻希臘哲學開啟了新的方向，同時希臘的醫學也開始興起，試圖為疾病和健康尋求合理的解釋。據說，希臘醫學的始祖是大約西元前四六〇年時，在寇斯島誕生的希波克拉底斯。

根據希波克拉底斯傳下來的醫學傳統，預防疾病的首要方式，就是節制飲食，養成健康的生活習慣。健康是人的自然狀態，人之所以生病，是因為身體或心靈失去平衡，導致大自然偏離了正常軌道。健康之道就是節制、和諧，維持健康的身心。

現代人常討論「醫學倫理」，意思是醫生治病時必須遵循特定的倫理規範，比如說，不能開麻醉藥給健康的人；執業時還必須保守秘密，不可洩漏患者的病情。這些概念都是希波克拉底斯所提出的，他還要求學生宣讀以下誓言：

我將遵循自身的能力和判斷，採用對病人有益的療法。無論受到任何請託，絕不供應或建議使用毒藥，也不為婦女墮胎。無論訪視任何病家，不管其身分地位為何，我將維護病人的福祉，避免任何蓄意的惡行或引誘。我對執業時所獲知的病患隱私，若有不應洩漏者，將嚴加保密。若我堅守誓言，將得以享受生命、精進醫術，並永遠受世人敬重；若我違反誓言，將受到相反的報應。

星期六一早，蘇菲從床上驚醒。她是不是在作夢？難道她真的見到了那位哲學家？

她伸出一隻手往床底下探探，沒錯啊，昨晚收到的信還在。不是夢。

她一定有見到那個哲學家，而且還親眼看到他拿走她寫的信。

她蹲在地上，把床底下的信都拉出來。那是什麼？牆邊有個紅色的東西，是一條絲巾嗎？

她鑽到床底下，拉出一條紅色的絲巾。這顯然不是她的啊！

她仔細看了看那條絲巾，發現絲巾的接縫旁邊有墨水寫的字「席妲」，不禁嚇了一跳。

席妲啊席妲，這個人究竟是誰？她和蘇菲的人生道路為何不斷交錯呢？

蘇格拉底

……最聰明的人瞭解自己的無知……

蘇菲套上夏天的洋裝，快步下樓到廚房。她看到媽媽站在桌旁，決定不提絲巾的事。

「媽，妳拿報紙了嗎？」蘇菲問。

媽媽轉過身。

「妳可以幫我拿嗎？」

蘇菲快步飛奔出門，從石子路走到信箱旁。

信箱裡只有報紙。蘇菲心想，他大概不會這麼快回信吧。今天的報紙頭版是挪威聯合國部隊在黎巴嫩的新聞。

聯合國部隊……上次席妲父親寄來的生日卡片，就是蓋著「聯合國部隊」的郵戳吧？但那封信貼的是挪威郵票。搞不好挪威聯合國部隊有自己的郵局。

蘇菲回到廚房時，媽媽有點酸酸地說：「妳現在倒是很愛看報紙啊。」

還好那天吃早餐的時候，媽媽沒說到信箱的事情，那之後一整天也都沒提。後來媽媽出去買東西，蘇菲就把那封關於「命運」的信拿到祕密基地。

蘇菲看到自己收藏哲學家來信的餅乾盒旁邊，有個白色的小信封，不禁嚇了一跳。她確定那不是她放的。和她昨天收到的信一樣，白色信封的邊緣有點濕，上面還有兩三個洞。

哲學家是不是來過了？他知道她的祕密基地嗎？信為什麼濕濕的？

想著想著，她整個人頭昏腦脹，於是先拆開信來讀：

親愛的蘇菲：

妳的信很有意思，但我讀著讀著，不禁感到有點後悔。很抱歉讓妳失望，但我恐怕要婉拒妳的邀請。我們總有一天會見面，但可能要等上好一段時間，我才能親自到船長彎這裡來。

我得補充說明一件事，以後我就不能再親自送信了，因為這樣下去會有很大的風險。以後會有一個小信差幫我送信，而且是直接送到花園裡的祕密基地。

如果有必要，妳隨時都可以再和我聯絡。妳想找我的時候，請把一塊餅乾或一顆糖果放進粉紅色的信封裡。我的信差拿到信封後，就會直接送來給我。

PS：我很不願意拒絕和一位小姐共進咖啡，但有時候不得不這麼做。

還有，如果妳在哪裡看到紅色的絲巾，請把它保管好。大家常會拿錯自己的東西，尤其在學校這種地方，而這裡又正好是一所哲學學校。

亞伯特．諾克斯敬上

蘇菲剛過完十四歲生日，已經活了將近十五年，在她的人生中曾收到很多信件（尤其是聖誕節還有生日的時候），但卻從來沒收過像這次這麼奇怪的信。

信上沒貼郵票，也沒有投進信箱，而是直接送到蘇菲在老樹籬中的祕密藏身地。再說，現在明明就是乾爽的春天，信為什麼會弄濕呢？這實在令人困惑。

當然，最奇怪的還是有關那條絲巾的事。這位哲學家一定還有另外一個學生，而這個學生掉了一條紅色的絲巾，一定是這樣。不過她怎麼會把它掉在蘇菲的床底下呢？

而且……亞伯特．諾克斯？這名字還真怪。

有一件事是肯定的，就是這位哲學家和席妲．穆樂．奈格之間有某種關聯。但是席妲的爸爸怎會把她和蘇菲的地址搞錯呢？這實在難以理解。

蘇菲坐著想了很久，她和席妲之間究竟會有什麼關連？最後她決定放棄。反正哲學家說過，將來有天會和她見面，或許到時候也會見到席妲。

她把信紙翻到另一面，又發現了幾行字：

有人天生就會害羞嗎？
最聰明的人瞭解自己的無知……
真正的智慧源自於內心。
能辨別是非的人，必能進退合宜。

蘇菲知道，白信封裡的短句是她的功課，等於是預習即將送來的咖啡色大信封的內容。這時她忽然想到，如果「信差」會把咖啡色的大信封送到祕密基地，那她不如坐在這裡等他來（搞不好是「她」），然後堅持纏著那人不放，要他（她）招出哲學家的底細！哲學家在信裡面說，信差很小。該不會是小孩子吧？

「有人天生就會害羞嗎？」

蘇菲知道害羞代表不好意思，像是沒穿衣服被人家看到，就會覺得害羞。但是，因為沒穿衣服被看到而害羞，這是一種自然反應嗎？蘇菲覺得，要是某件事情很自然，那麼每個人做這件事情都會感到自然。在這個世界上，有很多地方的人覺得裸體是非常自然的事。這麼說來，一定是我們所處的「社會」決定了我們能做什麼、不能做什麼。蘇菲的奶奶年輕時，女人絕不可能上空做日光浴，但是現在，大多數人都覺得這件事很「自然」（雖然這種行為在許多國家還是嚴格被禁止）。這也算是哲學嗎？蘇菲納悶著。

輪到第二個句子了：「最聰明的人瞭解自己的無知」。

最聰明的人？這是跟誰比較呢？哲學家的意思是不是說，瞭解自己並不知道世界上所有事情的人，比那些所知不多、卻自認懂得很多的人更聰明？如果是這樣，蘇菲算是同意這個看法。她以前從沒想過這件事，但她越是仔細思考，就更加明白，「瞭解自己的無知」也是一種知識。有些人明明對某些事情一無所知，卻又裝作很懂的樣子，這真是蘇菲見過最愚蠢的人了。

接下來的句子說「真正的智慧源自內心」。可是，所有的知識不都是從外面進入我們的腦中？另外蘇菲也想到，她有時對於媽媽或老師教的東西都是左耳進、右耳出；而真正學到的知識，好像或多或少都是靠自己思考而得。有時候，她也會突然領悟以前完全不懂的事情。這大概就是所謂的「智慧」吧。

好吧，目前為止都還不錯。蘇菲覺得前三個問題都答得還算可以，但接下來這句話簡直太奇怪了：「能辨別是非的人，必能進退合宜。」她一想就不禁失笑。

難道這句話的意思是指，強盜搶銀行是因為無法辨別是非？蘇菲可不這麼認為。她的看法正好相反。她認為，不管是小孩子或大人，有時總會做出一些蠢事，做完可能又會後悔，這正是因為他們做事時違背了自己理性的判斷。

她繼續坐著思考，卻聽見最靠近樹林的乾枯灌木叢傳出一陣沙沙聲。該不會是信差吧？她開始心跳加速，眼看那個物體越來越靠近，同時發出動物般的喘息。

才一眨眼的功夫，一隻拉布拉多犬就鑽進祕密基地。牠銜著一個咖啡色大信封，接著把信丟在蘇菲的腳邊。這一切都來得太快，蘇菲根本來不及反應，彷彿才過了一秒鐘，她手裡就已經拿著咖啡色大信封，剛才那隻金黃色的狗狗早已跑回樹林裡了。

蘇菲這才回過神，忍不住哭了起來。

她就這樣坐著，完全不曉得過了多久。

接著，她忽然抬起頭。

原來如此，這就是哲學家說的信差！她如釋重負地嘆了一口氣。所以白色信封的邊緣才會濕濕的，還有小洞，她竟然都沒有想到。難怪哲學家會說，如果想寫信給他，就在信封裡放一塊餅乾或糖。

她可能沒有想像中那麼聰明，但是誰又猜得到，信差竟然是一隻受過訓練的狗狗呢？這簡直太不尋常了！這下子，她怎樣也無法從信差口中問到亞伯特・諾克斯的行蹤了。

蘇菲拆開大信封開始讀。

雅典的哲學

親愛的蘇菲：

妳開始讀這封信的時候，可能已經見過漢密斯了。要是妳還沒見到牠，我想先告訴妳，漢密斯是一隻狗。但是請別擔心，牠的個性很溫和，而且比許多人類都還要聰明；重點是，漢密斯不會假裝自己懂得很多。

妳可能也有發現，牠的名字有特別的意義。

希臘神話中也有個漢密斯（Hermes），他是眾神的信差，也是航海人所敬奉的神，但我們不是要談這個。重點是，從「Hermes」衍生出「Hermetic」這個字，意思是「隱藏」或「無法接近的」。就像狗狗信差漢密斯，牠小心不讓我和妳見到面，這樣一想，牠的名字倒是取得很好。

那麼，我們的信差總算正式出場了。只要妳叫牠的名字，牠就會回應，而且牠個性很乖巧。

先回到正題，開始談哲學吧。我們已經上完了課程的第一部份，認識了自然派哲學家的理論，還有人類如何摒棄了神話的世界觀。現在我們會談到三位偉大的古典派哲學家——蘇格拉底、柏拉圖和亞里斯多德。三位哲學家分別以不同的方式影響了整個歐洲文明。

也有人稱自然派哲學家為「蘇格拉底之前的哲學家」，因為他們生活的年代早於蘇格拉底。德謨克利特斯雖然比蘇格拉底晚了幾年過世，但他思考的脈絡屬於蘇格拉底之前的自然派哲學。無論就時間或地理位置來說，蘇格拉底都代表一個嶄新的時代。蘇格拉底是第一個誕生於雅典的偉大哲學家，他和兩位傳人都在雅典生活和工作。妳還記得嗎？安那克薩哥拉也曾在雅典居住一段時間，但後來他宣稱太陽不過是一塊又紅又熱的石頭，就此被驅逐出境（蘇格拉底的遭遇也沒有好到哪裡去）。

從蘇格拉底的年代開始，雅典成了希臘文化的中心。請注意，當哲學理論從「自然派」演變到「蘇格拉底學說」，哲學課題也產生了變化。但是我們上到蘇格拉底之前，得先稍微瞭解所謂「詭辯學派」的學說。在蘇格拉底的時代，詭辯學派可是雅典哲學家的一派主流。

哲學史就像一齣戲，一共有許多幕。蘇菲，好戲即將上演了！

以人為中心

大約從西元前四五〇年起，雅典成了希臘的文化中心。自此以後，哲學打開了新的方向。自然派哲學家所關切的課題，是自然世界的本質，因此他們在科學史上有著舉足輕重的地位；而雅典哲學家有興趣的課題，主要是「個人」和個人在社會上的地位。在當時的雅典，擁有人民議會和法庭的民主制度正漸漸成形。

為了使民主得以運作，人民必須受過足夠的教育，好參與民主的進程。我們也曾見過，現代新興的民主國家，同樣需要開啟民智。對當時的雅典人來說，精通「演說術」是第一要務，意思就是，說話要能夠讓人信服。

有一群四處遊歷的教師和哲學家，他們來自希臘各個殖民地，當時都聚集在雅典。這些人自稱是Sophist，意思是智者或博學之士。這些人在雅典以教導市民為生。

這群人就是「詭辯學家」，他們和自然派哲學家有一個共通點，就是不相信傳統神話的世界觀。但詭辯學家同時也認為，哲學思考一點用處也沒有。他們認為，人類就算能找到哲學問題的答案，卻不可能真正揭開大自然和宇宙的謎團。在哲學史上，這樣的看法就稱為「懷疑論」。

雖然我們無從解開所有大自然的謎團，但可以肯定的是，所有人類必須學習著共同生活。因此，詭辯學家關注的課題是個人在社會上的地位。

「人是衡量萬物的尺度。」詭辯學家普羅泰戈拉（約西元前四八五至四一〇年）這麼說。他的意思是，判斷一件事情的對錯、好壞，全看這件事和人類的需求有何關連。有人問他相不相信希臘眾神，他回答：「這個問題太複雜，而生命太短促。」像他這樣無法確定世界上是否有神的人，就叫作「不可知論者」。

這一群詭辯學家多半曾在各地遊歷，也見識過各種不同的政治制度，這些城邦的傳統和地方法律可能都有很大的差異。也正因如此，詭辯學家不禁提出質疑，究竟哪些事物是與生俱來？哪些又是社會環境所造成的？於是，這群人在雅典城邦醞釀了社會批評的氛圍。

比如說，詭辯學家就指出，「天生害羞」這種說法不一定能成立，因為如果害羞是「天生」的，那表示人一出生就會害羞，這是內在與生俱來的天性。但是啊，蘇菲，妳覺得害羞真的是天生的嗎？或是由社會環境所造成？對於曾在世界各地遊歷的人來說，答案應該顯而易見吧，裸體被看到會不好意思，這種感覺並不「自然」，也不是天生的。害不害羞，這主要是受到社會規範的影響。

蘇菲，妳應該可以想像吧，當雅典人聽到四處遊歷的詭辯學家宣稱「世界上沒有絕對的標準來斷定是非」，一定會造成激烈的爭論。

而另一方面呢，蘇格拉底抱持相反意見，想證明世界上確實存在絕對的是非標準，而且放諸四海皆準。

蘇格拉底是誰？

蘇格拉底（西元前四七〇至三九九年）可能是整個哲學史上最神秘的人物，他生前沒有留下任何文字，卻深深影響了歐洲的思想。其中一個重要的原因，是他戲劇性地結束了生命。

蘇格拉底生於雅典，他在有生之年，大多待在在雅典市中心的廣場、市場等地，和他遇見的民眾閒聊。「鄉間的樹林不會教我任何事情。」蘇格拉底這麼說。他有時候會一連站著好幾個小時，專心思考，最後想到出神。

他在當時的雅典就已是謎樣的人物，去世不久後，就被譽為許多不同哲學學派的始祖。因為他不僅為人神秘難解，關於他的事蹟也相當模糊，因此各個大相逕庭的哲學學派，都有辦法宣稱蘇格拉底是他們的始祖。

現在，我們已經確知蘇格拉底長得很醜，他有啤酒肚、眼睛很凸，還有個獅子鼻；但是呢，據說他的個性超級和善，也有人說他簡直「前無古人，後無來者」，但雖然如此，他最後仍因為從事這些哲學活動，而被判處死刑。

我們主要是透過柏拉圖的著作，才能得知蘇格拉底的生平。柏拉圖是蘇格拉底的學生，也是有史以來最偉大的哲學家之一。柏拉圖寫過好幾本《對話錄》，用類似戲劇對話的方式來討論哲學，而蘇格拉底正是《對話錄》裡的主要角色，也像是柏拉圖的代言人。

在《對話錄》中，柏拉圖藉由蘇格拉底之口來闡述自己的哲學，所以我們不確定書中所記載蘇格拉底的言論，是否確實為蘇格拉底本人說的。所以，蘇格拉底和柏拉圖兩個人的學說也就不太容易區分。我們面對許多不曾留下書寫紀錄的歷史人物時，都會遇到類似的難題，最典型的例子當然就是耶穌。我們不能確定耶穌當年是否真的說過馬太福音或路加福音所記載的話；至於蘇格拉底本人究竟說過什麼，也永遠是解不開的謎團。

但是呢，相對來說，蘇格拉底真正的面貌其實不太重要。因為將近兩千五百年來，一直是「柏拉圖所描繪的蘇格拉底」啟發了西方的思想家。

談話的藝術

蘇格拉底之所以高明，關鍵就在於你和他談話時，根本感覺不到他想要指導你，而且還正好相反，你會覺得他很想在談話時從對方身上學習。他不像傳統的學校老師那樣「講課」，而是和別人「討論」。

顯然，要是蘇格拉底單純只是在聽別人說話，他肯定不會成為有名的哲學家，更不會因此被判處死刑。但是呢，他做的事情其實也只是提出問題，藉此開始和別人談話，就好像他自己一無所知似的。在談論的過程中，他通常會設法讓對方承認自己言論中的弱點，最後被逼到詞窮，就不得不承認什麼是對的、什麼是錯的。

蘇格拉底的母親是一個接生婆。蘇格拉底常常說，他的談話藝術和接生婆很像，接生婆自己並不是生孩子的人，但她幫忙別人生出孩子。同樣地，蘇格拉底覺得他的任務就是幫助人們「生出」正確的智識，因為真正的智慧來自內心，並非得自別人的傳授。人唯有發自內心的領悟，才能擁有真正的智慧。

我再說明一下好了，人類生育小孩的能力是與生俱來的；同理，我們只要善加運用自己天生擁有的思考能力，就能領悟哲學的真理。運用天生的思考能力，就是要探求自己的內心，運用天生的智慧。

蘇格拉底就這樣佯裝自己一無所知，強迫他遇到的人運用自己的常識來思考。像他這樣假裝自己無知、愚蠢的方式，就叫作「蘇格拉底式反諷」。他也因此得以一直揭露人們思想上的弱點，就連在市區廣場的中心，他也照樣裝傻，所以有些人認為，和蘇格拉底談話很可能會當眾出糗。

講到這裡，應該不難理解，為什麼當時的人越來越討厭蘇格拉底，尤其是一些在地方上有頭有臉的人。據傳蘇格拉底說過一句話：「雅典城就像一匹懶散的馬兒，而我就是一直叮牠、想讓牠恢復活力的牛蠅。」

（蘇菲，妳知道我們是怎麼對付牛蠅的嗎？）

神聖的聲音

蘇格拉底就像牛蠅一樣，不停叮咬他的同胞，其實不是要折磨他們。這是因為他心裡有個聲音，告訴他不得不這麼做。他總是說自己心中有「神聖的聲音」。比如說，他堅決反對將他人判處死罪，也不願告發他的政敵，導致自己最後丟了性命。

西元前三九九年，蘇格拉底被控「宣揚新的神，腐化年輕人的心靈」，以及「不願信奉眾人所相信的神」。在五百名陪審員投票表決後，他以些微的票數之差被定罪。

他其實可以懇求陪審團的饒恕，或者至少答應要離開雅典，藉此逃過一死。但如果這麼做，他就不是蘇格拉底了。蘇格拉底把良心和真理看得比生命更重要。他向陪審團保證，他過去所做的一切都是為了雅典的福祉，但最後仍被判處死刑，被迫服毒自盡。不久之後，蘇格拉底就在友人面前喝下了毒藥，結束自己的生命。

蘇菲，這究竟是為什麼呢？蘇格拉底為什麼非死不可？兩千四百年來，人們不斷在問這個問題；但在歷史上，這樣堅持捍衛自己的信念、最後被定罪處死的人，並不只有蘇格拉底一個。

我剛才提過的耶穌就是其中一個，其實，蘇格拉底和耶穌有幾個極為相似之處。

首先，兩人的生平都帶有謎樣色彩，即使在他們那個年代，人們也無從瞭解他們的真實面貌。蘇格拉底和耶穌都不曾提筆寫下自己的學說、教誨，我們只得透過兩人的門徒所記載的內容，來認識他們。但可以肯定的是，兩人都是通曉談話藝術的高手，言談間充滿自信，但雖然引人入勝，也很容易觸怒別人。另外相當重要的一點，就是兩人都相信自己代表某種更高的力量發言。他們挑戰地方勢力，批判社會上的各種不公不義和腐敗，最後也都為此賠上性命。

蘇格拉底和耶穌所受的審判，顯然也極為相似。

兩人原本都可以懇求審判者網開一面，來保全自己的性命，但他們卻都堅持要誓死捍衛自己身負的使命。而他們壯烈成仁的事蹟，也吸引了眾多門徒追隨，即使他們去世後仍然如此。

蘇菲，我說了這些，並不是要強調耶穌和蘇格拉底很像，只是想提醒妳，他們想傳達給世人的訊息，其實和他們個人的勇氣有密切關連。

雅典的小丑

蘇菲，現在真的要談蘇格拉底了！剛才已經說過他宣揚理念的方法，但他關注的哲學課題是什麼呢？

蘇格拉底和詭辯學家生於同一個時代，也同樣較為關注「個人」和「人在社會中的位置」，較少探討大自然的力量。在好幾百年之後，羅馬哲學家西塞羅就曾這麼形容：「蘇格拉底將哲學自天上召喚下來，讓她在各地定居，進入家家戶戶的生活，並審視生命、倫理和善惡。」

但關鍵就在於，蘇格拉底有一點和詭辯學派截然不同。他不認為自己是所謂的智者或博學之士；他也不像詭辯學家那樣，為了賺錢而教書。不，蘇格拉底並非如此，他反而說自己是一個「哲學家」。而蘇格拉底確實是一位真正的哲學家，因為哲學家這個英文字philosopher，本意就是「愛好智慧的人」。

蘇菲，妳有沒有找個舒服的姿勢坐好聽課？我剛才提到的這點很重要，因為妳必須完全理解「智者」和「哲學家」的不同，才能繼續上以後的課。「智者」也就是「詭辯學家」，他們教學是要收費的，而且所教的道理多少有點吹毛求疵的味道，而長久以來，像這樣的詭辯學家簡直多不勝數。我的意思是指所有學校老師，以及只有一丁點知識就滿足到自以為通曉萬物的人，或是自詡為博學但其實一無所知的人。蘇菲，雖然妳還年輕，說不定已經遇過幾位詭辯學家了。但是妳要知道，真正的哲學家完全不是這樣，事實上，哲學家正好和詭辯學家相反。哲學家知道，自己所知的非常有限，所以不斷努力探求真正的智慧。蘇格拉底就是這些罕見的哲學家之一，他知道自己對生命和這個世界一無所知，然後關鍵來了：他因為自己所知甚少而苦惱。

所以呢，所謂的「哲學家」，其實就是領悟到自己的知識貧乏，並因此而苦惱的人。這麼說來，哲學家仍然比自詡為博學但實際上一無所知的人更加聰明。蘇菲，我之前說過：「最聰明的人明白自己的無知。」而蘇格拉底自己也說：「我只知道一件事，就是我一無所知。」

請記得這句話，因為很少有人會承認自己的無知，就連哲學家也一樣。而且，當眾說出這句話其實非常危險，可能會因此丟了性命。「提出問題的人」最有可能顛覆現狀，反之，回答問題就安全多了。任何一個問題都可能比一千個答案更具有爆炸性。

蘇菲，妳有沒有聽過〈國王的新衣〉？故事裡的國王其實全身赤裸，但臣民卻都不敢點破真相。就在這個時候，突然有一個小孩脫口而出：「他明明什麼都沒穿啊！」蘇菲，這個小朋友非常勇敢，和蘇格拉底一樣。蘇格拉底勇敢地告訴我們，人類所知道的其實很有限。之前的幾堂課，我們也談過哲學家和小孩的相似之處。

讓我再具體說明吧，人類面對著許多難題，一直找不到滿意的答案，於是產生了兩種可能的狀況：第一種，我們可以自欺欺人，假裝自己能掌握所有的知識；第二種呢，則是閉上雙眼，永遠不管這些問題，放棄所有前人思考而得的結論。關於這兩種選擇，並沒有一致的結論，因為一般來說，人們不是對自己的想法太過篤定，就是對一切漠不關心。（這兩種人都住在白兔的毛皮深處！）

蘇菲，這就像切牌一樣，把黑牌、紅牌分成兩堆，但偶爾會出現小丑牌，這些牌既不是紅桃或黑桃，也不是紅磚或梅花；而蘇格拉底就像雅典的小丑，既不篤定，也並非漠然。他只知道自己一無所知，而且深受其擾，所以他成了一名哲學家，踏上追尋真理之路，永不放棄。

傳聞有個雅典人問德爾菲的神諭：「誰是雅典最聰明的人？」神諭回答說：「蘇格拉底是所有凡人中最聰明的。」蘇格拉底聽到這件事，不禁嚇了一跳（蘇菲，我看他一定是當場大笑吧！），他直接去找雅典市民公認聰明出眾的一個人，問他問題，但就連這個人也無法給他滿意的答案，於是蘇格拉底終於瞭解，神諭說得沒錯。

蘇格拉底認為，我們必須鞏固自己的知識基礎，而他相信，這個基礎建立在人的理性之上。蘇格拉底深深相信人的理性，因此他顯然是一個理性主義者。

擁有正確的見解，就會採取正確的行動

蘇菲，我在先前的信中說過，蘇格拉底宣稱自己受到心中的「神聖聲音」指引，而他的

「良知」也告訴他什麼是對的，他說：「人能知善，便能行善。」

蘇格拉底的意思是，人有正確的見解，就會採取正確的行動，唯有如此才會成為「有德之人」。我們會犯錯，是因為不曉得什麼才是對的，因此人必須持續學習。蘇格拉底很想為「是非」的概念找出清楚且放諸四海皆準的定義，他和詭辯學家的不同之處，在於他相信人的理性自有辨別是非的能力，不必從社會中尋求。

蘇菲，妳可能覺得我剛才最後一部份說得不太清楚。我這樣講好了：蘇格拉底認為，人如果違反自己的理性判斷來生活，就不會快樂；而知道如何得到快樂的人，就會依照自己的理性行事。所以說，能用理性判斷是非的人，就不會做壞事，畢竟誰會想成為一個不快樂的人呢？

蘇菲，妳覺得呢？如果妳一直做出自己深知不對的事，還能夠活得很快樂嗎？許多人會欺瞞、背叛或中傷他人，而他們自己也深知這麼做是不對或不公平的。妳覺得這些人快樂嗎？

蘇格拉底覺得不會。

蘇菲讀完之後，很快把信塞回餅乾盒裡，然後爬出祕密基地，回到花園。她想趁媽媽買完菜回家之前進門，以免又被問說剛才去了哪裡。而且她也答應要幫媽媽洗碗了。

蘇菲才剛在水槽裡放滿水，媽媽就提著兩個大袋子搖搖晃晃地走進來，大概是因為這樣吧，所以媽媽一進來就說：「蘇菲，妳最近好像有心事。」

蘇菲不知怎地，竟然脫口而出：「蘇格拉底也一樣啊！」

「蘇格拉底？」媽媽睜大雙眼看著蘇菲。

「所以他最後丟了性命，真令人難過。」蘇菲若有所思說。

「我的天啊！蘇菲，我不知道該怎麼辦了！」

「蘇格拉底也是啊。他只知道自己一無所知，但他卻是雅典城裡最聰明的人。」

這下媽媽說不出話了。

她最後才終於開口：「蘇菲，這是學校老師教的嗎？」

蘇菲使勁搖搖頭。

「我們在學校什麼也學不到。老師和哲學家的差別，就在於老師自以為懂得很多，還強迫我們接受那些知識；但哲學家會和學生一起尋求答案。」

「又來了，這跟上次妳說的白兔一樣！蘇菲，妳聽著，快告訴我妳男朋友到底是誰，否則我會懷疑他腦袋有問題。」

蘇菲轉過來背對洗水槽，用菜瓜布指著媽媽說：「他腦袋才沒問題呢，他只是喜歡讓別人傷腦筋，讓他們跳脫一成不變的思考方式。」

「不要再說了！我倒覺得他有點目中無人。」

蘇菲又轉過頭面對水槽。「這不是他目中有沒有人的問題，他只是想追尋真正的智慧。這就是撲克牌中，真正的小丑牌和其他紙牌的差別。」蘇菲說。

「小丑？」

蘇菲點點頭。「媽，妳有沒有想過，一副撲克牌裡面有很多愛心和紅磚，也有很多黑桃和梅花，但卻只有一個小丑。」

「我的老天啊，蘇菲，妳還真愛頂嘴！」

「妳也很愛問問題啊！」

媽媽把買來的東西都放好之後，就拿著報紙走回客廳。蘇菲覺得媽媽今天關門特別大聲。

蘇菲洗好碗，上樓回到自己的房間。她把從打開衣櫃，從最上層拿出之前和積木放在一起的紅色絲巾，仔細看一看。

席妲啊……

雅典

……有幾棟高樓自廢墟中立起……

當天傍晚，蘇菲的媽媽出門去找朋友。媽媽才一出門，蘇菲就立刻下樓，跑到花園裡的祕密基地。她發現餅乾盒旁邊有一個厚厚的包裹，拆開之後，裡面有一卷錄影帶。

蘇菲快步跑回家。這次是一卷錄影帶！哲學家怎麼知道蘇菲家有錄放影機？帶子裡的內容又是什麼呢？

蘇菲把帶子放進錄影機，電視螢幕上隨即出現了一座遼闊的城市，一看到鏡頭拉近到衛城，蘇菲就知道這裡一定是雅典，她從前也看過不少雅典的古代廢墟照片。

這卷帶子是實景拍攝，有一群穿著夏裝的遊客，背著相機在廢墟之間走動。裡面好像有人拿著一塊告示牌。又來了，牌子上寫的不就是「席妲」嗎？

又過了一兩分鐘，鏡頭拍到一位中年男子的特寫。他長得有點矮，留著整齊乾淨的黑鬍子，頭上戴著藍色貝雷帽。男人對著鏡頭說：「蘇菲，歡迎來到雅典。妳應該有猜到吧？我就是亞伯特．諾克斯。如果妳還沒猜到，我就再說一次吧，魔術師仍在努力把大兔子從宇宙的帽子裡拉出來。」

「這裡是雅典的衛城，這個詞代表『城堡』，或者更確切地說，是『山城』的意思。因為衛城的地理位置特殊，所以從石器時代開始就有人居住。這裡地勢高，容易抵禦入侵，而且從高處俯瞰，位於地中海的良港都盡收眼底。雅典人早期在高地下面的平原發展時，衛城就當作堡壘和神廟……西元前五世紀的上半葉，雅典人對波斯人發動了一場慘烈的戰爭；西元前四八〇年，波斯國王薛西斯率兵掠奪雅典城，燒毀了衛城所有的古老木建築；一年後，波斯人打了敗仗，就開始了雅典的黃金時期。雅典人開始重建衛城，規模比以前更加氣派，並且純粹只作為神廟使用。」

「蘇格拉底就是在這個時期，穿梭在雅典城的大街小巷和廣場上，和市民談話。他原本可以親眼見證衛城的復興，看到我們四周這些雄偉建築被建造起來。妳看這裡的景象是不是很壯觀！在我身後，妳可以看到世界上最大的神廟巴特農神殿。巴特農的意思是『處女之地』，是為了雅典的守護神雅典娜而建的。這座宏偉的大理石建築中，沒有任何一條直線，神殿的四面牆都有少許弧度，使整棟建築在視覺上不會太過沉重。也正因如此，這座神廟雖然很龐大，卻因為這樣的視覺幻象，而顯得很輕巧。神殿的每一根柱子都微微向內傾斜，如果繼續往上蓋，就會形成高達一千五百公尺的金字塔。巴特農神殿裡，只有一尊十二公尺高的雅典娜雕像。這裡所用的白色大理石，是從十六公里外的山上運來的，當時上面還有生動的彩色圖畫呢。」

蘇菲坐著看錄影帶，心裡緊張得要命。哲學家真的在對她說話嗎？蘇菲只有在黑夜看過一次他的側影。這個站在雅典衛城的男人，真的是他嗎？

他開始沿著神殿走，攝影機也跟在他身後。他走到衛城高地的邊緣，指向底下的風景，這時鏡頭帶到高地正下方的一座古老戲院。

「瞧，那是古老的酒神劇院。」這位戴著貝雷帽的男人繼續說：「這裡說不定是全歐洲最古老的戲院喔。在蘇格拉底的時期，伊思奇勒斯、沙弗克里斯和尤里皮底斯這些希臘劇作家寫的偉大悲劇就在這個劇院演出。我之前講到沙弗克里斯筆下命運悲慘的伊底帕斯王，這齣悲劇最早也是在這裡上演。但這裡同樣會演喜劇，當時最有名的喜劇作家叫作亞里斯多芬尼斯，他寫過一齣惡毒的喜劇，把蘇格拉底描繪成雅典的小丑。你看，這裡是劇院的正後方，當年演員就是用這裡當背景，叫做skēnē，英文字的scene（場景）就是由此衍生而來。順帶一提，英文字的theater（劇院）源自古希臘文，原本的意思是『看』。但是蘇菲，先說到這裡吧，我們得繼續談談哲學家了，我們要繞過巴特農神殿，走過大門口……」

這位矮小的男人繞過巨大的巴特農神殿，穿過右手邊幾座比較小的神廟，走下兩旁有著高大石柱的梯階。到達衛城的最低點時，他走上一座小山丘，遙指雅典的方向說：「現在我們所站的小山丘，是古代雅典的亞略巴古石臺，也是審判殺人犯的地方。在幾百年之後，使徒保羅站在此處對雅典人宣揚耶穌的教誨。關於他所說的內容，我們之後還會談到。現在請看左下方，那是古代雅典市區廣場的遺跡，現在只剩下幾塊大理石，和供奉鐵匠、工匠之神赫菲斯特斯的大神廟之外。我們繼續往下走吧……」

畫面切換，接著他出現在一片古老的廢墟之中。在電視螢幕的最上方，蘇菲看見衛城的雅典娜神殿矗立在藍天之下，而她的哲學老師坐在一塊大理石上。他對著鏡頭說：「這裡是古代雅典的市區廣場，看到此刻的景象，是不是很令人嘆息？以前，這裡四周被壯麗的神殿圍繞，還有法院、公共機構、商店、音樂廳，甚至有大型體育場，而寬闊、開放的廣場就位於正中央……整個歐洲的文明都在這個樸實的地方打下基礎。」

哲學老師接著說：「現在我們所說的政治和民主、經濟和歷史、生物和物理、數學和邏輯、神學和哲學、倫理學和心理學、理論和方法、概念和系統，還有其他許多的字，起初都是由每天常在這個廣場出沒的一小群人所創的。當年，蘇格拉底就是在這個廣場花了很多時間和人談話，他可能會拉住扛著橄欖油的奴隸，向這個倒楣的人提出哲學問題，因為蘇格拉底認為，奴隸和社會上的其他人同樣有常識。他也可能和別人激烈爭辯，或是和他的學生柏拉圖進行一場平和的討論。想想還真奇妙，我們現在常說『蘇格拉底式』和『柏拉圖式』的哲學，但真正做蘇格拉底或柏拉圖本人，那又是另一回事了。」

看到這裡，蘇菲也覺得這件事想想還真是奇妙。但蘇菲也想到，這位哲學老師竟然派了一隻神秘的狗把錄影帶送到她的祕密基地，而且他本人現在就在電視上對她說話，這件事實在也很奇妙。

哲學家從大理石上站起來，小聲地說：「蘇菲，我本來只想讓妳看看衛城和古代雅典廣場的遺跡，講到這裡就好。但是我現在不太確定，妳能想像這裡以前壯觀的景象嗎？所以我很想……更進一步……當然這會有點不尋常……但我相信妳一定不會告訴別人。反正我們只要看一下就好……」

他說完之後就陷入沉默，站在那兒一直看鏡頭。就在這個時候，有幾棟高樓自廢墟中立起。好像變魔術一樣，昔日的建築又再度出現，蘇菲仍然看見衛城矗立在天際，但衛城和廣場上的建築都變得煥然一新，表面覆蓋著金箔，還漆上鮮豔的色彩。人們都打扮得很有朝氣，在廣場附近漫步，有人身上佩劍，有人頭上頂著瓶子，還有一個人腋下夾著一卷紙草。

就在這個時候，蘇菲看見她的哲學老師。他仍然戴著那頂藍色的貝雷帽，但卻換上和其他人一樣的黃衫，長及膝蓋。

他走向蘇菲，對著鏡頭說：「這樣好多了！蘇菲，這裡是古代的雅典城，看看吧，我好希望妳能親自來這裡。現在是西元前四〇二年，也是蘇格拉底去世的三年前。我希望妳喜歡這趟特別的遊覽，我可是好不容易才找到一個攝影師……」

蘇菲頭都昏了。這個奇怪的男人，怎麼會忽然來到兩千四百年前的雅典？蘇菲心想，她怎麼可能看到來自另一個時代的錄影帶呢？再說，古代根本沒有錄影機……這該不會是電影吧？但是呢，電視中的大理石建築看起來都很逼真。要是他們為了拍電影，重建整座雅典廣場和衛城，光是佈景就得花上一大筆錢。再說，如果拍這部片只是為了讓蘇菲瞭解昔日的雅典，那也花太多錢了吧。

戴藍色貝雷帽的男人再次抬頭看著蘇菲。

「蘇菲，妳有沒有看到站在廊柱下的兩個男人？」

蘇菲注意到畫面中有個年長的男人穿著一件皺巴巴的長衫，他的鬍子沒有修剪，又長又亂，長了一個獅子鼻，但眼神犀利，兩頰飽滿。另一個英俊的年輕人站在他身旁。

「那是蘇格拉底和他的年輕學生柏拉圖，妳待會兒就會親自見到他們。」哲學家走到那兩個男人身旁，拿下帽子，說了一些話，但是蘇菲聽不懂。蘇菲心想他說的一定是希臘文。然後，他看著鏡頭說：「我跟他們說，妳是一個來自挪威的女孩子，很想和他們見面。所以呢，柏拉圖將會提出一些問題讓妳思考。但是動作要快，免得警衛發現我們。」

那位年輕人往前走，雙眼看著攝影機，而蘇菲覺得自己太陽穴的脈搏在用力跳動。

「蘇菲，歡迎來到雅典，」他講話很輕柔，但有點外國人的腔調。「我的名字叫柏拉圖。我要交給妳四個任務。首先，請妳想一想，一個麵包師傅要如何烘焙五十個一模一樣的餅乾。接著問問妳自己，為什麼所有的馬都一樣？第三，妳覺得人的靈魂是否不朽？最後，請說說看，男人和女人一樣都擁有理性嗎？祝妳好運。」

然後電視上的畫面就消失了。蘇菲一直倒轉又快轉，但已經沒有其他畫面了。

蘇菲努力想釐清腦中的思緒，但是一件事情都還沒想通，就有另一件事在腦中浮現。打從一開始，蘇菲就知道這位哲學老師很古怪。但她還是覺得，他這次用違反自然法則的方式來教學，好像有點超過。

她真的在電視上看到蘇格拉底和柏拉圖嗎？當然不是，根本不可能。但這捲帶子又顯然不是卡通。

蘇菲把錄影帶取出來，拿著帶子回到樓上的房間，放在衣櫃上層的積木旁邊。然後她整個人倒在床上，因為太過疲倦，不久就睡著了。

過了幾個小時，媽媽走進她的房間，輕輕搖了搖她。

「蘇菲，妳怎麼啦？」

「嗯？」

「怎麼衣服都沒脫就睡了！」

蘇菲睡眼惺忪。

「我跑去雅典。」她咕噥著說了一句，然後又翻身睡著了。

柏拉圖

……渴望回到靈魂的世界……

隔天一大早蘇菲忽然驚醒，瞄了一眼時鐘，發現才五點多，但卻覺得睡飽了，於是就坐在床上。她納悶著，心想自己為什麼還穿著昨天出門的衣服？然後才終於想起昨天發生的一切。她站在一個凳子上，檢查衣櫃的最上層。錄影帶確實還在那裡，原來這真的不是夢。至少不完全是。

但她怎麼可能真的見到了柏拉圖和蘇格拉底？算了，管他的！她已經沒有力氣再去想這件事了。或許媽媽說得沒錯，她這幾天真的有點神經兮兮。

無論如何，她再也睡不著了。搞不好她應該再去一趟祕密基地，看看那隻狗有沒有送來新的信。蘇菲偷偷跑到樓下，套上慢跑鞋就出門了。

花園裡的萬物都很清澄寧靜。鳥兒用力歌唱，讓蘇菲看了忍不住笑意。朝露在草葉上閃閃發亮，有如水晶一般。這個世界太過美好，真是不可思議，蘇菲再次深受感動。

老樹籬裡面非常潮濕。蘇菲沒有看到哲學家送來的信，但她還是把粗大的樹根稍微拍乾淨，然後坐下來。

她想到，錄影帶裡的柏拉圖要她回答一些問題。第一個問題是麵包師傅要怎麼做出五十個一模一樣的餅乾。

蘇菲覺得自己必須仔細想一想，畢竟這個問題一定不簡單。媽媽有時候也會烤餅乾，每個做出來都不會完全一樣。但媽媽畢竟不是專業的麵包師傅，有時還把廚房弄得像被炸彈轟炸過。不過，就算是在店裡賣的餅乾，也從來不會完全一樣，每一塊餅乾都分別在師傅的手中成形。

想到這裡，蘇菲臉上浮現滿意的笑容。她還記得，有一次媽媽忙著烤聖誕節餅乾，所以她和爸爸一起去買東西。他們回家之後，看到廚房的桌上擺著很多薑餅人。雖然這些薑餅人不是全都很完美，但就某方面來說，它們全都一模一樣。為什麼呢？顯然是因為媽媽用了同一個「模子」做出這些薑餅人。

蘇菲覺得很得意，因為自己竟然會記得這件事。於是，她覺得第一個問題應該回答完了。如果師傅做了五十個完全一樣的餅乾，那麼一定是用了同一副餅乾模子。答案就是這樣！

在錄影帶中，柏拉圖對著鏡頭問的第二個問題是：為什麼所有的馬都一樣？可是，事實完全不是這樣啊！蘇菲的看法正好相反，她認為不會有任何兩匹馬是完全相同的，就好比沒有兩個人是一模一樣的。

蘇菲正打算放棄時，忽然想起剛才思考過的餅乾問題。其實兩塊餅乾也不可能一模一樣，有些比較厚，有些比較薄，有些還會碎掉。然而，每個人都看得出來，這些餅乾就某方面來說，確實「一模一樣」。

或許柏拉圖真正想問的是，為什麼馬一直都是馬，不會變成像馬又像豬的動物？因為，雖然有些馬和熊一樣是咖啡色的，有些又像綿羊一樣是白色的，但是所有的馬都有共通之處。例如說，蘇菲從來沒看過六條腿或八條腿的馬。

但柏拉圖總不可能以為，馬之所以全都一樣，是因為牠們是用同一個模子做成的吧？

柏拉圖的下一個問題真的很難：人是否有不朽的靈魂？蘇菲覺得自己還沒有資格回答這個問題。她只知道，人死了以後不是火葬就是土葬，沒有未來可言。如果人擁有不朽的靈魂，那我們就必須相信，一個人是由兩個不同的部分所組成的：一個是使用多年之後就會損壞的軀體，而另一個呢，是無論軀體的狀態如何，仍然多少能獨立存在的靈魂。蘇菲的奶奶說過，她覺得自己只有身體在老化，但內心卻一直還是年輕的女孩子。

蘇菲一想到「年輕女孩」，就想到柏拉圖的最後一個問題：男人和女人同樣擁有理性嗎？這她不敢肯定，得看看柏拉圖所謂的「理性」是什麼。

蘇菲想起，哲學老師談論蘇格拉底時，有提到蘇格拉底曾經指出，每個人只要運用自己的常識，都能理解哲學的真理。他也說過奴隸和貴族一樣有常識。所以蘇菲確定，蘇格拉底也會說女人和男人一樣有常識。

她正著思考這些問題的時候，忽然聽見樹籬裡傳來沙沙聲，還有類似蒸汽引擎的噴氣聲，然後金色的拉布拉多就一溜煙鑽進祕密基地，嘴裡銜著一個大信封。

「漢密斯！」蘇菲叫牠，「快，把信給我！」

漢密斯把信放在蘇菲的腿上。蘇菲伸手摸摸牠的頭。

「好乖。」蘇菲說。

漢密斯躺下來讓蘇菲摸牠，但幾分鐘後就又站起來，鑽過樹籬從原路回去。蘇菲拿著咖啡色的信封跟在牠後面，爬過濃密的樹叢，不久就出了花園。

漢密斯已經往樹林的邊緣跑去，蘇菲跟在牠身後幾公尺處。狗狗兩度轉過來對著她叫，但蘇菲一點也不退縮。

這一次，她下定決心要找到哲學家，就算一路跑到雅典也要找到他。

漢密斯越跑越快，突然來到一條很窄的小路。蘇菲緊迫在後，但是幾分鐘後，狗狗轉身面對她，像看門狗一樣吠叫。蘇菲還是不肯放棄，更趁機拉近了距離。

漢密斯轉身飛奔。蘇菲這才發現她根本不可能追上，只好在原地停下來，站了好久好久，聽到牠的腳步越跑越遠，最後一切恢復寂靜。

她在樹林的空地找到一截斷掉的樹木，坐在上面，手中還拿著咖啡色信封。她把信拆開，拿出幾頁打好字的信紙開始讀：

柏拉圖學院

蘇菲，謝謝妳和我共度了這段愉快的時光（我是說在雅典的時候）。現在我也算是做過自我介紹了。既然我也向妳介紹了柏拉圖，那今天就直接開始談他吧。

蘇格拉底服毒而死的時候，柏拉圖（西元前四二七至三四七年）才二十九歲，已經跟隨蘇格拉底學習了一段時間，也密切注意蘇格拉底受審的過程。他看到雅典人竟然把雅典城邦最高貴的市民處以死刑，內心感到非常震撼。這件事也深深改變了他追尋哲學真理的路途。

柏拉圖認為，蘇格拉底的死顯然代表了現實社會和理想社會的衝突。柏拉圖成為哲學家之後，首先就把蘇格拉底對陪審團的陳情詞出版成《自辯》一書。

蘇菲，妳一定記得我說過，蘇格拉底沒有留下任何書寫紀錄。在蘇格拉底之前的哲學家，有不少人曾寫下自己的理念，但那些文字至今幾乎都蕩然無存。至於柏拉圖，我們認為他的重要著作應該都已保存下來。（除了蘇格拉底的《自辯》之外，柏拉圖也寫了許多書信集，還有至少二十五篇哲學對話錄。）他的作品能夠繼續留存至今，有部分原因，是柏拉圖在距離雅典不遠的樹林中創立了一所哲學學校，並以古希臘傳奇英雄阿卡德穆斯（Academus）為名。因此這個學校被稱為「學院」或「學院」（Academy）。此後，世界各地成立了成千上萬所「學院」，我們之後還會談到「學院」和「學科」的問題。

柏拉圖學院所教的科目包括哲學、數學和體育。但是呢，說「教」其實不太對，因為在柏拉圖學院的課堂上，是以活潑的對話方式上課。這麼說來，柏拉圖採取對話錄的形式寫作，並非出於偶然。

永遠的真、善、美

在這門哲學課的序言中，我曾經說過，我們可以不時問自己，某一個哲學家研究的課題是什麼。所以我現在想問：柏拉圖關心哪一些課題？

簡單說來，我們知道柏拉圖關注永恆不變的事物和「流動」事物之間的關係（就像在蘇格拉底之前的哲學家）。我們已經知道詭辯學家和蘇格拉底如何將注意力從自然哲學的問題轉到人和社會的問題。但在某方面看來，就連蘇格拉底和詭辯學家也會關心永恆不變的事物與「流動」事物之間的關係。他們對這個問題感興趣，是由於這關乎人類道德、社會理想或美德之類的事物。簡單說，詭辯學家認為每一個城邦、每一個世代對於是非的觀念都各不相同，所以是非的觀念是「流動」的；但蘇格拉底完全不能接受這個想法，他認為世界上存在著永恆，也有絕對的是非觀念，而我們只要運用心中的常識，就能領悟這些不變的準則，因為人類的理智其實是永恆不變的。

蘇菲，妳懂我的意思嗎？後來柏拉圖出現了，他同時關注自然中永恆不變的事物，也關心人類道德與社會中永恆不變的事物。柏拉圖認為，這兩個問題是一體兩面。他試圖掌握一個永恆不變的「真理」。

老實說，這就是我們需要哲學家的原因。我們並非需要哲學家來幫忙選出選美皇后，或是告訴我們今天的蕃茄哪一家最便宜。（所以哲學家通常不受歡迎！）哲學家會避免談論這種不具有永恆價值的話題，提醒大家注意永恆的真、善、美。

理解這一點之後，我們才能開始大略掌握到柏拉圖的課題。但還是先照順序來吧，畢竟我們正試著瞭解一個不凡的心靈，他對後世的歐洲哲學將產生深遠的影響。

理型的世界

恩培多克勒和德謨克利特斯兩位希臘哲人都曾提醒我們，雖然自然萬物都是「流動」的，但世界上一定有「某些東西」永遠不會改變（如「四種基本元素」「原子」）。柏拉圖也同意這個命題，但他的解釋卻大不相同。

柏拉圖認為，在自然界中，有形的東西都會「流動」，所以世界上沒有不會分解的「物質」。「物質世界」的萬物必然都是由某種物質所形成，這種物質會隨著時間而腐蝕，但製造萬物的「模子」或「形式」卻是永恆不變的。

蘇菲，妳懂了嗎？我想妳還不懂。

為什麼世界上的馬全都一樣？妳可能不覺得牠們都一樣，但所有馬兒都擁有某些特質，而我們可以藉由這些特質來確認牠們是馬。當然，每一匹馬都會「流動」，會變老、變瘸，最後還會面臨死亡；然而馬的「形式」卻永恆不變。

對柏拉圖而言，永恆不變的事物並非恩培多克勒和德謨克利特斯宣稱的「基本物質」。他認為，永恆不變的是一種精神上的、抽象的模式，這種模式確立了事物的模樣。

這麼說好了，在蘇格拉底之前的哲學家，已經對自然界的變化提出了還算合理的解釋，他們認為萬物其實並不會「改變」，因為在大自然的變遷中，有一些永恆不變的最小單位不會分解。他們的想法確實不錯，但是，蘇菲，為什麼原本用來組成一匹馬的「最小單位」，會忽然在四五百年之後又聚在一起，組成另外一匹新的馬，或是大象、鱷魚呢？他們並沒有提出合理的解釋。而柏拉圖認為，關鍵在於德謨克利特斯說的「原子」只會變成大象或鱷魚，絕對不會成為「象鱷」或「鱷象」。這就是柏拉圖哲學思想的基調。

蘇菲，如果妳已經瞭解我要說的，可以先跳過這一段。但為了保險起見，我再說明一下：妳有一盒積木，還用積木拼出一匹馬，拼好之後，妳又把馬拆開，把積木放回盒子裡。但是，妳不可能搖搖盒子，就變出另外一匹馬。這些積木是如何找到彼此，再共同組成一匹新的馬呢？這是不可能的，要做出新的馬，必須靠妳來重新組合積木。而妳能夠這麼做，是因為心中已經有馬的圖像，這個模型可以套用在所有的馬匹的身上。

關於「五十塊完全相同的餅乾」，這個問題妳能回答嗎？假設妳來自外太空，從來沒看過任何麵包師傅，某天妳無意間走進一家香氣誘人的麵包店，看到架上有五十個一模一樣的薑餅人，妳可能會搔搔頭，納悶薑餅人怎麼看起來全都一樣？其實，有些薑餅人可能少了一隻手，有的頭上缺一角，或是肚子很好笑的凸了一塊。但是仔細想想，妳就會覺得它們還是有相同之處。雖然每個薑餅人都不完美，妳還是猜得到這是同一個師傅烤出來的；而且妳會發現，它們都是用同一個模子做出來的。而且蘇菲，妳還會有種難以抗拒的念頭，開始想看看這個模子。因為模子本身顯然是絕對完美的，就某方面來說，也比粗糙的複製薑餅人更加美麗。

如果妳完全靠自己思考就解答了這個問題，那麼，妳的方法和柏拉圖一模一樣。

柏拉圖和大部分的哲學家一樣，「來自外太空」（他站在兔子身上某根細毛的最頂端）。他驚訝於所有自然現象都很類似，因此認為，在我們所見的事物背後，必然具有某些特定的形式。柏拉圖稱這些形式為「理型」。在每一匹馬、每一隻豬或每一個人的後頭，都有「理型馬」、「理型豬」或「理型人」。（同理，我們剛才談到的麵包店也可能有薑餅人、薑餅馬或薑餅豬，因為每一家像樣的麵包店都會有一種以上的薑餅模子，但每個種類的模子只要一個就足夠。）

所以呢，柏拉圖得出一個結論，就是在「物質世界」的背後，必定存有一個「實在」，他稱其為「理型的世界（world of ideas）」；理型世界包含各種自然現象背後永恆不變的「模式」。這個獨到的觀點，就稱為「柏拉圖的理型論」。

真正的知識

親愛的蘇菲，剛才說的這些妳一定都懂，但妳或許會納悶，柏拉圖是認真的嗎？他真的相信，在一個完全不同的「實在」世界中，存在剛才提到的這些形式嗎？

柏拉圖或許不是終其一生都抱持同樣的看法，但在他的某些對話錄中，確實傳達出這樣的理念。現在，我們來試著追隨他的思想脈絡吧。

我們已經知道，哲學家試圖掌握永恆不變的事物。例如說，要是以「某個肥皂泡的存在」

為題撰寫一篇哲學論文，這就沒有任何意義了。因為我們還來不及深入探討這個題目，泡泡就破了；再說，沒人看過這個只存在五秒鐘的肥皂泡，這樣的哲學論文應該不會有人感興趣吧。

柏拉圖相信，我們在自然界所見到的具體事物，都像是肥皂泡泡，因為所有存在於感官世界的事物都會改變。我們當然知道，每一個人或動物都早晚會面臨死亡，然後分解。就連一塊大理石也會改變，然後逐漸分解。（蘇菲，希臘的衛城正在漸漸倒塌，很令人遺憾，但也沒有辦法。）柏拉圖認為，我們對於不斷改變的事物，不可能有真正的認識。對於屬於感官世界的具體事物，我們只能產生意見或看法；唯有能運用理智來理解的事物，我們才能夠真正認識。

好吧，蘇菲，我再解釋清楚一點：薑餅人烤好之後，可能會變得不成形狀，甚至看不出來原本是什麼樣子。但是呢，在我看過很多形狀不一的薑餅人之後，就能確定薑餅人的模型長什麼樣子，即使我從來沒看過那個模子，也能猜到它的形狀。而且，就算我們親眼見過薑餅人的模子，也不見得更有助於判斷，因為我們不能完全相信感官所察覺到的事物。每個人的視力都不太一樣，但我們都能信賴理性所告訴我們的，因為人人皆有同樣的理性。

如果妳跟三十個同學一起坐在教室裡，老師問全班同學「彩虹的哪一種顏色最漂亮」，大家可能都會有不同的答案；但如果老師問「八乘以三是多少」，全班大概會有相同的答案。因為這時是理性在回答問題，而理性在某方面算是「想法」或「感覺」的相反。我們可以說理性是永恆不變、放諸四海皆準的，這正是因為理性只表達永恆不變、放諸四海皆準的事物。

柏拉圖深深受到數學的吸引，因為數學的狀態恆久不變，是人可以真正瞭解的知識。我們先舉個例子吧。

請試著想像，妳在樹林裡撿到一顆圓形的松果，妳可能會說妳「認為」這個松果是圓的，但是喬安娜堅持松果有一邊是扁的。（然後妳們就開始吵架了！）對於肉眼可見的事物，我們無法真正瞭解，但我們卻能完全肯定，一個圓形的所有角度加起來是三百六十度。我指的是理想的圓形，或許這個圓形並不存在於物質世界中，但我們可以清楚在腦海中想像出來。（這個圓形就像看不見的薑餅人模子，而不是廚房桌上烤好的薑餅人。）

簡單說，我們對感官所感知的事物，只會有不精確的概念，但我們卻能真正瞭解運用理智所理解的事物。三角形的內角總和必然是一百八十度，永遠不會改變；同理，即使感官世界的所有馬兒都瘸了，「理型」馬仍然四肢健全。

不朽的靈魂

如我剛才所說，柏拉圖相信「實在世界」分為兩個領域：

首先是「感官世界」，而我們只能運用五種不精確的感官來概略認識這個世界。在感官世界中，「萬物皆流動」，沒有恆久不變的事物。感官世界裡的萬物會不斷出現，也會消逝。

另一個領域是「理型世界」。只要運用理性，我們就能確實認識這個世界。我們無法用感官來察覺理型世界，但是，這些理型（或形式）永恆不變。

根據柏拉圖的說法，人類擁有「雙重特質」。我們的身體是「流動」的，與感官世界密不可分，和世界上所有事物（例如肥皂泡泡）一樣會遭受相同的命運。我們的感官全都建立在身體上，因此不可信賴；然而，人類同時也擁有不朽的靈魂，這個靈魂屬於理性的領域，而靈魂並非物質，因此得以探索理型的世界。

蘇菲，但柏拉圖的學說還不止如此，請記得，這並不是全部！

柏拉圖還認為，靈魂在身體裡住下來之前，原本就已存在（和所有餅乾模子一起躺在櫥櫃裡）。但是，當靈魂在某個軀體裡醒來，就忘了所有的完美理型，於是，奇妙的事情發生了。一旦人類發現了大自然中的各種形式，模糊的回憶就開始喚起靈魂的記憶。他看到一匹馬，但卻是不完美的馬。（這可是一匹薑餅馬！）接著，靈魂就依稀想起在理型世界中看過的完美「馬」，也被喚醒一股渴望，想回到真正屬於靈魂的領域。柏拉圖把這種渴望稱為eros，意思是「愛」。這時，靈魂會體驗到一種「回歸本源的欲望」，此後軀體和整個感官在相形之下，都變得不完美且微不足道了。靈魂渴望乘著愛的翅膀回家（也就是「理型世界」），掙脫肉體的枷鎖。

我要再次強調，柏拉圖描述的是一種理想的生命歷程，並不是所有人類都會釋放自己的靈魂，讓它踏上返回理型世界的旅程。大部分的人都堅持相信理型在感官世界的「倒影」，雖然看見一匹又一匹的馬，卻從沒想過牠們都是模仿某種「完美馬」的形象所產生。（他們只是匆匆跑到廚房，拿了薑餅人就吃，不會去想這些薑餅人是從何而來。）柏拉圖描述的生命歷程是哲學家思考的方式。他的哲學主張可說是在描述哲學思考的實踐。

蘇菲，如果妳看到一個影子，就會假設影子是某樣東西所投射出來的。妳看到動物的影子，心想可能是一匹馬，但是不太確定，於是妳轉頭看這匹馬，才發現比起模糊的馬影，這匹馬當然更漂亮，輪廓也更清晰。同理，柏拉圖也相信，自然界的現象都是永恆形式或理型的影子。但大部分的人影子之中，就已心滿意足，不會去思考這些影子是從何而來。他們認為世界上只有影子，甚至不曉得萬物都只是影子，因此，他們從未想過自己的靈魂是否不朽。

走出黑暗的洞穴

關於這一點，柏拉圖以一個神話故事來說明，就叫作「洞穴神話」。現在我用自己的話再講一次給妳聽。

請想像，有些人住在地底下的洞穴，背向洞口坐在地上，手腳都被綁住不能動，因此只能看到洞穴的後壁。他們的身後有堵高牆，牆後面有一些很像人的生物經過，手裡拿著形狀不一的人偶，高舉過牆；人偶在火炬的照射之下，在洞穴的後壁投下忽明忽滅的影子。於是，洞穴居民只能看到的就是這種「皮影戲」，他們一生下來就像這樣坐著，所以會認為世界上就只有影子。

再請妳想像，洞穴裡有個人努力掙脫了束縛，他問自己的第一個問題就是：洞穴牆壁上的影子從何而來？妳想，如果他轉過身，看到牆頭上高舉的人偶，會有什麼反應？首先，強烈的火光會讓他無法睜開雙眼，接著他看到人偶清晰的模樣，會忍不住讚嘆，因為他過去看到的都只是影子。要是他想辦法爬過牆，越過火炬，來到外面的世界，他會更加讚嘆，但只要揉揉眼睛之後，他就會深深感動於萬物之美。這是他生平第一次看見色彩和事物清楚的形體，他看見真正的動物和花朵，而不是洞穴裡貧乏的影子；但他仍會問自己，這些動物和花朵從何而來？然後，他看到太陽高掛在空中，就會瞭解太陽賦予了動物和花朵生命，就像火光照射出影子。

這個原本住在洞穴裡的人，因此感到很快樂，他大可以從此奔向鄉間，享受自己新獲的自由，但他卻想起那些仍在洞裡的人，於是他回到洞穴，想說服其他人相信，洞壁上的影子只是「真實」事物被火光照耀所產生的影像，但那些人不相信他，還指著洞穴的牆壁說，世界上除了眼前所見的影子，再也沒有別的事物。最後他們殺了那個人。

柏拉圖想藉由這個洞穴神話，說明哲學家如何從影子出發，開始追尋大自然現象背後的真實概念。他說這個故事的時候，或許曾想到蘇格拉底，因為蘇格拉底同樣推翻了傳統觀念，想照亮眾人通往真知的路，卻因而被「住在洞穴裡的人」殺害。洞穴神話說明了蘇格拉底的勇氣，還有他為人師表的責任感。

柏拉圖說這個故事，是想表達黑暗洞穴和外在世界的關係，就像自然世界的形式和理型世界。他不是說大自然像洞穴一樣黑暗又陰鬱，他的意思是，比起清晰的理型世界，相形之下就比較黑暗。同樣的，我們也不會說一張漂亮女孩的照片單調無趣，但它終究只是一張照片。

哲學的國度

這個洞穴神話記載於柏拉圖的對話錄《理想國》中。在這本對話錄中，柏拉圖也描繪了「理想國」的面貌。這是一個虛構的理想國度，也就是我們說的「烏托邦」。我們可以簡單說，柏拉圖認為理想國應該由哲學家來治理，關於這點，他用人體的構造來解釋。

根據柏拉圖的說法，人體由「頭、胸、腹」三個部分所組成；人的靈魂也相對具有三種能力。「理性」屬於頭部，「意志」屬於胸部，「欲望」屬於腹部。三種能力各自有其理想，也就是「美德」。理性追求智慧，意志追求勇氣，欲望則必須被遏阻，以達到節制。唯有人體的三個部分整合運作，才能成就和諧、有美德的個人。小孩子在學校必須先學習克制自己的欲望，接著培養勇氣，最後運用理性去追求智慧。

柏拉圖有一個構想，他認為國家的組成應該像人體一樣，人有頭、胸、腹三個部分，國家則有統治者、戰士和勞工（如農夫）。柏拉圖顯然是以希臘醫學為範本，一個健康和諧的人懂得平衡、節制；在一個「有德」之國，每位國民都曉得自己在整個國家裡所扮演的角色。

柏拉圖的政治哲學和他的其他學說一樣，以理性主義為基礎。要打造一個好的國家，必須以理性來治理。就像頭部掌管了人體，社會也必須由哲學家來治理。

我們來簡單說明人體的三部分和國家的關係吧：

身體	靈魂	美德	國家
頭部	理性	智慧	統治者
胸部	意志	勇氣	戰士
腹部	欲望	自制	勞工

柏拉圖說的「理想國」，其實有點像古印度的種姓制度。為了整體社會的福祉，每一個人在社會上都有各自的職責。早在柏拉圖之前，印度社會已分成三個族群，分別是統治（或僧侶）階級、戰士階級和勞動階級。用現代的眼光看來，我們可能會覺得柏拉圖的理想國算是極權國家。然而，值得一提的是，柏拉圖相信女人和男人有同樣的能力來治理國家，這個道理很簡單，因為統治者以「理性」治國。柏拉圖主張，只要女人受到和男人相同的訓練，又不必養育孩子、打理家務，就能和男人一樣擁有理性思考能力。在柏拉圖的理想國中，統治者和戰士都不能擁有家庭生活或私人財產；另外，養育孩子的責任太大，必須由政府來負責，而不能由個人從事。（柏拉圖是第一位提倡公立育兒所和全時教育的哲學家）。

柏拉圖在政治上經歷了幾次重大挫折後，撰寫了《律法》一書，裡頭說「憲法國家」是僅次於「理想國」的最好國家。他認為在憲法國家中，個人可以擁有個人財產和家庭生活，但也因為如此，婦女的自由受到比較多限制。但柏拉圖也說，要是一個國家不教育、訓練女性國民，就像一個人只訓練右臂的肌肉，而忽略了左臂。

總而言之，在那個時代，柏拉圖算是相當肯定女性的地位。他在對話錄《饗宴》中提到一位傳說中的女祭司狄歐提瑪，敘述她啟發了蘇格拉底的哲學見解，這可說是女性的一大榮耀。

蘇菲，柏拉圖的學說大概就是這樣。他的哲學觀點十分驚人，兩千多年來，不斷受人討論、批評。第一個提出批評的人，就是他學院裡的學生。這位學生叫亞里斯多德，是雅典第三位大哲學家。

今天就上到這裡吧！

蘇菲讀著柏拉圖的學說，不知不覺中，太陽已經從樹林中升起。她讀到洞穴裡的人爬出黑暗，被閃耀的陽光照得睜不開雙眼，這時太陽正好從地平線上探出頭來。

蘇菲覺得，自己簡直就像走出了地下洞穴。讀了柏拉圖的學說之後，她開始用嶄新的眼光看待自然萬物，好像她以前一直是色盲，只看得見一些影子，不曾親眼見過清楚的概念。

她不確定柏拉圖所謂的「永恆形式」是否完全正確，但這樣的想法真是美妙，萬物都是「理型世界」中永恆形體的不完美複製品，仔細想想，世上所有的花、樹、人和動物，不是都「不夠完美」嗎？

蘇菲看見身邊的事物全都如此美麗、生氣盎然，忍不住揉揉眼睛，才相信一切都是真的。她此刻看見的事物不會永遠存在，但在一百年之後，這裡仍會有同樣的花朵和動物。雖然每一朵花、每一隻動物都會衰萎、死去，最後被遺忘，但有某種東西會「記得」萬物本來的模樣。

蘇菲看著自己所處的世界。突然之間，有隻松鼠爬到松樹上，在樹幹上繞了幾圈，接著消失在枝椏間。

「我看過這隻松鼠！」蘇菲心裡想著，但又忽然明白，這隻松鼠可能不是她以前看到的那隻，但她確實見過同樣的「形式」。她認為柏拉圖可能說得沒錯，或許她以前真的見過永恆的「松鼠」，就在理型世界中，在她的靈魂尚未住進她的身體之前。

說不定蘇菲從前曾經活過？她的靈魂住進身體之前，是否早已經存在？她體內是不是真的有一個小小的金色物體，一個不會受時光侵蝕的寶物，在她的身軀衰老、腐朽之後，仍然存在的靈魂？

少校的小木屋

……鏡子裡的女孩眨動雙眼……

現在才七點十五分，還不必急著趕回家。蘇菲的媽媽每到星期日總是特別悠哉，她可能還要再睡兩個小時。

她是不是應該前往樹林深處，找找那位亞伯特．諾克斯？為什麼那隻狗上次對她叫得那麼兇？

蘇菲站起來，沿著漢密斯上次經過的路走，手裡拿著那個柏拉圖那堂課的咖啡色信封。遇到岔路，她就選大路走。

在樹梢、天空和草叢中，到處都有鳥兒鳴叫，牠們忙著展開晨間活動。對鳥兒來說，平常日和週末都是一樣的。這是誰教牠們的？難道每隻鳥的體內都有一台迷你電腦，設定好程式，時間一到就會做某些事？

蘇菲沿路走上一座小山丘，來到一個很陡的下坡，兩旁長滿了高大的松樹，樹林非常濃密。蘇菲往樹與樹之間望去，只能看到往前幾公尺的景象，再遠就被遮住了。

突然間，她看到樹幹中間有什麼東西在閃動。一定是個小湖吧。蘇菲沒有順著路走，反而轉進樹叢之間。她也不曉得為什麼，但雙腳仍不由自主前進。

這個湖比足球場還小。蘇菲望向湖的對岸，在一塊被白樺樹圍繞的小小空地上，有一棟紅色的小屋，屋頂上的煙囪冒出一抹輕煙。

蘇菲走到湖畔，發現很多地方都充滿泥濘，但她隨即注意到一艘小船，船身還有一半在水裡，而船上有一對槳。

蘇菲看看四周，發覺要是想到對面的小紅屋，無論如何都會把鞋子弄濕，於是她下定決心，走到小船那兒，把它推到水中，再爬上船，把槳固定在槳架上，開始划過湖面，不一會兒就划到對岸了。蘇菲走上岸，想把船拖上來，而這裡的湖岸比剛才那邊陡。

她回頭看了一眼，然後直接走向小木屋。

她也很意外自己會如此大膽。她為什麼敢這樣做？她也不曉得，只覺得心中彷彿受到「某種東西」的驅使。

蘇菲走到小木屋門口，敲敲門，等了一會兒，但沒有人應。她小心轉了一下門把，門就開了。

「哈囉，有人在家嗎？」她喊道。

她走進小木屋，來到一個客廳，但是不敢關上門。

這裡一定有人住。舊爐子裡傳來柴火的嗶剝聲，顯然不久之前還有人在。

有張大餐桌上擺著一台打字機、幾本書，還有幾支鉛筆和一疊紙；面湖的窗邊有一張小桌子和兩把椅子，此外屋裡就沒什麼傢俱了。但是有一整面牆都是書架，上面排滿了書，還有一個白色的五斗櫃上掛著鑲有厚重銅框的圓形大鏡子，看起來很舊很舊。

另一面牆上掛著兩幅畫，其中一幅是油畫，畫中是一個有著紅色船屋的小港灣，不遠處有一棟白色的房子。船屋和白色房子之間，是一個有點坡度的花園，裡頭有一棵蘋果樹、幾棵濃密的灌木和一些岩石，另外有一排濃密的樺樹，像花環般圍繞整座園子。這幅畫名為〈柏客來〉。

油畫旁邊掛著另一幅古老的肖像畫，裡頭有一個男人坐在窗邊的椅子上，捧著一本書，背景同樣是有樹和岩石的小港灣，看起來像是幾百年前的畫，名為〈柏克萊〉。畫家的名字叫史密伯特。

「柏克萊」和「柏客來」？這還真奇怪！

蘇菲繼續察看小木屋裡的一切。客廳有一扇通往小廚房的門，看得出來有人才剛在這裡洗過碗，杯盤都堆在一條毛巾上，有些上面還殘留閃閃發光的肥皂水。地上有一個裝著剩菜的錫碗，住在這裡的人一定有養寵物，可能是狗或貓吧。

蘇菲回到客廳，發現另一扇門通往一間小小的臥室，房裡有一張床，床邊的地上有幾條捆得厚厚的毯子。蘇菲在毯子上找到幾根金色毛髮，證據在此！蘇菲很確定，亞伯特和漢密斯住在這棟小木屋裡。

蘇菲再次回到客廳，面對五斗櫃上方的鏡子。鏡面沒什麼光澤，上面還有刮痕，她在鏡中的影像也因此模糊不清。蘇菲像平常在家裡的浴室那樣，對著鏡中的自己扮鬼臉。鏡中的女孩也像平常一樣，跟著她的動作做。

突然間，可怕的事情發生了。有那麼一瞬間，蘇菲清楚看到鏡中的女孩左右眼同時向她眨了一下，這讓蘇菲嚇到後退了一步。如果她自己正在眨眼，怎會同時看到鏡中的影像？而且，鏡中女孩眨眼的模樣，彷彿在告訴她：「蘇菲，我看得到妳喔！我在這裡，在鏡子的另一邊。」

蘇菲的心怦怦跳動。這時，她聽到遠處傳來狗叫聲。是漢密斯！她必須馬上離開這裡。正要離開時，她看見五斗櫃上面有個綠色皮夾，裡面有一張百元大鈔、一張五十元鈔票和一張學生證，上面有一個金髮女孩的照片，照片下方寫著女孩的名字：席妲．穆樂．奈格……

蘇菲忍不住顫抖。她又再次聽到狗叫聲，這下得立刻離開！

她匆匆經過桌旁，看到書和紙堆旁有一個白色信封，上面寫著「蘇菲」。她還沒仔細考慮，就下意識抓起那封信，塞到裝著柏拉圖那堂課的咖啡色信封裡，然後就快步衝出大門，再砰一聲關上。

狗叫聲越來越近，但最慘的是小船不見了。過了一兩秒鐘，蘇菲才看到那艘船在湖心漂浮，有一隻槳也漂在船邊。這是因為蘇菲上岸時力氣不夠，無法把船完全拖上岸。這時狗叫聲已經逼近，對岸的樹林裡也有一些動靜。

蘇菲不再遲疑，抓著大信封就飛奔到小屋後的樹叢。不一會兒，她就來到身一片潮濕的沼地，走著走著，幾度不小心踩進比腳踝還深的水窪。但是她一定要繼續往前走，她必須回家。

不久，蘇菲找到一條路。這是她剛才走來的路嗎？她停下來把衣服擰乾，然後哭了起來。

她怎麼會這麼笨？最慘的就是船和槳還在湖上無助地漂浮，她一輩子也忘不了那一幕，真是太丟臉，太尷尬了……

哲學老師可能已經抵達湖邊，他得划船才能回家。這下蘇菲覺得自己好像闖空門的小偷，但她不是故意的啊。

還有那封信！這下更糟了，她幹嘛要拿信？當然是因為信上寫了她的名字，也算是她的東西。但儘管如此，她還是覺得自己像個小偷。而且，這樣等於是留下證據，告訴人家闖空門的人就是她。

蘇菲把那信抽出來看，上面寫著：

「雞」和「雞的概念」，哪一個先出現？

我們是否天生就有一些「概念」？

植物、動物和人類有何差別？

為什麼會下雨？

人需要什麼才能過好的生活？

蘇菲現在無法思考這些問題。但她覺得這大概和下一位要討論的哲學家有關。他是不是叫亞里斯多德？

蘇菲在樹林裡跑了很久，才終於看到自家附近的樹籬，簡直像在船難後拼命游上岸一樣。從這個方向看過去，那排樹籬感覺有點好笑。

蘇菲爬進祕密基地，看了看手錶，已經十點半了。她把大信封放進餅乾盒，再把新的信紙塞進身上的衣服裡。

蘇菲回到家時，媽媽正在打電話，但是一看到她就馬上掛了。

「妳到底去哪了？」

「我……去散步……在樹林裡。」她有點結巴。

「原來如此。」

蘇菲站著沒說話，看著水從自己的衣服上滴下來。

「我打電話給喬安娜……」

「喬安娜？」

媽媽拿了幾條乾淨的衣服給蘇菲換，哲學家的紙條還差點掉出來。母女倆一起坐在廚房裡，媽媽為蘇菲泡了一杯熱巧克力。

過了一會兒，媽媽問：「妳剛才跟他在一起？」

「他？」

蘇菲只想到她的哲學老師。

「是啊，他……講了什麼兔子的人。」

蘇菲搖搖頭。

「蘇菲，妳們在一起的時候都在幹嘛？為什麼妳的衣服這麼濕？」

蘇菲繼續坐著，表情嚴肅地瞪著桌子，但是心裡卻在偷笑。可憐的媽媽，她連「那種事」都得擔心。

蘇菲再次搖頭。然後媽媽又連續問了一堆問題。

「老實說，妳是不是整晚都在外面？妳那天為什麼沒換衣服就睡了？是不是等我一上床就偷跑出去？蘇菲，妳今年才十四歲，我要妳老實說，妳男朋友到底是誰？」

蘇菲哭了起來，接著開口說話。她心裡還是很害怕，當一個人感到害怕，通常會想說說話。

她解釋說，今天很早起床，就到森林裡散步。她跟媽媽說了小木屋、船和神秘鏡子的事，但完全沒有提到秘密的函授哲學課，也沒有提到綠色皮夾。不曉得為什麼，她總覺得不能說出有關席妲的事。

媽媽抱著蘇菲，因此蘇菲知道媽媽相信她的話。

「我沒有交男朋友，我是怕妳生氣白兔的事，才會說我有。」蘇菲一邊說，一邊啜泣。

「妳真的一路走到少校的小木屋……」媽媽若有所思地說。

「少校的小木屋？」蘇菲盯著媽媽看。

「那棟房子叫作少校的小木屋，好幾年前，有一位老少校住在那裡。他性情古怪，可能有點瘋瘋的，但這不是重點，他走了以後，小屋就沒人住。」

「不，現在有一個哲學家住在那兒。」

「蘇菲，好了，不要再幻想了。」

蘇菲待在房裡，想著最近發生的事。她的腦袋像是鬧哄哄的馬戲團，裡頭滿是笨重的大象、滑稽小丑、大膽的空中飛人，以及訓練有素的猴子。但有個影像一直在她腦海揮之不去：一艘只有一隻槳的小船，在樹林深處的湖面上漂浮，而岸上有個人正需要划船回家。

蘇菲確定哲學老師不會想傷害她，她也知道，就算老師發現她去過小木屋，也一定會原諒她的。但是她打破了兩人的協議。老師為她上哲學課，卻得到這樣的「報酬」，她究竟該如何彌補呢？

蘇菲拿出粉紅色的筆記紙，開始寫信。

親愛的哲學家：

星期天清晨闖進你的小屋的人就是我。我真的很想見到你，和你討論哲學問題。我現在很迷柏拉圖，但我不太確定他所謂另一個「實在」世界的觀念或形式，這點是否正確。這些觀念和形式當然存在於我們的靈魂中，但我認為這是兩回事（至少我現在是這麼想的）。我也必須承認，我還是不相信靈魂不朽。像我就不記得上輩子的事，要是你能讓我相信奶奶死後的靈魂正在「理型世界」過得很快樂，那就謝謝你。

其實我寫這封信，一開始並不是想問哲學問題（我會把信和糖一起放在粉紅色信封裡），我只是想告訴你，很抱歉沒有遵守約定。我努力想把船拉上岸，但力氣實在太小。說不定船後來又被一個大浪打回湖裡。

希望你已經回到家，而且沒有弄濕腳。要是你不幸把腳弄濕了，那我要告訴你，我自己也弄得濕答答，還可能會重感冒，這樣你會不會比較安慰？但反正我是自作自受。

我沒有碰小屋裡的任何東西，但是很抱歉，我看到桌上的信，就忍不住拿了。我不是想偷東西，只是信封上寫了我的名字，所以我才一時糊塗，以為那是我的東西。我真的真的很抱歉，我答應以後絕不會再讓你失望了。

PS：從現在開始，我會用心謹慎地思考每一個新問題。

又：在白色的五斗櫃上，有一面鑲銅框的鏡子，那是普通的鏡子還是魔鏡？因為我不太習慣看到自己的影子向我眨動雙眼，才會這麼問。

滿懷好奇心的學生　蘇菲敬上

蘇菲把整封信讀了兩遍，才裝進信封。她覺得這次不像上一封信那麼正式。她先重讀了紙條上的新問題，才下樓到廚房去拿糖。

「雞和雞的概念，何者先出現？」

這就像老問題「雞生蛋還是蛋生雞」一樣難回答。沒有蛋就沒有雞；但沒有雞也不會有蛋。「先有雞還是先有雞的概念」，這個問題也一樣複雜難解嗎？蘇菲瞭解柏拉圖的意思。他是說，早在感官世界出現雞以前，「雞」的觀念已經存在於理型世界。根據柏拉圖的說法，靈魂住進人體之前，早已見過「觀念雞」，但這就是蘇菲認為柏拉圖可能講錯的一點。從來沒有親眼看過雞或是雞的圖片的人，怎麼可能會有雞的「概念」？於是她又想到下一個問題：

「我們是否天生就有一些概念？」蘇菲覺得不太可能。她很難想像剛出生的小嬰兒會有自己的想法。但我們無法確定這點，雖然嬰兒不會講話，這並不代表他腦袋裡沒有任何想法。但我們必定要親眼見過某個事物，才能對它有所瞭解吧！

「植物、動物和人類有什麼區別？」蘇菲馬上就想到答案。

舉例來說，她認為植物沒有複雜的情緒。風鈴草會傷心欲絕嗎？植物會生長、吸收養分，製造種子繁衍下一代，只有這樣而已。蘇菲得到一個結論，植物有的，動物和人類也都有，但動物還有其他的特性，像是動物可以動（誰聽過玫瑰可以跑六十公尺？）。至於動物和人之間的區別，這就比較難說。人類能夠思考，動物也會嗎？蘇菲相信她的貓咪雪瑞卡懂得思考，至少牠還蠻精明的，但雪瑞卡會思考哲學問題嗎？一隻貓會去思考植物、動物和人類的差異嗎？不太可能吧！貓咪可能很快樂，也可能不快樂，但牠會不會問自己「世界上有沒有上帝」或

「貓有沒有不朽的靈魂」？蘇菲覺得實在不太可能，但是話又說回來，這和「嬰兒有沒有自己的想法」同樣難以回答，因為我們很難和嬰兒討論這類問題，也不可能跟一隻貓說這種事情。

「為什麼會下雨？」蘇菲聳聳肩。可能是因為海水蒸發，雲凝結成雨滴吧。這不是國小三年級就學過了嗎？當然，我們也可以說下雨是為了讓動植物得以生長，但這是真的嗎？下雨真的是因為某個目的嗎？

最後一個問題，這肯定和「目的」有關。

「人需要什麼才能過好的生活？」

在這堂課的一開始，哲學家就談過這個問題。每個人都需要食物、溫暖、愛和關懷，這些是滿足良好生活的基本條件。哲學家接著說，人需要尋求某些哲學問題的答案，另外，擁有一份自己喜歡的工作，這也蠻重要的。比如說，要是你討厭塞車，那就絕不會想當計程車司機；如果你不喜歡寫功課，大概就不太適合當老師。蘇菲喜歡動物，所以想當獸醫，但無論如何，她不覺得人一定要中百萬樂透才能過好生活。

事實上，可能還正好相反呢。俗話不是說「小人閒居做歹事」嗎？

蘇菲待在房間，直到媽媽叫她下樓吃晚餐。媽媽做了沙朗牛排和烤馬鈴薯，飯後甜點是奶油雲莓。

吃飯時，母女倆聊得很盡興。再過幾個星期就是蘇菲的十五歲生日，媽媽問她想怎麼慶祝。

蘇菲聳聳肩。

「想不想請別人來家裡玩？我是說，要不要辦個慶生會？」

「可能吧。」

「可以請瑪莎和安瑪麗來……還有海姬，當然還有喬安娜，說不定還可以找傑瑞米。但是這都要由妳來決定，對吧？我到現在還記得自己的十五歲生日，好像才剛過沒多久呢。那時候我覺得自己已經很大了，很奇怪吧？蘇菲。我覺得自己從十五歲生日以後，好像一點也沒變過。」

「妳沒變啊，一切都沒有改變。妳只是一直長大，一年比一年大……」

「嗯……妳說話倒是有點大人的口氣了。我只是覺得，一切都發生得太快。」

亞里斯多德

……他是一位嚴謹的邏輯學家，想釐清我們的概念……

蘇菲趁著媽媽在睡午覺，趕緊跑到祕密基地。她稍早已經把一塊糖放進粉紅色信封，信上寫著「亞伯特收」。

蘇菲沒看到新的信，但過了幾分鐘後，她聽見狗兒走近的聲音。「漢密斯！」蘇菲喊道。不一會兒，漢密斯就鑽進祕密基地，嘴裡銜著一個咖啡色大信封。

「乖狗狗！」漢密斯呼呼喘著氣，看起來很像一隻海象。蘇菲一手環抱牠，一手拿起裝著糖的粉紅色信封，放進牠嘴裡，接著漢密斯鑽過樹籬，跑回樹林。

蘇菲心急地打開信封，哲學家會不會提到木屋和小船的事？

一如往常，信封裡裝了幾張用迴紋針固定的信紙，上面的字是用打的；但這次還有另外一張沒夾住的信紙，寫著：

親愛的偵探（小偷）小姐：

有關您擅闖小屋一事，已經報警處理。

開玩笑的，其實我沒有生氣。如果妳尋求哲學問題的答案時，也抱持這次冒險的好奇心，那妳很有潛力成為好的哲學家。討厭的是，我現在必須搬家了，但我實在不能怪別人，畢竟，我應該早就知道妳很喜歡打破砂鍋問到底。

祝好

亞伯特筆

這下蘇菲終於放心了，原來他完全沒生氣，但他為什麼一定要搬家呢？

蘇菲拿著信跑回樓上的房間，她覺得媽媽醒來的時候，自己還是待在家比較好。接著她就舒舒服服地躺在床上，開始讀亞里斯多德的故事。

哲學家與科學家

親愛的蘇菲：

妳讀了柏拉圖的「理型論」，可能會嚇一跳，但其實很多人都跟妳一樣！不曉得妳是否完全同意他的理論，或是想提出批判？如果妳真想批評他，請別擔心，因為亞里斯多德（西元前三八四至三二二年）也曾提出同樣的批判，而且他還在柏拉圖的學院進修了二十年呢。

亞里斯多德並不是雅典人，他出生於希臘北部的馬其頓王國。他開始在柏拉圖的學院進修時，柏拉圖已經六十一歲了。亞里斯多德的父親是一位廣受尊敬的醫生，因此也算是科學家。

受到成長背景的影響，亞里斯多德對有關大自然的哲學課題極感興趣，他是希臘最後一位偉大的哲學家，也是歐洲第一位重要的生物學家。

說嚴重一點，柏拉圖簡直太沉迷於他所謂的「永恆形式」（或稱「理型」），因此很少注意大自然的變化。但亞里斯多德完全相反，他只對「變化」感興趣，也就是我們現在說的「大自然變遷」。

如果再說得誇張一點，柏拉圖根本無視「感官世界」，也無視我們身邊所見的萬物。（他只想逃出洞穴，觀察永恆的「理型世界」！）亞里斯多德正好相反，他全心全意研究青蛙和魚、白頭翁和罌粟花這類事物。

柏拉圖運用理性，而亞里斯多德同時運用了他的感官。

這兩位哲學家有很大的不同，他們所寫的作品也有明顯差異。柏拉圖比較像詩人、神話學家；而亞里斯多德的文筆樸實精確，有如百科全書，而且記載的多半是自己實地研究的結果。

根據古籍記載，亞里斯多德共寫了一百七十本書，卻只有四十七本仍保存至今。這些書並不完整，大多是演講筆記。在他所生活的年代，哲學主要仍是口耳相傳的活動。

亞里斯多德對歐洲文化影響深遠，他除了創造出許多現代科學家使用的辭彙，同時也是一位偉大的「組織家」，創立了各種科學的學科，並加以分類。

亞里斯多德的著作涉及各種科學，但我只會提到幾個重要的領域。我們上回講過很多柏拉圖的哲學，所以這堂課的一開始，要聽聽亞里斯多德如何駁斥柏拉圖的理型論。接著，我們會談到亞里斯多德如何總結前人的理論，創立自己的自然哲學。我們也會談到他如何將眾多概念加以分類，創立了「邏輯學」這門學科。最後，我會稍微說明亞里斯多德對人和社會的看法。

人沒有天生的概念

柏拉圖和更早的希臘哲人一樣，想在萬物的變化中找出永恆不變之物，因此發現了層次在感官世界之上的完美理型。他還認為，理型比所有的自然現象更加真實，世界上先有「馬」的理型，接著感官世界裡的馬才會出現，就像洞穴牆壁上的影子一般往前跑。所以說，「雞」的理型比雞和蛋更早存在。

但亞里斯多德卻認為，柏拉圖說反了。他同意老師的說法，認為每一匹馬都是「流動」的，而且必然會死，他也認為馬的形式永恆不變；但他認為，馬的「理型」是人類看過許多馬之後，才形成的概念，因此馬的「理型」或「形式」本身並不存在。亞里斯多德認為，馬的「理型」或「形式」就是馬的特徵，而這些特徵定義了我們所謂的馬這個「種類」。

我再繼續解釋吧，亞里斯多德說馬的「形式」，這是指所有馬兒共通的特徵。這裡不能套用薑餅人模子的比喻，因為模子是獨立於薑餅人之外的存在。亞里斯多德並不相信，在自然界之外，還有這樣的模子或形式，放在各自所屬的架子上。相反的，他認為「形式」存在於「事物」之中，因為形式就是事物的特徵。

所以，亞里斯多德不同意柏拉圖說「雞」的理型比雞先出現。亞里斯多德所說雞的「形式」，存在於每一隻雞的身上，而雞之所以是雞，正是因為牠擁有這些特徵，比如說雞會生蛋。因此，真正的雞與「雞的形式」，就像身體和靈魂，兩者不可分割。

以上就是亞里斯多德批評柏拉圖「理型論」的重點。請千萬記得，這是哲學思想上的一大轉變。在柏拉圖的理論中，現實世界最高層次的事物，就是我們用理性來思索的事物；但亞里斯多德認為，用感覺察覺到的事物才是最高層次。柏拉圖說，我們看到的自然萬物，都只是存在於更高層次的理型世界（還有靈魂）中那些事物的影子；但亞里斯多德抱持相反意見，他說人類靈魂中的事物純粹只是自然萬物的倒影，因此大自然就是真實的世界，他還說柏拉圖是陷入神話的世界觀而無法自拔，因為在神話世界中，人類的想像和真實世界產生了混淆。

亞里斯多德指出，我們不會意識到自己感官不曾經驗過的事物；而柏拉圖說，事物必然先存在於理型世界，才可能出現在大自然中。亞里斯多德認為，照柏拉圖的說法，事物的數量恐怕會倍增，他用「馬的理型」來解釋馬，但是蘇菲，妳覺得這是什麼意思呢？我想問的是，這個「馬的理型」從何而來？世界上會不會還有另外一匹馬，而「馬的理型」只是在模仿牠？

亞里斯多德認為，我們所擁有的想法，都是透過感官所看到、聽到的事物而進入我們的意識。雖然如柏拉圖所說，我們並沒有天生的概念，但我們擁有與生俱來的理性，因此自然能夠組織所有的感官印象，並加以整理分類，因而產生「石頭」、「植物」、「動物」和「人類」這些概念。至於「馬」、「龍蝦」、「金絲雀」等概念，同樣也是如此形成。

亞里斯多德不否認人天生就有理性，他甚至說人最大的特徵就是擁有理性。然而，在感官體驗到各種事物之前，理性是完全真空的，所以我們人並沒有天生的「概念」。

事物的特徵在於其形式

亞里斯多德對柏拉圖的理型論提出批評後，得到一個結論，認為「實在」世界是由各種形式和物質一致的事物所構成的。「質料」是組成事物的材料，而「形式」是萬物的個別特徵。

蘇菲，假設有一隻雞在妳面前拍動翅膀。這隻雞的「形式」就是牠會鼓動翅膀、咕咕叫，還會下蛋。我們所謂雞的「形式」，指的是雞這種動物的特徵，也就是雞的各種「行為」。等這隻雞死掉，停止咕咕叫的時候，牠的「形式」也不再存在，只剩下雞的「質料」（真令人難過），但牠已經不是雞了。

我剛才說過，亞里斯多德對大自然的變化很感興趣。「質料」總是具有成為某種「形式」的潛能，也就是說，「質料」總是致力實現這種內在的潛能。亞里斯多德認為，自然界的所有變化，都是物質由「潛能」轉變為「實現」的結果。

蘇菲，讓我再繼續解釋吧，我想藉由一個有趣的小故事來說明，看妳懂不懂。有一位雕刻家在雕一塊很大的花崗岩，每天不斷用斧頭鑿著這塊沒有形狀的岩石。有一天，有個小男孩走過來問他：「你在找什麼？」雕刻家回答：「等著瞧吧。」過了幾天，小男孩又回來，看到雕刻家把花崗岩雕成了一匹駿馬。小男孩訝異地看著這匹馬，然後問雕刻家：「你怎麼知道馬在裡面？」

小男孩問得沒錯，就某方面來說，雕刻家的確在那塊花崗岩裡看見馬的形式，因為這塊花崗岩擁有變成一匹馬的潛能。同理，亞里斯多德相信自然萬物都可能實現（或者說達成）某一種特定的形式。

再回到雞和蛋的問題吧。雞蛋有成為一隻雞的潛能，但並不表示所有雞蛋都會變成雞，因為有很多雞蛋最後會變成我們早餐的煎蛋、蛋捲或炒蛋，無法實現潛能。同樣地，雞蛋顯然不能變成鵝，因為雞蛋沒有這樣的潛能。所以說，某個事物的「形式」就代表這個事物的潛能，也說明了它的極限。

亞里斯多德討論構成事物的「質料」和「形式」時，指的不只是生物。就像雞的「形式」是咕咕叫、拍翅膀、下蛋；而石頭的形式就是會掉落在地上。雞無法不咕咕叫，而石頭也無法不掉落。當然，妳可以把石頭撿起來丟向空中，但石頭的天性就是要掉在地上，所以妳無法把石頭丟向月亮。（做這個實驗的時候請小心，因為石頭可能會報復，找到最快的路徑回到地球！）

目的因

剛才說到，所有生物或無生物的「形式」說明了他們可能採取的「行動」，上完這個段落之前，我得先說，亞里斯多德對自然界因果關係的看法確實很了不起。

當我們提到一件事物的「肇因」，指的是這件事「為什麼」發生。窗戶破了，因為彼德丟石頭把它砸破；鞋子做好了，因為鞋匠把幾塊皮革縫在一起。但亞里斯多德認為，自然界存在著各種不同的原因，而他一共舉出了四種。但首先，我們必須瞭解他所謂「目的因」的意思。

窗戶被砸破以後，我們會問彼德「為什麼」要丟石頭，這很合理。我們問「為什麼」，就是在問他做這件事的目的。在鞋匠做鞋子這件事情中，「目的」無疑也是一個關鍵。亞里斯多德也認為，在大自然的種種變遷中，可能也有類似的「目的」存在。

舉個例子吧：蘇菲，天空為什麼會下雨？學校老師可能有教過，下雨是因為雲層中的濕氣冷卻凝結，變成雨滴，受到重力的吸引而落在地上。亞里斯多德應該會同意這個說法。但他還會補充說，前述說法只提到其中的三種肇因。「質料因」是空氣冷卻時正好有濕氣（雲層）；「主動因」是濕氣冷卻；「形式因」則是水的「形式」或特質就是會降落在地上。亞里斯多德還會繼續補充說，下雨是因為植物和動物需要雨水才能生長，這就是他所謂的「目的因」。亞里斯多德賦予雨滴一個任務，或者說「目的」。

我們或許可以反過來說，植物會生長是因為有濕氣。蘇菲，妳應該知道兩種說法有哪裡不同，對吧？亞里斯多德相信，自然界的萬物都有其目的，下雨是為了讓植物生長，而柳橙和葡萄之所以生長，是為了讓我們吃。

這並非現代科學思維的本質。我們說食物和雨水是人和動物維生的必要條件，少了這些條件，我們就無法生存；然而水或柳橙存在的「目的」並非為了供人類食用。

說到「因果律」的問題，我們往往認為亞里斯多德的看法是錯的。但可別太快下定論。很多人相信上帝創造這個世界，是為了滿足所有子民的生活。根據這個說法，我們自然可以宣稱河流裡的水是為了滿足動物和人的生存需要。然而話說回來，這終究是上帝的目的，雨滴和河水對我們人類的福祉可是毫無興趣。

邏輯

亞里斯多德解釋說，當人類分辨世界上的事物時，關鍵在於「形式」和「質料」的區別。

我們分辨事物的方法是將其分門別類。我先看到一匹馬，接著又看到另外一匹，然後又看到一匹。這些馬並非完全相同，但也有相似之處，也就是馬的「形式」。而每匹馬和其他馬不同的獨特之處，就是牠的「質料」。

我們就這樣把每件事物都加以分類，讓牛待在牛棚，馬兒在馬廄，豬待在豬圈，雞住在雞舍。蘇菲，妳整理房間的時候，一定也是這麼做。妳會把書放在書架上，把課本放進書包，雜誌放在抽屜。妳還會把衣服折好放進衣櫃，內衣放一格、毛衣放一格，而襪子單獨擺在抽屜。有發現嗎？我們在心裡也會把事物分類，分成石頭做的、羊毛做的或橡膠做的；或是分成活的、死的、植物、動物或人類。

蘇菲，這樣妳懂了嗎？亞里斯多德想把大自然這個「房間」裡的東西徹底整理、分類。他想表達自然萬物都各有其所屬的類目或次類目。（比如說，我們可以說漢密斯是一個生物，但更具體地說，它是一隻動物，再具體一點，是一隻脊椎動物，更進一步說，是哺乳類動物，再進一步說，牠是一隻狗，更精確地說，牠是拉布拉多犬，還要再更精確，那我們會說牠是公的拉布拉多犬。）

蘇菲，請妳走進自己的房間，從地上隨便撿一樣東西。不管妳撿了什麼，都會發現它屬於一個更高的類目，要是某天妳看到一樣很難分類的東西，一定會嚇一跳。例如妳發現了一個小小的不明物體，不確定究竟是動物、植物還是礦物，我猜妳可能不敢碰它吧！

說到動物、植物和礦物，我就想到大家聚會時常玩一種遊戲，當「鬼」的人必須離開房間，他回來的時候，要猜出大家心裡所想的某個東西。「鬼」出去的時候，大家就商量好要想的「東西」是在隔壁花園玩耍的貓「毛毛」。「鬼」回到房間之後就開始猜，而其他人必須答「是」或「不是」。如果「鬼」受過亞里斯多德的訓練，他應該會很厲害，因此遊戲可能會像這樣進行：

是具體的東西嗎？（是！）是礦物嗎？（不是！）是活的嗎？（是！）是植物嗎？（不是！）是動物嗎？（是！）是鳥嗎？（不是！）是哺乳動物嗎？（是！）是完整的動物嗎？（是！）是貓嗎？（是！）是「毛毛」嗎？（答對了！大家都笑了……）

這麼說來，應該是亞理斯多德發明了這個遊戲，而捉迷藏則是柏拉圖發明的。至於積木玩具，我們早已知道是德謨克利特斯所發明。

亞里斯多德是一位嚴謹的邏輯學家，努力想釐清我們的概念。事實上，「邏輯學」這門學科正是他創立的。他用實例證明，我們在得出合乎邏輯的結論或證明時，必須遵循某些法則。

我只要舉一個例子就夠了，如果我先確定「所有生物都會死」（第一前提），再確定「漢密斯是生物」（第二前提），接著就能輕鬆得到一個結論：漢密斯會死。

從這個例子可以看出，亞里斯多德的推論是依據「詞彙」之間的相互關係。在這個例子中，兩個詞彙分別是「生物」和「會死」。雖然我們不得不承認這兩個結論都完全正確，但我們也可能覺得，這些事情我們早就知道了。我們知道漢密斯「會死」。（牠是一隻「狗」，而所有的狗都是「生物」，所有的生物又都「會死」，不像聖母峰的岩石。）蘇菲，這些我們當然都知道，但是，各種事物之間的關係並非全都這麼明顯，因此我們可能得適時釐清自己的概念。

比如說，剛出生的小小老鼠，真的可能像小羊或小豬一樣吸奶嗎？老鼠一定不會下蛋（我們總不可能看過老鼠蛋吧！），所以牠們直接生出小老鼠，就像豬生小豬，羊生小羊。像這樣會生小動物的動物，我們稱之為哺乳動物，而哺乳動物會吃母奶。這麼一來，答案就很明顯了。我們心中本來就有答案，但必須先釐清思緒，才能想出來。我們會一時忘記老鼠真是吃奶長大的，這可能是因為我們從來沒看過老鼠餵奶。原因很簡單，老鼠餵奶時會躲開人類。

自然的層級

當亞里斯多德「徹底整理」人類的生活時，首先指出，我們可以把自然萬物都分成兩大類，一類是石頭、水滴或土壤等無生物，不具有改變的潛能。亞里斯多德認為，無生物只能透過外力來產生改變。另外一類則是生物，擁有改變的潛能。

亞里斯多德進一步把生物分成兩類，也就是植物和其他生物。而「其他生物」又再分成兩類，包括動物和人類。

亞里斯多德的分類確實清楚又簡單。生物和無生物，例如玫瑰和石頭顯然完全不同，而植物和動物，如玫瑰與馬，兩者也有極大的差異。我也能宣稱馬和人確實完全不同。但其中的差異究竟是什麼？蘇菲，妳能告訴我嗎？

抱歉，這次我沒有時間等妳把答案寫好，和糖一起放在粉紅色的信封裡，所以就先把答案告訴妳吧。亞里斯多德分類自然現象的標準，是根據事物的特徵，也就是說，就是依據這個東西的「行為」或「有能力做的事」。

所有生物（包括動植物和人類）都有能力吸收養分，藉以生長、繁衍。動物和人還有感知環境和到處移動的能力，而人類還進一步有思考的能力，或者說，人有能力把自己感知到的事物分門別類。

事實上，自然界的事物之間並沒有非常分明的界線。我們會觀察到自然中不同層級的演變，有構造簡單到複雜的植物，或是簡單到複雜的動物，而人類則在這些層級之上。亞里斯多德認為，人類是萬物中最完整的生命，人能像植物一樣生長、吸收養分，也像動物一樣有感覺且能移動。此外，人類還有一個獨到的特徵，就是理性思考的能力。

蘇菲，正因為如此，人具有一些神的理性。沒錯，就是「神」的理性。亞里斯多德不時提醒我們，世界上必然有上帝在推動大自然的運作，因此，上帝必然位於大自然層級的最頂端。

在亞里斯多德的想像中，地球的運作是受到宇宙中各個星球的牽引。然而這些星球必定受到了某種力量的操控，才會運轉。亞里斯多德稱這股力量為「最初的推動者」或「上帝」。這位「最初的推動者」本身並不會動，卻是宇宙各個星球和自然界各種活動的「目的因」。

倫理學

蘇菲，我們繼續談人類吧。亞里斯多德認為，人的「形式」是由靈魂組成的，而靈魂中的一部份是植物，也有動物和理性。亞里斯多德也提出這些問題：「我們應該如何生活？人需要什麼才能過好的生活？」而他自己這麼回答：「我們唯有善加運用本身的能力和才幹，才能獲得幸福。」

亞里斯多德認為快樂有三種形式：過享樂的生活、做一個自由而負責的公民，或是做一個思想家和哲學家。

他也強調，必須同時達到這三項標準，才能得到幸福與滿足。他無法接受任何形式的「不平衡」。亞里斯多德如果生在現代，或許會說：只著重鍛鍊身體的人，就像只動腦不動手的人一樣不平衡。偏向任何一個極端，都會使生活方式受到扭曲。

這個道理也適用於人際關係，因此亞里斯多德提倡一種「最佳的中庸中道」，意思是說，人不能太過懦弱或魯莽，而要勇敢（懦弱是不夠勇敢，魯莽是過於勇敢）；不能太吝嗇或是揮霍，而要慷慨（吝嗇是不夠慷慨，揮霍是太過慷慨）。在飲食方面也一樣，吃得太少或太多都不好。柏拉圖和亞里斯多德對倫理道德的看法，呼應了希臘醫學的主張：人唯有維持平衡、節制，才能擁有快樂和諧的生活。

政治學

這點也類似亞里斯多德對社會的看法，他認為人不應該走極端，我們天生就是「政治動物」，還宣稱如果不生活在社會中，就不是真正的人。他指出，家庭和社區滿足我們對食物、溫暖、婚姻和生養子女的基本需求，但唯有國家才能讓我們完全體現社會的團結精神。

這又牽涉到國家的組織問題。（蘇菲，還記得柏拉圖的「哲學國度」嗎？）在亞里斯多德心目中，有三種良好的政治制度。

首先是君主制，一個國家只有一位元首，但是統治者不能謀求私利，這種制度才能成功，否則就會淪為「專制」，亦即一個統治者任憑己意統治國家。另一種良好的政治制度是「貴族政治」，國家由一群特定的人來統治，人數或多或少，但要如果進行立憲時，要避免淪為「寡頭政治」，也就是政府由一小撮人控制。寡頭政治最好的例子，就是軍政府。第三種制度是亞里斯多德所稱的「Polity」，意即民主政治，但民主的缺點就是很容易變成暴民政治。（假設當年專制的希特勒並未當上德國元首，他底下的納粹分子可能也會形成可怕的暴民政治。）

對女性的看法

最後，我們要談談亞里斯多德對女性的看法。但遺憾的是，他對女性的評價可不像柏拉圖那樣，讓人聽了會很高興。亞里斯多德似乎認為女人在某些方面並不完整，可說是「未完成的男人」。繁衍下一代時，女人扮演被動的接受角色，男性卻是主動且有生產力。亞里斯多德宣稱，孩子只會繼承男性的特質，並相信男性的精子中具有小孩的所有特質；女性只是土壤，接受並孕育種子，男性才是「播種者」。我們也可以套用亞里斯多德的話，男人提供「形式」，女人貢獻「質料」。

亞里斯多德是一個很有智慧的男人，但他對兩性關係的看法竟然如此謬誤，簡直令人震驚、遺憾。這也說明了兩件事，首先，他可能不曾實際體驗或女人和小孩的生活；另外，從這件事情看來，如果任由男人主導哲學和科學的領域，可能會發生嚴重的錯誤。

亞里斯多德對於兩性的錯誤看法帶來很大的負面效應，因為整個中世紀時期都受到他的影響（而非柏拉圖），於是教會也延續了歧視女性的觀點，但這種觀點在聖經上其實毫無根據。畢竟，耶穌根本沒有仇視女人！

今天就上到這裡。我很快就會再和妳聯絡。

蘇菲把這封關於亞里斯多德的信又重讀一遍，讀到一半時，她把信紙放回咖啡色的信封，繼續坐著發呆。她忽然覺得自己的房間好亂，地上到處都是書和資料夾；襪子、毛衣、襯衣和牛仔褲有一半都沒收進衣櫃，還有一堆待洗的髒衣服放在書桌前的椅子上。

蘇菲忽然有種難以抗拒的衝動，想好好整理房間。她先把所有衣服都拉出衣櫃，丟到地上，因為她覺得應該從頭開始做。接著，她開始把衣服折好，疊在架子上。衣櫃一共有七層，一層放內衣，一層放襪子和襯衣，一層放牛仔褲，輪流把衣服放好。她以前從來不會懷疑某個東西應該放哪裡，像是髒衣服總是放在最底下的塑膠袋，但現在，有一樣東西她不知道該放哪裡，那就是一隻白色的及膝襪，因為另一隻不見了。而且，這隻襪子並不是蘇菲的。

蘇菲仔細看著這隻襪子，上面沒有任何標記，但蘇菲非常懷疑這就是某人的襪子。她把襪子丟到衣櫃最上面，和積木、錄影帶和絲巾放在一起。

接著，蘇菲開始專心整理地上的東西，把書本、資料夾、雜誌和海報各自分類，就像哲學老師形容亞里斯多德的學說那樣。整理好之後，她開始鋪床、整理書桌。

最後，她把亞里斯多德那堂課的信紙整理好，找了一個空的資料夾和打孔機，在每一張信紙上打幾個洞，放進資料夾，再把資料夾放在衣櫃最上面的白襪子旁邊。她決定了，今天要把餅乾盒從祕密基地拿出來。

從今以後，她要過著井然有序的生活，這可不只是整理房間，瞭解亞里斯多德的學說以後，她認為應該好好整理自己的思緒。於是她把衣櫃的最上層留作思緒的空間，這也是房間裡她唯一仍無法完全掌握的地方。

已經過了兩個多小時，媽媽都沒有動靜。蘇菲走下樓，決定先餵寵物吃東西，再叫醒媽媽。

蘇菲在廚房的魚缸前面彎腰看。三條金魚之中，有一條是黑色的、一條是橘色的，另一條紅、白相間，所以蘇菲分別叫牠們黑傑克、金冠和小紅帽。

她把魚飼料撒到水裡，一邊說：「你們是大自然中的生物，能夠吸收養分、生長並繁衍下一代。更精確地說，你們屬於動物界，可以到處移動，看著外面這個世界。再進一步說，你們是魚，用鰓呼吸，還能在生命的水域中悠游。」

蘇菲蓋上飼料罐。她很滿意自己為金魚在大自然層級所做的分類，也很得意自己想出「生命的水域」這個形容。現在該餵鸚鵡了。

蘇菲在鳥杯裡倒了一點鳥食，說：「親愛的史密特和史摩兒，你們是可愛的小鸚鵡，因為你們從小鸚鵡的蛋裡生出來，也因為那些蛋具有鸚鵡的形式。你們運氣不錯，天生就有一副好歌喉。」

蘇菲走進家裡的大浴室，她的烏龜在浴室的一個大盒子裡慢慢爬。媽媽洗澡的時候，不時會嚷著說要把那隻烏龜弄死，但她目前為止都還沒採取行動。蘇菲打開一個大果醬罐，拿出一片萵苣放在盒子裡。

「親愛的葛文達，你跑得並不快，但你一定能感受到我們所生活的偉大世界中的一小部分。這樣你就該知足了，因為還有很多生物像你一樣，無法超越自身的限制。」她說。

雪瑞卡可能在外面抓老鼠，這可是貓的天性。蘇菲穿過客廳，走向媽媽的房間。茶几上的花瓶裡插著水仙，蘇菲經過時，黃色的花朵彷彿在向她彎腰敬禮。她在花兒旁邊站了一會兒，用手指輕輕撫摸光滑的花瓣。「你們也屬於大自然的生物，其實啊，比起你們所住的花瓶，你們已經很幸福了。可惜你們不會瞭解這點。」

接著，蘇菲躡手躡腳潛入媽媽的房間。媽媽睡得很熟，蘇菲把一隻手放在她的額頭上。

「妳最幸運了，因為妳不像草原上的百合花，只是活著而已；也不像雪瑞卡或葛文達那樣，只是一種生物。妳是人類，擁有難得的思考能力。」蘇菲說。

「蘇菲，妳究竟在說什麼？」

這次媽媽和平常不一樣，很快就被吵醒了。

「我剛才只是說，妳看起來很像懶惰的烏龜。我還要告訴妳，我已經抱持像哲學家一樣嚴謹的態度，把房間整理好了。」

媽媽抬起頭。

「我要起來了。妳可以先幫忙煮咖啡嗎？」媽媽說。

蘇菲聽媽媽的話煮了咖啡，不久兩人就坐在廚房裡，喝著咖啡、果汁，一邊吃巧克力。

蘇菲忽然開口：「媽，妳有想過我們為什麼會活著嗎？」

「天啊！又來了！」

「我現在知道答案了。我們活在地球上，是為了幫每樣東西取名字。」

「真的嗎？我從來沒想過。」

「這下妳的問題大了，因為人是會思考的動物，要是妳不思考，就不算是人。」

「蘇菲！」

「想想看，如果世界上只有植物和動物，就不會有人來區分貓和狗、百合和醋栗的不同。動植物雖然和我們一樣是活的生物，但只有人才能把自然萬物加以分類。」

「妳真是我生過最古怪的女兒。」媽媽說。

「我還真希望自己古怪一點。每個人或多或少都有些古怪，我是一個人，所以我或多或少也有點古怪。妳只有一個女兒，所以我確實是最怪的一個。」蘇菲說。

「我的意思是，妳剛才說的話真是嚇死我了。」

「那是妳太容易被嚇到。」

那天下午，蘇菲去了祕密基地，偷偷把大餅乾盒帶回樓上的房間，而媽媽完全沒發現。

她先把所有信紙照順序放好，再把每張信紙打洞，放在資料夾的「亞里斯多德」那堂課之前，最後在每一頁的右上角寫上頁數，一共有五十幾頁。她要編一本哲學書，雖然不是她親自寫的，卻是有人專門為她而寫的。

她來不及寫星期一的功課了。明天「宗教知識」這堂課可能考試，但老師常說，他重視的是學生用不用功，還有他們的價值判斷。而蘇菲覺得，自己在兩方面都已經有點基礎了。

希臘文化

……火花……

雖然現在哲學老師直接把信送到樹籬那裡，但星期一早上，蘇菲還是習慣性檢查了一下信箱。

她也猜到裡面是空的，所以並不意外，便沿著苜蓿巷走。

她忽然看到人行道上有一張照片。照片中有一輛白色的吉普車，車上插著一支印著「UN」的藍色旗子。那不是聯合國的旗子嗎？

蘇菲把照片翻過來，發現是一張普通的明信片，寫著「請蘇菲・艾孟森轉交席妲・穆樂・奈格」，上面貼了挪威郵票，蓋著「聯合國部隊」的郵戳，日期是一九九〇年，六月十五日，星期五。

六月十五！這是蘇菲的生日！

明信片上寫著：

親愛的席妲：

我猜妳收到這張卡片的時候，可能還在慶祝十五歲生日吧。搞不好這是妳生日的隔天早上？反正妳早晚會收到我的禮物，就某種意義來說，這份禮物可以用一輩子。但我仍想再跟妳說一聲生日快樂。我為什麼把明信片寄給蘇菲呢？妳現在大概已經瞭解了。我相信她一定會把信轉交給妳。

PS：媽媽說妳的錢包不見了。我答應妳，我會給妳一百五十塊做為彌補，妳可能要在暑假開始之前趕緊重辦學生證。

愛妳的爸爸

蘇菲站著一動也不動。上一張明信片的郵戳日期是幾號？雖然上一張海灘風景明信片是整整一個月前收到的，但她依稀記得上面的郵戳日期也是六月。只不過，她當時其實沒有注意看。

她瞄了一眼手錶，接著立刻跑回家。今天上學一定會遲到。

她一進門就飛奔回房，在紅色絲巾下面找出第一張給席妲的明信片。沒錯，上面的日期也是六月十五！這天是蘇菲的生日，也是暑假開始的前一天。

她跑到超市那裡和喬安娜會合，一顆心怦怦狂跳。

席妲到底是誰？她爸爸如何肯定蘇菲會找到她？他到底為什麼要把明信片寄給蘇菲，而不直接寄給他女兒？不管怎麼想，這都完全沒道理呀。他不可能不知道自己女兒的地址，會不會是想惡作劇，找一個陌生人來當偵探和信差，藉此給女兒一個生日驚喜？他提早一個月把卡片寄給蘇菲，是不是想讓她先準備？還是他想讓蘇菲變成女兒的新朋友，當作一個生日禮物？難道蘇菲就是「可以用一輩子」的禮物？

如果這個惡作劇的人真的在黎巴嫩，他又是怎麼得知蘇菲的住址？另外，蘇菲和席妲至少有兩個共同之處。首先，如果席妲的生日也是六月十五，那麼兩人就是同一天出生的；第二，兩人的爸爸都出遠門不在家。

蘇菲覺得，自己彷彿被拉進一個不真實的世界，說起來，人有時還真是不得不相信命運。不過，她不能太早做出結論，搞不好這件事的背後真有什麼原因。話又說回來，如果席妲住在挪威的利勒桑鎮，亞伯特怎麼會找到她的皮夾？利勒桑離這裡可是有好幾百哩遠，再說，這張明信片為何會出現在蘇菲家門前的人行道上？還是郵差送信到蘇菲家的途中掉出來了？如果是這樣，為什麼剛好掉的是這一張呢？

喬安娜在超市等了好久，一看到蘇菲就忍不住說：「妳怎麼這麼慢啊？」

「對不起！」

喬安娜緊緊皺眉，看起來簡直像是老師。

「妳最好找個好理由。」

「都是因為聯合國啦，我在黎巴嫩被敵方部隊拘留了。」蘇菲說。

「最好是……我看妳是交男朋友了。」

兩人拼命地跑，盡快趕到學校。

第三節課是宗教知識，果然要考試，蘇菲昨天根本沒時間準備。考卷上的題目如下：

生命和容忍的哲學

一、試列舉我們能確實知道的事物，以及我們只能相信的事物。

二、試列舉影響一個人生活哲學的因素。

三、何謂「良知」？每一個人都有同樣的良知嗎？

四、何謂價值的輕重？

蘇菲坐在位子上，想了很久才開始寫。她可以運用亞伯特．諾克斯教她的觀念嗎？她似乎非得這樣做了，畢竟她已經好幾天沒打開宗教知識的課本。她一開始作答，答案就自然從筆尖流了出來。

她這麼回答：我們確定月亮不是綠乳酪做的、月球表面黑暗的那一邊也有坑洞、蘇格拉底和耶穌都被判處死刑、人都會面臨死亡、古希臘衛城宏偉的神殿是西元前五世紀波斯戰爭後蓋的、古希臘最重要的神諭是德爾菲神諭。至於我們只能相信的事物，蘇菲寫道：其他星球是否有生物存在、世界上是否有上帝、人死後是否還有生命、耶穌是上帝之子或只是一個智者。蘇菲舉出這些例子，接著又寫：「我們不可能確知這個世界從何而來。宇宙就像一隻大白兔，被魔術師從帽子裡拉出來。哲學家想沿著兔子的一根細毛往上爬，一睹偉大魔術師的真面目。他們不一定會成功，但如果每個哲學家都像疊羅漢似的一層一層往上疊，就能越來越接近兔毛頂端。在我看來，哲學家或許有天真能爬上兔毛頂端。聖經裡的『巴別塔』很像兔子的毛，後來魔術師摧毀了巴別塔，因為他不想讓微不足道的人類爬出他才剛創造好的白兔毛皮。」

第二個問題是：「試列舉影響一個人生活哲學的因素。」蘇菲覺得一個人的教養和成長環境是關鍵。柏拉圖那個時代的人，擁有不同於現代人的生活哲學，因為他們生活的時代和環境都和我們不同。另一個因素，在於人們所選擇的生活經驗。我們的常識不是由環境決定，而是每一個人都與生俱來的。或許可以把我們的環境和社會情況和柏拉圖故事中的洞穴做個比較，人只要善加運用智慧，就能脫離黑暗，但這樣的過程需要勇氣。就拿蘇格拉底來說吧，我們從他身上看到一個人運用聰明才智，使自己不受社會主流思想的影響。最後蘇菲寫道：「在我們的時代，來自不同地區和文化背景的人有越來越多交流。基督徒、伊斯蘭教徒和佛教徒可能住在同一棟公寓，在這種情況下，重要的是接受彼此的信仰，而非質疑為什麼大家不能有一致的信仰。」

蘇菲覺得自己寫得還不錯！她運用哲學老師所教的知識答出了一些重點，只要再加上自己的常識和她曾經聽過或讀到的東西，這樣就行了。

她開始回答第三題：「何謂良知？每個人都有同樣的良知嗎？」這個問題在課堂上常常討

論。蘇菲答道：「良知是人們分辨是非的能力。我個人認為，每個人天生都有這種能力，也就是說，良知是與生俱來的。蘇格拉底應該會同意我的說法，但是良知帶來的影響因人而異，所以詭辯學家說成長環境決定了個人的是非觀念，這也算有道理。蘇格拉底抱持相反意見，他相信每一個人都有同樣的良知。或許詭辯學家和蘇格拉底都沒說錯，雖然不是所有人都會恥於在大家面前裸體，但要是我們欺負了別人，多少會覺得良心不安。但也不能忘記，擁有良知和運用良知是兩回事。有些人看起來好像很無恥，但我相信他們內心深處還是有良知。就像某些人看起來好像很沒大腦，但這只是因為他們做事不用腦筋。註：常識和良心就像肌肉，不使用就會日漸萎縮。」

還有最後一個問題：「何謂價值的輕重？」這也是最近課堂上常常討論的，比如說，開車快速往返各地，這點或許很重要，但若開車會導致森林遭到砍伐，或是污染自然環境，我們就必須做出選擇。蘇菲仔細考慮過後，認為森林的健康和環境的純淨比節省上班時間更有價值，她又舉了其他一些例子，最後這麼寫：「我覺得哲學課比英文文法重要。因此，如果學校把哲學課列入正式課程，再稍微減少英文課的時間，這就是合理的價值判斷。」

最後一節下課的時候，老師把蘇菲拉到一旁。

「我改了妳的宗教考卷。全班的那疊考卷中，妳的擺在比較上面。」老師說。

「希望你看了我的答案，有得到一些啟發。」

「我就是要找妳談這個。妳的答案怎麼看都蠻成熟的，我其實很驚訝。而且妳有很多自己的見解。但是蘇菲，妳有寫作業嗎？」

蘇菲有一點點心虛。

「嗯，老師，你不是說我們要有自己的看法嗎？」

「沒錯，我有說過……但是總有個限度吧。」

蘇菲直接看著老師的眼睛。她覺得在最近經歷了這些事情後，她應該可以這樣做。

「我最近開始學習哲學，所以漸漸能有自己的見解。」她說。

「但是，這樣我很難給妳的考卷打分數。不是D就是A。」

「老師，你的意思是說，我的回答要不是非常正確，就是錯很多？」

「好吧，那就給妳A，但是下次妳可要寫作業。」老師說。

那天下午放學後，蘇菲一回到家，就把書包丟在門前的台階上，馬上跑到祕密基地。糾結的樹根上有一個咖啡色信封，信封的邊緣已經乾了。漢密斯大概已經送來一段時間了。

蘇菲拿著信回家，餵了所有的寵物之後，就回到樓上。她躺在自己的床上讀亞伯特的信：

希臘化時期

蘇菲，又到了上課時間！讀完了自然派哲學家、蘇格拉底、柏拉圖和亞里斯多德的理論，妳應該已經很熟悉歐洲哲學的基礎。所以現在開始，我會略過白色信封裡的介紹問題，直接開始上課。而且我想，妳在學校的作業和考試就已經夠多了。

今天我會上到一段很長很長的時期，從西元前第四世紀末亞里斯多德時期，一直到西元四百年左右中世紀初期。記得，我們現在說的西元前和後，意思是耶穌降生的前後，因為基督教正是這個時期最重要且神秘的一個關鍵。

亞里斯多德逝於西元前三二二年。當時雅典人已經失去統治者的地位，有部分要歸咎於亞歷山大大帝（西元前三五六至前三二三年）征服各地後引發的政治動亂。

亞歷山大大帝是馬其頓國王。亞里斯多德也是馬其頓人，在亞歷山大小的時候，甚至當過他的私人教師。亞歷山大後來在最後一場決定性的戰役中打敗波斯人，而且還征服了各地，連結了包括埃及、希臘，還有東方遠至印度的文明。

這是人類歷史上的一個新紀元。一個新文明誕生了，希臘文化和希臘語言扮演了關鍵角色。這段時期稱為「希臘文化」，大約維持了三百年。「希臘文化」除了指這段時期，也指一種以希臘為主的文化，在馬其頓、敘利亞和埃及等三個希臘王國風行。

然而，大約從西元前五十年起，羅馬在軍事和政治上逐漸占了上風，成為新的超級強權，逐漸征服所有希臘王國。此後，羅馬文化和拉丁文廣及西邊的西班牙到東方的亞洲等地，形成了羅馬時期，也就是我們常說的「近古時期」之開端。但是別忘了，羅馬人征服希臘世界之前，本身也曾受到希臘文化影響。因此，即使希臘人的政治勢力衰微已久，希臘文化和哲學仍扮演著關鍵角色。

宗教、哲學與科學

希臘文化的特徵，就是各個國家和文化之間，不再存有界線。從前希臘、羅馬、埃及、巴比倫、敘利亞、波斯等民族各自崇奉不同的神，各有所謂的「國教」。然而，到了希臘化時期，這些不同的文化彷彿被女巫施了咒，全部融合成一大爐宗教、哲學和科學概念。

我們或許可以說，世界舞台取代了古希臘的市區廣場。從前的廣場一片人聲嘈雜，各種商品、思想和概念都在流通，這個時期的廣場仍然充斥著世界各地的商品和思想，只是嘈雜的人聲中夾雜了各國語言。

剛才說過，希臘人生哲學影響的範圍比以往擴大了許多。然而，地中海地區的國家也逐漸開始崇奉東方的神祇，或許是因為眾多古國原有信仰的交互影響，使得新的宗教興起。這是一種交互激盪的現象，也稱為syncretism，意即信仰的「融合」。

在這個時期以前，人們普遍對自己所屬的民族和城邦有著強烈認同。但隨著國家和文化之間的界線逐漸消失，許多人開始對自己文化中的生命哲學感到懷疑。我們一般認為，近古時期的特點就是對宗教的質疑，文化解體，以及悲觀主義。當時有這種說法：「世界已然衰老。」

希臘化時期所形成的宗教信仰，有一個共同特徵，就是教導人類如何獲得救贖，免於一死。這些教義通常是秘密傳授，只要接受了這些教導，並舉行某些儀式，信徒就可望獲得不朽的靈魂和永生。然而，要達成靈魂的救贖，除了舉行宗教儀式，也必須對宇宙真正的本質有相當程度的瞭解。

蘇菲，關於新興的宗教，我們就說到這裡吧。但在此同時，哲學關注的課題也轉往「救贖」和平安。當時世人認為，哲學智慧除了本身所帶來的好處，應該也要助人脫離悲觀和對死亡的恐懼。就這樣，宗教和哲學之間的界線逐漸消失了。

普遍說來，希臘文化的哲學並沒有太大的原創性。這個時期並未出現柏拉圖或亞里斯多德一般的人物，反而有許多學派受到雅典三大哲學家的啟發。我待會兒就會概略介紹這些學派。

希臘科學同樣也受到各方文化的交會所影響。希臘城鎮亞力山卓位居東西方的交會點，因此扮演了關鍵角色。當時雅典仍是哲學中心，許多承繼柏拉圖和亞里斯多德的哲學學派仍在城內活躍；而亞力山卓則成為科學中心，設有廣藏豐富的圖書館，亞力山卓也因此成為數學、天文學、生物學和醫學重鎮。

希臘文化就好比現代的世界。在二十世紀的今天，文明越來越開放，使得宗教和哲學出現百花齊放的盛況。基督紀元剛開始的時候，羅馬的民眾可以見識到希臘、埃及和東方的各種宗教，就好像生活在二十世紀末的我們，能夠在歐洲的大小城市看見來自世界各地的宗教。

今天，我們也見識到新舊宗教、哲學和科學融合之後，形成了新的生命觀。這些「新知識」其實大多只是舊思想的殘渣，有些甚至可以追溯到希臘文化的時期。

我剛才說過，希臘文化時期的哲學，仍繼續專注在蘇格拉底、柏拉圖和亞里斯多德所提出的課題。這個時期的哲學家和前人一樣，普遍想追尋人類最佳的生活與面對死亡之道。在新的希臘文明中，哲學家最關注倫理道德的課題，想解答何謂真正的幸福，以及如何得到這種幸福。接下來，我要介紹其中四個哲學學派。

犬儒學派

據說，某天蘇格拉底站在街上，專心看著一個販賣各種商品的小攤子，最後開口說：「這裡的東西實在太多，我根本用不著啊！」

這句話可以用來說明「犬儒派哲學」的基本精神。西元前四百年左右，雅典的安諦斯提尼斯創立了犬儒學派。

安諦斯提尼斯曾是蘇格拉底的學生，特別喜歡研究蘇格拉底節儉的生活方式。

犬儒學派強調，真正的幸福並非來自外在的好處，像是優渥的物質生活、政治權力或健康的身體。真正的幸福就是不需仰賴這些稍縱即逝的事物。因為幸福並非由這些好處所構成，所以每個人都有機會得到，而且一旦獲得幸福，就永遠不會失去。

最著名的犬儒派人士是戴奧基尼斯，他是安諦斯提尼斯的學生。傳聞他住在一個木桶裡，身上擁有的物品只有斗篷、棍子和裝麵包的布袋（看來要偷走他的幸福可不容易！）。某天，他坐在木桶旁，舒服地曬著太陽，這時亞歷山大大帝來探望他。亞歷山大站在他面前，問他是否需要幫忙，或想要什麼東西。戴奧基尼斯回答：「對，我要請你站到旁邊去，別擋住我的陽光。」於是，戴奧基尼斯證明自己比亞歷山大大帝更富有、更快樂，因為他已經擁有自己想要的一切。

犬儒學派認為，人們不需要為自己的健康擔憂，也不必在意生老病死，更毋須掛心別人的痛苦，讓自己活受罪。

「犬儒主義」的原文「cynicism」一詞，至今已演變為「憤世嫉俗」的意思，用以形容對人類真誠情感的輕蔑與不信任，也隱含對他人的痛苦無動於衷的態度。

斯多葛學派

斯多葛學派的興起，主要是由於犬儒學派的影響。西元三百年左右，希臘人齊諾在雅典創立了斯多葛學派。齊諾來自塞普勒斯，經歷一次船難後來到雅典，並加入犬儒學派。他常把跟隨者一起聚集在有柱子的門廊。「斯多葛（Stoic）」就是源自希臘文的「門廊（stoa）」。斯多葛學派後來深深影響了羅馬文化。

斯多葛學派和赫拉克里特斯一樣，相信每個人都是宇宙常識的一小部分，每一個人都是世界的縮影，像是一個「小宇宙」，也是「大宇宙」的倒影。

正因如此，斯多葛學派認為宇宙間有一種公理，亦即「自然律」。自然律建立在永恆的人類理性和宇宙理性之上，不會因時空而改變。關於這一點，斯多葛學派抱持和蘇格拉底相同的看法，不同於詭辯學派。

斯多葛學派認為，自然律操控著所有人的生活，包括奴隸在內。在他們看來，各國的法律條文充其量只是模仿大自然既有的法則，全都不夠完整。

斯多葛學派否定了個人和宇宙之間的差異，同時也認為「精神」和「物質」並沒有衝突。他們堅稱世界上只有一個大自然，這就叫作「一元論」，和柏拉圖清楚劃分的「二元論」或「雙重實在論」正好相反。

斯多葛學派非常具有時代精神，標榜「世界主義」，思想開放，比起俗稱「木桶哲學家」的犬儒學派，更能接受當代文化。斯多葛學派注重民胞物與的精神，也非常關心政治。許多斯多葛派學者都成為活躍的政治家，尤以羅馬皇帝奧勒留（西元一二一至一八〇年）最為知名。他們在羅馬提倡希臘文化與希臘哲學，最傑出的一位就是同時身為演說家、哲學家和政治家的西塞羅（西元前一〇六至前四三年）。西塞羅創立了「人本主義」，就是一種以個人為重心的哲學觀。幾年後，斯多葛學派的塞尼加（西元前四年至六五年）說：「對人類而言，人是神聖的。」從此以後，這句話便成為人本主義的口號。

斯多葛學派還強調，所有的自然現象，像是生病或死亡，都只是遵循無法改變的大自然法則，因此人必須學著接受自己的命運。任何事情的發生都不是出於偶然。每一件事情的背後，都有其必要性，所以當你被命運找上的時候，抱怨是沒有用的。斯多葛學者認為，我們不能被生活中快樂的事情所影響，這個觀點和犬儒學派很像，因為犬儒學者也宣稱所有外在事物都不重要。現在，我們仍然會用「斯多葛式的冷靜」來形容不會感情用事的人。

伊比鳩魯學派

正如我剛才說的，蘇格拉底想探討人要如何過好的生活。犬儒學派和斯多葛學派把蘇格拉底的哲學解釋成「人不能耽溺於物質享受」。然而，蘇格拉底另一位學生阿里斯底波認為，人生的目標就是要追求最極致的感官享受，他說：「享樂為至善之事，受苦為至惡之事。」他想找出一種生活方式，好避免所有形式的痛苦。（犬儒學派和斯多葛學派都相信，人應該忍受各種形式的痛苦，而非致力避免痛苦。）

大約在西元前三百年，伊比鳩魯（西元前三四一至前二七〇年）在雅典創立了一個哲學學院，統稱為「伊比鳩魯學派」。他進一步發展阿里斯底波的享樂主義，還結合了德謨克利特斯的原子論。

據說，伊比鳩魯住在一座花園裡，因此這個學派的人又叫「花園哲學家」。有人傳言在花園入口掛有一塊告示牌，寫著：「陌生人，你將在此地享受安適的生活。在這裡，享樂為至善之事。」

伊比鳩魯學派強調，我們評估做某件事所產生的樂趣時，也必須考量可能的副作用。要是妳曾經狂吃巧克力，一定知道我在說什麼。如果妳沒做過這種事，可以試著練習：把妳存的一千塊零用錢全都拿去買巧克力（假設妳很愛吃巧克力），重點是，妳要一口氣吃完所有巧克力。大約半個小時之後，妳把所有好吃的巧克力都解決之後，就知道伊比鳩魯說的「副作用」是什麼意思了。

伊比鳩魯也相信，當我們追求較為短暫的快樂時，必須考慮是否有別的方式能得到更大、更持久、更強烈的快樂（例如妳決定一年不吃巧克力，好存錢買新的腳踏車，或是花大錢出國度假）。人類和動物不同，能夠規劃自己的生活，並「計算樂趣」。巧克力固然好吃，但是買新腳踏車或去英國旅行又更加美妙。

雖然如此，伊比鳩魯仍表示「樂趣」不一定是指感官上的快樂，像是吃巧克力等等。交朋友、欣賞藝術也是樂趣的來源。另一方面，我們想過快樂的生活，還得遵循古希臘人的自我規範、節制與平和等原則。克制欲望，並保持平和的心境，有助於忍受痛苦。

當時有很多人懼怕神明，因此前往伊比鳩魯的花園尋求幫助，而德謨克利特斯的原子理論能夠有效破除宗教迷信。要過好的生活，就必須克服自己對死亡的恐懼。於是伊比鳩魯運用德謨克利特斯的「靈魂原子」理論，幫助人們克服恐懼。蘇菲，妳還記得嗎？德謨克利特斯認為人死後沒有生命，因為當我們失去生命，「靈魂原子」也隨之飛散。

「死亡和我們無關，」伊比鳩魯簡短地說，「只要我們還存在，死亡就不會來臨；當死亡來臨時，我們就不再存在。」（說到這個，我們好像沒聽過有人死了之後還會煩惱。）

伊比鳩魯用「四種藥草」的理論來總結他開放的哲學觀：「神不足懼，死不足憂，禍苦易忍，福樂易求。」

對希臘人來說，伊比鳩魯把哲學和醫學相比，這並不稀奇。他想表達的是，人應該擁有「哲學的藥櫃」，儲存我剛才說的四種藥方。

伊比鳩魯和斯多葛學派最大的不同，就是他們不關心政治或團體生活。「離群索居吧！」這是伊比鳩魯給世人的建議。他的「花園」或許就像現代的公社。我們所生活的時代，的確也有許多人遠離社會，去追求「避風港」。

在伊比鳩魯之後，許多伊比鳩魯學派的人士太過沈溺於自我放縱的生活，主張「今朝有酒今朝醉」。現在「伊比鳩魯派」這個字帶有貶意，用以形容專門追求享樂的人。

新柏拉圖學派

正如我剛才說的，犬儒學派、斯多葛學派和伊比鳩魯學派都受到蘇格拉底的影響，也採納了幾個蘇格拉底之前的哲學家，如赫拉克里特斯和德謨克利特斯等人的學說。

但在希臘文化晚期，最耀眼的哲學學派主要仍受到柏拉圖學說的啟發，稱為新柏拉圖學派。

新柏拉圖學派最重要的人物是普羅汀（約西元二〇五至二七〇年）。他在希臘的亞力山卓研讀哲學，後來定居於羅馬。有趣的是，好幾世紀以來，亞力山卓一直是希臘哲學和東方神秘主義的交會之處，而普羅汀把他的「救贖論」從亞力山卓帶到羅馬，後來還成為基督教的強敵。然而，新柏拉圖哲學對基督教神學也產生了極大影響。

蘇菲，記得柏拉圖的「理型論」吧，他把宇宙分為理型世界和感官世界，也因此將肉體和靈魂區分得很清楚。依照他的理論，人是二元的造物：我們的身體由塵與土所構成，正如感官世界裡的萬物；但我們也擁有不朽的靈魂。早在柏拉圖之前，希臘人大多相信人有不朽的靈魂，而普羅汀也熟知，亞洲人同樣有類似的概念。

普羅汀相信世界橫跨兩極。一端是他稱為「太一」或「上帝」的神聖之光，另一端是徹底的黑暗，完全接收不到太一之光。普羅汀強調，這個黑暗世界其實並不存在，只是缺乏光的照射。真正存在的只有上帝或太一；但就像光線會逐漸變弱，終至熄滅，世界上也有一個角落，就連神聖之光也無法普照。

普羅汀認為，靈魂受到太一之光的照耀，而物質則屬於不存在的黑暗世界，至於自然界的形式則微微接收到太一之光。

想像一下，夜裡升起了營火，火花四散，熊熊火光將眼前照耀得有如白晝，就算在好幾哩外，火光依舊清晰可見。但若再遠一些，就只能看到一小點亮光，就像黑暗中遠方的燈籠。倘若我們繼續走，到了某一點，就再也不見到火光了。光線已消失在黑夜裡，在一片黑暗之中，我們什麼也看不見，眼前沒有任何形體或影子。

蘇菲，想像真實世界就像這一堆營火。「上帝」燃燒出熊熊火光，火光不可及的黑暗之處，則是構成人和動物的冷冷物質。最接近上帝的是「永恆的觀念」，意即萬物的根本形式，而人的靈魂是「火花」。大自然的各處多少都受到神聖之光的照耀。我們在所有生物中都能看見這種光，即使只是一朵玫瑰或一株風鈴草，也有其神聖之光。離上帝最遠的則是泥土、水和石頭。

我的意思是，世界上既存的萬物都帶有神秘的神聖之光。我們會看見這道光在向日葵或罌粟花中閃爍，感覺到神秘的氛圍包圍了一隻飛離枝頭的蝴蝶，或是在水缸裡悠游的金魚。但最靠近上帝的仍是我們的靈魂。唯有在靈魂之中，我們得以和生命裡奧妙的神秘合而為一。事實上，在極為偶然的時刻，我們會體驗到「自我就是那神聖的神秘之光」。

普羅汀所說的比喻，和柏拉圖的洞穴神話很類似。我們越接近洞穴入口，就越靠近宇宙萬物之源。但普羅汀特別強調萬物一體的經驗，這和柏拉圖的二元論恰好相反。他認為宇宙中萬物皆一體，因為上帝存在於萬物之中。就連「柏拉圖的洞穴」深處的影子裡，也存在微弱的太一之光。

普羅汀曾有少數幾次靈魂和上帝合而為一的體驗，我們通常稱為「神秘經驗」。除了普羅汀之外，其實在古今中外，曾有許多人表示有過神秘經驗。每個人記得的細節或許不太一樣，但他們的經驗都有相同的特徵。我們來討論這些特點吧。

神秘主義

所謂神秘經驗，是一種和上帝或「天地之心」合而為一的感受。很多宗教都強調上帝和宇宙的差異，然而神秘主義者並未感受到這種差異，因為他們曾和上帝「合而為一」。

根據神秘主義者的說法，我們通常所說的「我」其實並非真正的「我」。有時候，我們會在一瞬間體驗到一個更大的「我」的存在。有些神秘主義者認為，這個我就是「上帝」，也有人稱為「天地之心」、「大自然」或「宇宙」。每次和天地融為一體時，神秘主義者會感到「失去自我」，就像一滴水流入海洋的水，進入了上帝之中。有位印度的神秘主義者曾如此形容：「過去，當我的自我存在時，我感覺不到上帝。如今我感覺到上帝的存在，自我就消失了。」基督教的神秘主義者西勒修斯（西元一六二四至一六七七年）則有不同的說法：「每一滴水流入了海洋，就成為海洋。同樣地，靈魂最終升天時，就成為上帝。」

蘇菲，妳可能會覺得「失去自我」的感覺不可能有多好。這個我能理解，但關鍵在於，比起妳得到的，妳失去的東西實在很微不足道。妳只是失去了當下這種形式的自我，卻同時發現自己變得更為宏大。妳就是宇宙。事實上，蘇菲，妳就是天地之心，妳就是上帝。若妳被迫失去「蘇菲．艾孟森」這個自我，請記得，妳我終有一天會失去這個「俗世的自我」，這樣會比較安慰。神秘主義者認為，唯有放棄自我，才能感受到真正的「自我」，這個自我就像一把神秘的火焰，能夠永恆燃燒。

然而，類似的神秘經驗不一定會自動出現。神秘主義者得透過「淨化、啟蒙」的步驟，才能和上帝交流。淨化之道包括簡樸的生活方式和各種冥想練習。完成所有步驟之後，才算達到目標，能夠宣稱「我就是上帝」或「我就是你」。

世界各大宗教都有神秘主義的蹤影。由不同文化背景的人所描述的神秘經驗，有著驚人的相似程度。唯有在神秘主義者想為這類經驗尋求宗教或哲學上的解釋時，才能看出其中的文化差異。

西方（包括猶太、基督和伊斯蘭教）的神秘主義者強調，他們所見的上帝具有人類的形體，並且認為，雖然上帝存在於自然和人的靈魂中，祂仍同時超越萬物之上。至於東方（印度教、佛教和中國的宗教）的神秘主義者，則把神秘經驗解釋為一種和上帝或「天地之心」融為一體的經驗。

「我就是天地之心；我就是上帝。」神秘主義者可以如此宣稱，因為上帝不但存在於這個宇宙，也只存在於宇宙萬物之中。

神秘主義在印度尤其盛行，早在柏拉圖之前，印度就有許多神秘主義的活動。曾促使印度教傳入西方的印度哲學家余維卡南達曾說：「世界上有些宗教認為，不相信上帝以人的形體存在眾生之中的人，就是『無神論者』。同樣地，我們也說不相信自己的人是無神論者，因為我們所認定的『無神論』，意思是不相信自己靈魂所散發的光輝。」

神秘經驗也影響了道德價值。曾任印度總統的拉達克里希南說：「你當愛鄰如己，因你的鄰人就是你。你是出於幻覺才把他當作別人。」

在我們生活的時代，一些沒有特定信仰的人也有過神秘經驗。他們曾忽然感受到某種「宇宙意識」或「大感覺」，覺得自己脫離了時空，從「永恆的觀點」體驗世界。

蘇菲在床上坐起身，想感覺自己的身體是否還存在。她讀著柏拉圖和神秘主義哲學，越讀越投入，開始覺得自己在房裡四處飄浮，飄出了窗外，越飄越遠，來到城鎮的上空，往下俯瞰廣場上的人群。她繼續飄著，飄到自己居住的地球之上，飄到北海和歐洲上空，再飄過撒哈拉沙漠和非洲大草原。

整個世界簡直就像一個活生生的人，而蘇菲覺得這個人就是她自己。她心想，世界就是我。從前她常感到深不可測、令人害怕的遼闊宇宙，正是她的「自我」。此刻，宇宙仍然壯闊，但這個廣大的存在就是她自己。

這股異常的感受稍縱即逝，但蘇菲知道自己永遠不會忘記。感覺就像她體內的某種東西從額頭迸裂而出，和萬物融為一體，就像在水中加入一滴顏料，整瓶水都會染上色彩。

這種感覺消失後，就好像做了一場美夢，醒來時頭痛欲烈。蘇菲意識到自己身體試圖在床上坐起來的動作，心裡有一絲絲的失望。剛才一直趴在床上讀亞伯特的信，讀到背有點痛。但至少她體驗了一種難以忘懷的感覺。

蘇菲終於打起精神，站了起來。她首先在信紙上打洞，收進資料夾，接著走到花園裡。鳥兒正在歌唱，彷彿身處一個初生的世界。在舊的兔籠後方，有幾棵長滿了淡綠葉子的樺樹，造物主似乎還沒有調好顏色。

宇宙萬物真的都是一個神聖的「自我」嗎？她的靈魂真的蘊含了神聖之火的「火花」嗎？蘇菲心想，如果這些都是真的，那麼她的確是一個神聖的受造物。

明信片

……我在自己身上執行嚴格的審查制度……

已經過了好幾天，蘇菲都沒有哲學老師的消息。明天星期四，是五月十七日，挪威的國慶日，學校會連續放假兩天。放學回家的路上，喬安娜忽然說：「我們去露營好不好？」

蘇菲一聽喬安娜這麼問，下意識想到自己不能離家太久，但她卻說：「當然好啊！」

過了幾個小時，喬安娜就帶著一個大背包來到蘇菲家門口。蘇菲也打包好了，還帶了一頂帳篷。兩人各自帶了睡袋、毛衣、墊子、手電筒、大熱水瓶和很多自己愛吃的食物。

蘇菲的媽媽在五點左右回家。她告誡兩人去露營要注意的事情，什麼該做、什麼不該做，還堅持要她們交代紮營的地點。

她們跟蘇菲媽媽說，打算到松雞頂露營。還說要是運氣好，第二天早上或許能聽到松雞求偶的叫聲。

但是呢，蘇菲選擇去松雞頂露營，其實是別有用心。她記得松雞頂離少校的小木屋不遠。不知道為什麼，她有股衝動想回去小木屋看看，但又不敢單獨前往。

兩個女孩沿著蘇菲家花園入口的小小死巷子走，一路上天南地北地聊。能夠暫時不想哲學問題，蘇菲覺得很高興。

她們在松雞頂找到一塊平地，晚上八點就搭好帳篷，把睡袋打開，準備過夜。吃完晚餐的三明治以後，蘇菲說：「喬安娜，妳有聽過少校的小木屋嗎？」

「少校的小木屋？」

「附近的樹林裡有個小木屋……在小湖邊。以前住了一個奇怪的少校，所以大家說那裡是『少校的小木屋』。」

「現在有人住嗎？」

「我們要不要去看看？」

「在哪裡？」

蘇菲指向樹林。

喬安娜似乎沒什麼興趣，但她們還是去了。天色不早了，太陽已經快要下山。

一開始，她們走在高大的松樹間，不久就走進一片濃密的灌木林，最後來到一條小路。這是蘇菲在那個星期日早晨走過的路嗎？

一定是。蘇菲簡直馬上就發覺小路右手邊的樹林間，有某個東西在閃爍。

「就在那裡。」她說。

她們不久就來到小湖邊。蘇菲看著湖對岸的小木屋，但只見所有門窗都緊閉著，沒想到紅色小木屋此刻看起來如此荒涼。

喬安娜轉身看著蘇菲。

「我們要用走的涉水過湖嗎？」

「當然不是啊，我們要划船。」

蘇菲指向下方的蘆葦叢。小船仍在之前的位置。

「妳有來過這裡嗎？」

蘇菲搖頭。上次的事情實在太複雜，很難解釋清楚。而且一旦說了，她就必須告訴喬安娜有關亞伯特和哲學課的事。

兩人說說笑笑，一路划過湖面。划到對岸時，蘇菲很謹慎地把小船拉上岸。

兩人走到小屋的前門。因為屋裡顯然沒人，喬安娜就試著轉動門把。

「門鎖著……妳該不會以為是開的吧？」

「說不定我們能找出鑰匙。」蘇菲說。

蘇菲開始在木屋地基下的石縫中間找鑰匙。

過了幾分鐘，喬安娜說：「算了吧，我們回帳篷好了。」

但就在這個時候，蘇菲大喊：「我找到了，鑰匙在這裡！」

她得意地高舉鑰匙，接著一插進鎖孔，門就開了。

兩人躡手躡腳踏進屋裡，好像在做什麼壞事，而小木屋簡直又冷又黑。

「根本完全看不到！」喬安娜說。

但蘇菲早料到這一點，她從口袋拿出一盒火柴，擦亮了一根。火很快就熄了，她們只看到小屋裡空無一人。蘇菲又擦亮另一根火柴，這次她看見爐子上有一座鍛鐵燭台，上面有一截殘留的蠟燭。她用第三根火柴點亮了蠟燭，於是屋裡有了一點光線，終於能看清身旁的事物。

「這麼小一根蠟燭，就能照亮這麼黑暗的屋子，很奇怪吧？」蘇菲說。

喬安娜點頭。

「但也只能照亮一定的範圍，光線會在某個地方消失。」蘇菲繼續說，「其實黑暗本身並不存在，只是少了光的照射。」

喬安娜打了寒顫，「這裡有點恐怖，還是快走吧！」

「我們要先看看鏡子再走。」

蘇菲指著仍掛在五斗櫃上方的銅鏡。

「好漂亮的鏡子！」喬安娜說。

「這可是一面魔鏡。」

「魔鏡魔鏡請你告訴我，世界上最美麗的人是誰？」

「喬安娜，我不是開玩笑。只要妳看著鏡子，就會看到另外一面有東西，我確定。」

「妳真的沒來過這裡嗎？幹麻一直嚇我？」

蘇菲不知該如何回答。

「抱歉。」

喬安娜忽然發現牆角有個東西，把它撿了起來。原來是個小盒子。

「明信片。」她說。

蘇菲嚇了一跳。

「不要碰！有聽到嗎，千萬不要碰！」

喬安娜跳了起來，連忙把盒子丟到地上，像被火燒到似的，結果明信片撒了一地。喬安娜不禁一笑了。

「只是明信片嘛！」

喬安娜坐在地上，把明信片撿起來。過了一會兒，蘇菲也在她身邊坐下。

「黎巴嫩……黎巴嫩……黎巴嫩……明信片上都蓋著黎巴嫩的郵戳。」喬安娜說。

「我知道。」蘇菲說。

喬安娜忽然坐挺起來，直視蘇菲的眼睛。

「妳真的來過這裡？」

「嗯，我想是吧！」

蘇菲突然覺得，要是她承認來過這裡，事情就容易多了。就算讓喬安娜知道最近前幾天她經歷的神秘事件，也不會怎麼樣吧。

「我們來這裡之前，我還不想告訴妳。」

喬安娜開始看明信片。

「都是寫給一個叫席妲的人。」

蘇菲還沒有伸手碰那些明信片。

「地址呢？」

喬安娜唸道：「挪威利勒桑，請亞伯特轉交席妲。」

蘇菲鬆了一口氣。她本來很怕明信片上寫著「請蘇菲轉交」。

她開始仔細檢查每一張明信片。

「妳看，四月二十八日……五月四日……五月六日……五月九日……都是前幾天的郵戳。」

「還有還有，全部都是挪威的郵戳！妳看……寫著聯合國部隊……這也蓋著挪威的郵戳！」

「他們就是這樣，大概是想表現得中立一點，所以在那邊也設了專用的挪威郵局。」

「那他們要怎麼把信寄回家？」

「可能是利用空軍吧。」

蘇菲把燭台放在地上，開始和喬安娜一起讀明信片。喬安娜按照郵戳日期把明信片整理好，先讀最早的那一張：

親愛的席妲：

我好想快點回到利勒桑的家。我預計在仲夏節的黃昏抵達凱耶維克機場，雖然很想早點回家幫妳慶祝十五歲生日，但我有軍令在身。為了補償妳，我保證會全心準備一份生日大禮送給妳。

ＰＳ：我會寄一張相同的明信片給我們共同的朋友。席妲，我知道妳懂我的意思。雖然我好像神秘兮兮的，但我知道妳會懂。

愛妳而且總是為妳的前途著想的爸爸

蘇菲拿起第二張明信片：

親愛的席妲：

我們在這裡每一天都過得很慢。這幾個月在黎巴嫩的日子，最令我難忘的就是「等待」的感覺。但我正在努力準備妳的生日驚喜。好了，我不能再說了，我要嚴格審查自己的言行。

愛妳的爸爸

蘇菲和喬安娜興奮地喘氣，兩人都沒有開口，專心讀明信片。

親愛的女兒：

我真的好想派一隻白鴿把我心裡的秘密送去妳，但是黎巴嫩找不到白鴿。我想，這個飽受戰火摧殘的國家非常需要白鴿。我祈禱聯合國未來真的有天能創造世界和平。

PS：妳或許可以和別人分享妳的生日禮物。等我回到家再聊這件事吧。妳還是不懂我在說什麼，對吧？

愛妳而且有很多時間為我倆打算的爸爸

她們一連讀了六張明信片，只剩下最後一張了。上面寫著：

親愛的席妲：

我現在內心滿滿都是妳的生日秘密，每天都要忍耐好幾次，別打電話回家，免得把驚喜給搞砸。這個禮物會越長越大。妳也知道吧，當一個東西越長越大，就越來越藏不住了。

PS：將來妳會遇見一個叫蘇菲的女孩。為了讓妳們正式見面之前先認識認識，我開始把寫給妳的明信片都寄一份給她，她應該很快就能瞭解狀況。目前她知道的還是比妳少。她有一個朋友名叫喬安娜，說不定她能幫忙。

讀完最後一張明信片，喬安娜和蘇菲靜靜坐著，瞪大眼睛互望。喬安娜緊握蘇菲的手腕。

「我有點怕。」她說。

「我也有點怕。」

「最後一張明信片的郵戳是什麼時候？」

蘇菲又看了一下明信片。

「五月十六，就是今天。」她說。

「不可能！」喬安娜大喊，她好像生氣了。

她們仔細檢視郵戳。沒錯，確實是一九九〇年五月十六日。

「根本不可能。」喬安娜堅持。「而且我搞不懂這究竟是誰寫的。這個人一定認識我們，但他怎麼知道我們今天會來這裡？」

喬安娜比蘇菲更害怕，而蘇菲已經習慣了。

「這一定和那面銅鏡有關。」

喬安娜又跳了起來。

「妳該不會是說，明信片在黎巴嫩蓋了郵戳之後，從鏡子裡飛出來？」

「妳還有更合理的解釋嗎？」

「沒有。」

蘇菲站起來，拿蠟燭照亮牆上的兩幅畫。

「『柏克萊』和『柏客來』，這是什麼意思？」

「我也不知道。」

蠟燭已經快燒完了。

「我們走吧。」喬安娜說，「快走啊！」

「我們必須把鏡子帶走。」

蘇菲踮起腳，把大銅鏡從牆壁的鉤子上拿下來。喬安娜想阻止她，但蘇菲還是照做了。

她們走出小木屋時，外面黑黑的天色看起來就像平時五月的夜晚。天邊仍有一些光線，可以清楚看到灌木和樹林的輪廓。小湖靜靜躺在地面上，像是天空的倒影。兩人滿懷心事地划向對岸。

走回帳篷的路上，喬安娜和蘇菲都沒怎麼說話，但兩人都心知肚明，彼此一定都在想剛才發生的事。路上不時有受驚的鳥猛地飛起，她們還聽到貓頭鷹在咕咕叫著。

她們一回到帳篷就爬進睡袋。喬安娜不肯把鏡子放在帳篷裡。兩人睡覺前都一致覺得，雖然鏡子只是放在帳篷外，感覺還是很可怕。蘇菲拿了那些明信片，放在登山背包的袋子裡。

隔天早上她們很早就醒了。蘇菲先醒來，穿上靴子就走出帳篷。那面鏡子躺在草地上，鏡面沾著露水。

蘇菲用毛衣把露水擦乾，看著鏡中的自己。她感覺自己同時向下也向上看著自己。幸好，她還沒一早就收到黎巴嫩寄來的明信片。

晨霧在帳篷後的平地上方飄移，彷彿形成許多小棉絮。小鳥兒很有朝氣地叫著，但蘇菲沒看到也沒聽見松雞的動靜。

蘇菲和喬安娜都多穿了一兩件毛衣，接著在帳篷外面吃早餐。她們不久就開始聊到少校的小木屋和神秘的明信片。

吃完早餐後，她們把帳篷卸下來，準備回家。蘇菲把那面大鏡子夾在腋下，不時得停下來休息，而喬安娜根本不願意碰那面鏡子。

快走到市郊時，她們聽到零星幾聲槍響。蘇菲想起席妲的爸爸說的飽受戰火摧殘的黎巴嫩，忽然覺得自己好幸運，生在一個和平的國家。後來，她才發現「槍聲」原來是有人在放煙火慶祝仲夏節。

蘇菲邀請喬安娜到她家喝熱巧克力，蘇菲的媽媽很想知道她們是在哪裡發現那面鏡子的，蘇菲說他們是在少校的小木屋外面撿的，於是媽媽又重複一遍「那裡已經很多年沒人住」的故事。

喬安娜離開以後，蘇菲套上一件紅洋裝。兩天的挪威國慶假期，就這樣平靜地邁向尾聲。傍晚，電視新聞專題報導挪威駐黎巴嫩的聯合國部隊如何慶祝國慶日。蘇菲一直盯著螢幕不放，她覺得席妲的爸爸可能會出現在電視上的人群中。

蘇菲在五月十七日當天做的最後一件事情，就是把那面大鏡子掛在她房間的牆上。第二天早上，祕密基地又出現了新的咖啡色信封。蘇菲立刻把信拆開來讀。

兩種文化

……唯有如此，才不致飄浮在真空中……

我們不久就會再見面。我猜妳可能會回少校的小木屋，所以就把席妲爸爸寄來的明信片留在那裡。只有這麼做，明信片才能交到她手中。妳不必擔心她要怎麼拿到明信片，在六月十五日之前，可能會發生很多事呢。

我們已經聊過，希臘化時期的哲學家吸收了前人的哲學理念，再加以變化，有時甚至把早期哲學家當成宗教先知。普羅汀簡直認為柏拉圖是全人類的救星。

但是呢，說到救星，這個時期有另一位救星誕生了，而且並非誕生在希臘羅馬地區，他就是出生於拿撒勒的耶穌。這堂課要談談基督教漸漸滲透希臘羅馬地區的經過，就像席妲的世界逐漸滲透我們的世界。

耶穌是猶太人，猶太人屬於閃族文化，而希臘和羅馬人屬於印歐文化。閃族和印歐文化共同孕育了歐洲文明，但我們得先瞭解這兩種文化，才能進一步討論基督教如何影響希臘羅馬的文化。

印歐民族

印歐民族是指所有使用印歐語言的民族和文化，包含所有歐洲國家，除了芬烏語系，包括斯堪地那維亞半島的拉普語、芬蘭語、愛沙尼亞語和匈牙利語），或使用西班牙地區巴斯克語的民族。此外，印度和伊朗所使用的語言大多也屬於印歐語系。

約四千年前，原始印歐民族生活在黑海和裡海沿岸地區，接著一波波陸續遷徙，往東南進入伊朗、印度，往西南到希臘、義大利和西班牙，往西經過中歐，到達法國與英國，往西北進入斯堪地那維亞半島，往北進入東歐和俄羅斯。印歐民族在各地都努力吸收當地文化，但印歐語言和印歐宗教仍佔有優勢地位。

古印度的吠陀經、希臘的哲學，甚至是冰島學者史特盧森的神話，皆以相近的印歐語言撰寫而成。而相近的語言會啟發相似的思想，因此我們常把印歐「文化」當作一個整體來討論。

印歐文化主要相信世界上存在眾多天神，也就是「多神論」，這對他們的文化影響深遠。眾神的名字和許多宗教用語都廣及整個印歐文化區域。

我舉幾個例子：古印度人尊奉戴歐斯天神，梵文中是指天空、一天、天堂或上帝之意。希臘文稱他為宙斯，拉丁文是朱比特（真實的意思是「iov-pater」或「天父」），古挪威文稱之為泰爾。這些名字指的都是同一個字。

你可能知道古代維京人信仰稱為Aser的眾神，Aser這個字也廣及整個印歐文化地區。在印度古代的傳統語言梵文中，眾神稱為asura，波斯文則是Ahura。梵文的deva也代表「神」，波斯文則是daeve，拉丁文是deus，而古挪威文是tivurr。

在維京時代，也就是歐洲遠古和中世紀的過渡期間，人們也相信有一群主司萬物生長的神（如尼歐德、芙蕾和芙瑞雅）。這些神統稱為vaner，和拉丁文中代表生育之神「維納斯」相近。梵文也有一個類似的字Vani，意思是「欲望」。

印歐神話之間明顯有相似之處。在史特盧森的古代北歐神話中，有些故事和兩三千年前印度所流傳下來的神話有幾分雷同。雖然史特盧森的神話反映了北歐的環境，印度神話則反映印度的環境，但是從許多神話的細節都看得出來，這些故事有相同的淵源，最明顯的例子是有關長生不老藥水和眾神對抗渾沌妖魔的故事。

在印歐文化中，彼此的思維模式也很相近。最典型就是世界觀，對所有印歐文化的人們來說，世界上存在著善與惡之間無止盡的抗衡，因此他們經常試著「預測」善惡之爭的結果。

希臘哲學源於印歐文化，這可不完全是偶然。印度、希臘和古代北歐的神話明顯都有一種以哲學或「思索」的觀點來看這個世界的傾向。

印歐民族致力於「洞察」世界歷史。我們甚至會發現，在各個印歐文化之中，都有一個特別的字來代表「洞見」或「知識」。梵文是vidya，相當於希臘文的idéa，idéa這個字在柏拉圖的哲學中也很重要。拉丁文有video這個字，但對羅馬人來說，這個字只能代表「看見」。在英文中，I see 有「我懂了」的意思。卡通裡面，每當啄木鳥想到一個好點子，腦袋上就會有發亮的燈泡。（到了現代，英文的seeing才有「盯著電視看」的意思。）英文中也有wise和wisdom這兩個字，在德文中則是wissen，「知道」之意。而挪威文的viten和印度文的vidya、希臘文的idéa以及拉丁文的「video」是由同樣的字根演變而來。

總而言之，我們可以認定，印歐人認為「視覺」是最重要的感官。印度、希臘、波斯和條頓民族的文學創作都有類似的特色，就是宏大的宇宙觀（cosmic vision，其中vision一字源自拉丁文的動詞video。印歐文化的另一個特色，則是創作圖畫、雕刻，藉以描繪眾神和神話故事。

最後我想談印歐民族的「迴圈」歷史觀。他們相信歷史的近程有如四季，不斷迴圈，既沒有開始，也沒有結束，在無止盡生生滅滅的迴圈中，各文明的力量相互消長。

東方的兩大宗教印度教和佛教，皆源自印歐文化。希臘哲學也一樣，因此我們能明顯看出東方宗教和希臘哲學的相似性。即使到了現代，印度教和佛教仍帶有強烈的哲學省思意味。

我們常注意到，印度教和佛教同樣強調萬物皆有神性（俗稱「泛神論」），主張人一旦悟道，便能和神合而為一。（蘇菲，妳還記得普羅汀的看法嗎？）人為了悟道，練習深切深自省或冥想。所以呢，無為和隱居的態度，在東方可算是一種宗教理想。古希臘也有很多人相信，禁欲或隱居的生活方式能使靈魂得救。在許多方面而言，中世紀僧侶的生活方式皆源自希臘羅馬文明的影響。

許多印歐文化也相信靈魂轉世、生命輪迴，這可說是根深蒂固的觀念。兩千五百多年來，每一個印度人生命的最終目的，就是掙脫輪迴。柏拉圖同樣認為靈魂能夠轉世。

閃族文化

蘇菲，我們現在要談談閃族文化。閃族文化和印歐文化截然不同，也使用完全相異的語言。閃族人來自阿拉伯半島，但也同樣移居到世界各地。兩千多年來，這些猶太人一直在異鄉生活。閃族文化的歷史和宗教信仰，透過基督教遍及遠方，也藉由伊斯蘭教的力量廣及各地。

西方的三大宗教，亦即猶太教、基督教和伊斯蘭教都源自閃族文化。伊斯蘭教的可古蘭經和基督教的舊約聖經，都皆以閃族語系的語言寫成。舊約中用來表達「神」的字，在伊斯蘭文稱為「阿拉」，兩個字同樣源自閃語。

基督教稍微複雜一點。基督教雖然也源自閃族文化，但新約是以希臘文撰寫而成，而基督教的神學，或說教義在形成的階段，也曾受希臘和拉丁文化所影響，當然也因此受到希臘哲學的影響。

印歐民族是多神論者，但閃族卻始終相信世上只有一個上帝，這就是俗稱的「一神論」。猶太教、基督教和伊斯蘭教基本上也屬於一神論。

閃族文化另一個共通的特點是「線性」的歷史觀，也就是認為歷史是一條持續延伸的線。起初神創造了世界，歷史就此展開，但終有一天也會結束，而這一天就是「審判日」，屆時神將審判所有活人和死人。

在西方三大宗教中，歷史扮演的角色相當關鍵。他們相信上帝會干預歷史的走向，甚至認為，歷史之所以存在，是為了讓上帝在世界上行使祂的旨意。上帝曾帶領亞伯拉罕到「應許之地」，也將帶領人類的腳步走過歷史，抵達審判日。屆時世界上所有的邪惡都將被摧毀。

閃族人十分強調上帝對歷史進程的影響，因此數千年來勤於紀錄歷史，這些文獻也成為聖經的核心。

至今，耶路撒冷城仍是猶太人、基督徒和伊斯蘭教徒重要的宗教中心。我們可由此看出，這三大宗教顯然有共通的背景。

耶路撒冷城裡，有猶太教堂、基督教堂和伊斯蘭教的清真寺。但令人深感悲痛的是，耶路撒冷竟成為人們爭奪的要地，人類在此自相殘殺，殘害大批人命，只為了爭奪對這個「永恆之城」的掌控權。真希望聯合國將來能讓耶路撒冷成為這三個宗教共享的聖殿！（好吧，我們哲學課現在不談太過實際的部分，這件事就讓席妲的爸爸去傷腦筋吧。妳一定已經猜到他是聯合國派駐黎巴嫩的觀察員，我也能告訴妳，他其實是個少校。有了這些線索，妳應該會進一步猜到別的。不過，我們還是別預想未來的事吧！）

剛才說過，印歐人認為「視覺」是最重要的感官。在閃族文化中，「聽覺」是最重要的感官，這也相當有意思。猶太人的聖經一開頭就說：「聽啊，以色列！」這是其來有自。舊約聖經記載人們如何「聆聽」上帝的話語；猶太先知佈道時，通常以「耶和華（上帝）說」作為開頭。基督教也強調我們要「聆聽」上帝的話語。在基督教、猶太教和伊斯蘭教的儀式中，都會大聲讀經，也就是「朗誦」。

我剛才也說過，印歐民族常以圖畫或雕刻來描繪眾神，反觀閃族則從未這麼做。閃族人認為不應該畫出或雕刻出神的形象。舊約曾訓誡人們，不可製作神像。猶太教和伊斯蘭教至今仍遵循這個訓誡。伊斯蘭教甚至普遍反對攝影和藝術，因為人不應該和上帝爭奪「創造」任何事物的權利。

蘇菲，妳可能會想到，雖然如此，基督教教堂卻充滿了耶穌和上帝的畫像。確實是這樣，但這是因為基督教受了希臘羅馬文化的影響（在希臘和俄羅斯等地的希臘正教教堂，至今仍禁止信徒製作神像、十字架或聖經故事的雕刻）。

西方三大宗教與東方主要宗教不同。西方宗教，強調上帝和被造物之間的距離。西方宗教認為，生命的目的並非脫離輪迴，而是從罪惡和譴責中獲得救贖。另一方面，西方的宗教生活較偏重祈禱、佈道和研究聖經，而非自省和打坐沈思。

以色列

蘇菲，我不是想和妳的宗教課老師較勁，但現在我想簡單聊聊基督教的猶太文化淵源。

一切都始自上帝創造世界。聖經第一頁就記載了這件事。後來，人類開始反抗上帝，而上帝為了懲罰人類，不但將亞當、夏娃逐出伊甸園，更從此創造了「死亡」。

人類對上帝的反抗是貫穿整部聖經的主題。我們翻開舊約的創世記，就會讀到大洪水和挪亞方舟的故事，接著上帝和亞伯拉罕與其子孫立約，要求他們必須遵守上帝的戒律，而上帝也答應保護亞伯拉罕的後裔，作為交換。西元前一二〇〇年左右，上帝在西乃山上頒授十誡給摩西，也和他立下誓約。當時以色列人在埃及做奴隸已久，終於在上帝的幫助之下，由摩西領導他們回到以色列的土地。

西元前一千年左右，也就是希臘哲學出現的很久以前，曾有三位偉大的以色列王，依序是掃羅王、大衛王和所羅門王。當時所有以色列的子孫都回到自己的土地，在這個王國團結起來，以色列在政治、軍事和文化上都有輝煌的成就，尤其是大衛王統治時期。

當以色列選出了國王，人民就要對國王行塗油禮。因此，國王有「彌賽亞」之稱，意思是「受膏者」。宗教上，國王可說是上帝與其子民之間的中介，所以也叫「上帝之子」，他的王國則是「天國」。

然而，以色列的國力不久便式微了，分裂成南國（猶太）和北國（以色列）。西元前七二二年，北國被亞述人征服，失去其政治、宗教的影響力。南國的命運也同樣乖舛，西元前五八六年被巴比倫人征服，不僅聖殿遭到毀壞，人民也大多被運往巴比倫成為奴隸。「巴比倫奴隸」時期一直持續到西元前五三九年，以色列人民才獲准返回耶路撒冷，聖殿也得以重建。但直到基督降生之前，猶太人都受到異族統治。

猶太人經常自問：上帝既然允諾保護以色列，為什麼大衛的王國仍被摧毀？猶太人為什麼一次又一次遭逢劫難？然而，以色列人也曾允諾遵守上帝的誡律。因此人們漸漸相信，上帝是懲罰以色列人不遵守誡律。

西元前七五〇年左右，眾多不同的先知開始宣稱，上帝因以色列人不守誡律而發怒，還說上帝終將審判以色列。這就是俗稱的末日預言。

隨著時間過去，又有其他先知預言，上帝將拯救少數祂所選定的子民，並派遣一位「和平之子」或大衛家族的國王，來協助這群子民，讓他們重建大衛的王國，再次享有繁榮的生活。

「那坐在黑暗裡的百姓看見了大光；坐在死蔭之地的人有光發現照著他們。」這是聖經中所記載，先知以賽亞的話。這是俗稱的救贖預言。

總之，以色列人民原來在大衛王的統治下安居樂業，但隨著國力逐漸式微，以色列先知開始宣稱，未來終將出現一位大衛家族的新國王。這位「彌賽亞」，或稱「上帝之子」，將會「拯救」以色列子民，重建偉大的以色列王國，建立「天國」。

耶穌

蘇菲，妳還在讀信嗎？我剛才提到的關鍵字有「彌賽亞」、「上帝之子」和「天國」，這些詞一開始只有政治上的意涵。在耶穌的時代，許多人想像未來將出現一位「彌賽亞」，也就是像大衛王一般有才幹的政治、軍事和宗教領袖。這位彌賽亞，也就是「救世主」能夠解救國家，使猶太人脫離受羅馬人統治之苦。

這固然不失為一件美事。然而，有許多人眼光看得更遠。在那兩百年間，各先知不斷預言上帝應許的「救世主」將拯救全世界，不但能讓以色列人掙脫異族統治，更將拯救全人類免於罪孽和責罰，並免於死亡。渴盼「救贖」的想法，普遍存在於希臘文化影響所及的地區。

於是呢，拿撒勒的耶穌出現了。他並不是歷史上唯一出現過的「彌賽亞」，但他也使用「上帝之子」、「天國」和「救贖」等字眼，仍保留和舊先知之間的連結。耶穌騎驢進入耶路撒冷，群眾讚頌他為人民的救主，彷彿古代國王登基時例行的加冕典禮。耶穌也接受人民的塗油禮，「時候到了，天國近了。」他這麼說。

請特別注意，耶穌自稱不同於其他「彌賽亞」，聲明自己並非軍事或政治叛徒。他懷抱更遠大的任務，宣稱每一個人都能得到上帝的拯救、赦免。他對沿途所遇見的人們說：「你們的罪奉上帝之名得到赦免。」

這種「赦免罪惡」的方式在當時前所未見。更糟的是，他把上帝稱作「阿爸天父」。當時猶太人從未聽過這種稱呼。過了不久，猶太律法學家便群起反對他。

在那個時候，也就是耶穌生活的時代，許多人等待著一位「彌賽亞」在嘹亮的軍號聲中重建天國（意即就是大張旗鼓地揮軍進攻）。耶穌傳道時，的確經常提到天國，但他所指的意義更加寬廣。耶穌表示，天國就是愛你的鄰居、同情弱者和窮困者、寬恕犯錯之人。

「天國」這個本來帶有戰爭意味的古老詞彙，至此有了一百八十度的轉變。人們原本期待一位能迅速建立天國的軍事領袖，卻只見到身著短袍、涼鞋的耶穌，告訴他們天國或所謂的「新約」，就是要「愛鄰如己」。蘇菲，還有別的呢，耶穌也說我們必須愛我們的敵人，即便敵人攻擊我們，也不得報復，甚至要把臉轉過來，讓敵人打另一邊。此外，我們必須寬恕，不是只有寬恕七次，而是七十個七次。

耶穌用行動證明，他並不恥於和妓女、貪污者、以及政治上的激進人物交談。不只如此，他還說無論是散盡家財的無能之人，或私吞公款的卑微稅吏，只要悔改並祈求寬恕，在上帝眼中就是一個義人，因為上帝有浩瀚的恩典。

等等，還不只這樣呢，耶穌更認為，在上帝眼中，浪子和稅吏等罪人仍比四處誇耀自己德行的法利賽人更正直、更值得寬恕。①

耶穌指出，沒有任何人能夠「爭取到」上帝的恩典，也不能拯救自己（許多希臘人都如此相信）。耶穌在《登山寶訓》中要求嚴格道德規範，這不只顯示出上帝的旨意，也代表沒有人在上帝眼中是正直的。上帝有無限的恩典，但我們必須向祂祈禱，才能得到寬恕。

至於耶穌和他的教誨，就讓妳的宗教老師來進一步教妳吧，這可不容易呢。我希望老師能讓你們看見耶穌的偉大之處。耶穌巧妙地運用當時的語言，讓古老的戰爭口號有了全新的寬廣意義。難怪他最後會被釘上十字架。那些有關救贖的新思想，威脅到許多人的利益和權力關係，因此這些人非得剷除耶穌。

我們談到蘇格拉底時，發現訴諸理性可能導致危險的後果。就像耶穌要求人們無條件地給予愛和寬恕，自己卻因此身陷險境。即使到了今天，我們也看到當人們要求和平、要求讓窮人免於饑餓、要求當權者赦免政敵時，就連強權也會因而崩解。

蘇菲，妳還記得吧？柏拉圖看到全雅典最正直的蘇格拉底遭到處死，感到非常憤怒。根據基督教教義，耶穌是世上唯一的正直之人，但他最後仍被處死。基督徒說耶穌是為了人類而死，這就是俗稱的「基督受難記」。耶穌是「受苦的僕人」，背負了全人類的罪孽，使我們能獲得「救贖」，免受上帝的責罰。

保羅

耶穌被釘上十字架、下葬之後，過沒幾天，就有傳言說他從墳墓中復活。於是證明了耶穌並非凡人，確實是「上帝之子」。

基督教教會的創始之日，可說就是復活節的早上，傳言耶穌復活的時刻。保羅曾斷言：「若基督沒有復活，則我們所傳的便是枉然，你們所信的也是枉然。」

如今全人類都能盼望肉體的復活，因為耶穌是為了拯救我們才被釘上十字架。但是啊，親愛的蘇菲，妳可別忘了，從猶太人的觀點來看，世界上並不存在「不朽的靈魂」或任何形式的「轉生」；這些只是希臘人（也就是印歐民族）的想法。在基督教的看法中，人並沒有生來就不朽的東西，例如靈魂。雖然基督教會相信人的肉體終將復活，並獲得永生，但我們能夠免於死亡和天譴，全是因為上帝所行的神跡，而非因為我們自身的努力，或任何天生就自然擁有的能力。

就這樣，早期的基督徒開始宣揚相信耶穌基督即可得救的「福音」；更表示耶穌在人們和上帝之間溝通，使天國即將實現，因此全世界都將歸於基督的名下。（「基督（Christ）」是希臘文中「救世主」之意，相當於希伯來文的「彌賽亞」，意即「受膏者」。）

耶穌去世數年後，法利賽人保羅改信基督教。他在整個希臘羅馬地區遊歷、佈道，使基督教義遍及世界。這些在聖經的使徒行傳中，都有相關記載。我們也能從保羅寫給早期教會會眾的多封使徒書信中，瞭解他所宣揚的教義。

保羅後來抵達雅典，直接前往這個哲學首府的市中心廣場。據說。保羅當時看見城裡充滿的偶像崇拜的景象，感到十分焦急。他拜訪了雅典城的猶太教堂，也和伊比鳩魯學派、斯多葛學派的哲學家談話。他們帶他到亞略巴古石臺的一座小丘上，問道：「我們能否聽聽你所講的新道？有些關於你的奇怪消息傳到我們耳中，我們想知道究竟是什麼意思。」

蘇菲，妳能想像嗎？忽然之間，雅典市集出現了一個猶太人，聊起某個被釘在十字架上，又從墳墓裡復活的救世主。從保羅造訪雅典的經歷，我們就能察覺到希臘哲學和基督教救贖的教義之間，即將產生衝突。但保羅顯然成功讓雅典人傾聽他的言論。保羅在亞略巴古石臺，也就是衛城的宏偉神殿下，發表了這段演說：

> 眾位雅典人哪，我看你們凡事很敬畏鬼神。我遊行的時候，觀看你們所敬拜的，遇見一座壇，上面寫著未識之神。你們所不認識而敬拜的，我現在告訴你們。
>
> 創造宇宙和其中萬物的神，既是天地的主，就不住人手所造的殿，也不用人手服事，好像缺少什麼，自己倒將生命、氣息、萬物賜給萬人。他從一本造出萬族的人，住在全地上，並且預先定準他們的年限，和所住的疆界；要叫他們尋求神，或者可以

揣摩而得，其實他離我們各人不遠。我們生活、動作、存留都在乎他。就如你們作詩的，有人說，我們也是他所生的。我們既是神所生的，就不當以為神的神性像人用手藝、心思所雕刻的金、銀、石。世人蒙昧無知的時候，神並不監察，如今卻吩咐各處的人都要悔改。

因為他已經定了日子，要借著他所設立的人，按公義審判天下。並且叫他從死裡復活，給萬人作可信的憑據。

蘇菲，這是保羅在雅典發表的演說！此後，基督教會逐漸滲透到希臘羅馬地區。雖然基督教和伊比鳩魯學派、斯多葛學派或新柏拉圖哲學截然不同，但保羅仍在兩種文化之間找出了共同點。他強調，世人天生就會想尋找上帝，而希臘人也早有這樣的觀念。然而，保羅聲稱上帝已經向人類顯現，實際上也已伸出手，迎向人類。祂不再是人們能用理性來瞭解的「哲學上帝」，也並非「金、銀或石頭所雕刻的偶像」，畢竟希臘衛城和雅典市集裡充斥著這些東西！祂「不居住於人類雙手打造的神殿」；祂是一位有著人類形象的神，會干預歷史的發展，並為世人而死在十字架上。

使徒行傳記載，保羅在亞略巴古石臺發表演說，提到耶穌死而復活的事，當場被人譏笑，但也有人表示：「我們想再聽聽這件事。」有些人後來追隨保羅，開始信奉基督教，其中一個叫「大馬哩」的女人。我之所以特別提起她，是因為女人是最熱切信奉基督的族群之一。

保羅就這樣持續傳教。耶穌受難的數十年後，雅典、羅馬、亞力山卓、以弗所與哥林多等重要的希臘羅馬城市，皆已成立基督教會。後來的三四百年間，整個希臘文化地區都成了基督教世界。

教義

保羅對基督教的重要貢獻不只是作為一個傳教士，他對基督教教會同樣影響深遠。這是因為，當時的教徒普遍需要精神指引。

耶穌受難後的頭幾年，基督教面臨了一個重要問題，非猶太人（外邦人）是否要先歸化為猶太人，才能成為基督徒？比如說，希臘人應該遵守飲食的誡律嗎？保羅認為外邦人不一定要成為猶太人才能信奉基督教，因為基督教不只是猶太教派，其目標在於拯救所有世人。上帝和以色列所訂下的「舊約」，已由耶穌代表上帝和人類訂立的「新約」所取代。

無論如何，基督教並非當時唯一的宗教。我們已經看到希臘文化受到各宗教的融合所影響，為了和其他宗教有所區別，也為了防止教會內部分裂，基督教會必須提出一套簡明扼要的教義。第一部《使徒信經》就此誕生，總結了基督徒教義的中心「信條」或主要教義。

其中一個信條寫著，耶穌是神也是人。他不只是憑藉上帝之力的「上帝之子」，他就是上帝本身。但他也是一個「真人」，和人類遭遇同樣的不幸，更因此在十字架上受苦。

聽起來可能有點矛盾，但教會想表達的是「上帝已經變成了人」。耶穌並非半人半神。

（當時希臘文化地區普遍相信這種半人半神的存在）。教會宣稱，耶穌是「完全的神，完全的人」。

後記

親愛的蘇菲，我再稍微說明一下整體的情形。基督教進入希臘羅馬地區後，兩種文化盛大交會，我們也見證了歷史上一次大型的文化革命。

古代時期即將過去，這時距離早期希臘哲學家的年代，大約已過了一千年之久，即將邁入以基督教為重心的中世紀。這段時期也同樣維持了約一千年。

德國詩人歌德曾說：「不能汲取三千年歷史經驗的人，沒有未來可言。」我不希望妳變成這樣的人。我會盡力讓妳熟悉自己的歷史根源。唯有如此，人才不僅僅是赤裸的猿猴；也唯有如此，我們才不致飄浮在虛空中。

「唯有如此，人才不僅僅是赤裸的猿猴；也唯有如此，我們才不致飄浮在虛空中……」

蘇菲從樹籬的小洞向外凝視花園，就這麼坐了一會兒。她漸漸瞭解人為什麼要瞭解自己的歷史起源。對以色列的子民來說，這點確實重要。

她本身只是一個平凡人。但如果她瞭解自己的歷史起源，就比較不那麼平凡。

她生活在地球上的時間也不過短短這些年；但若人類的歷史就是她的歷史，那麼，就某方面來說，她已經活了好幾千歲。

①耶穌所處的年代，猶太人受到羅馬人的政府統治，百姓的生活缺乏自由。當時猶太教有二十多個派別，「法利賽人（Pharisees）」即為其中之一，由文士、律法師組成，堅持遵守成文及口傳的律法。法利賽人是新約聖經福音中經常出現的反派人物，常與主耶穌作對，欺負弱勢和窮苦者。

中世紀

……只對了一部份，並不等於錯……

都過了一個星期，還是沒有亞伯特的消息，蘇菲也沒有收到黎巴嫩寄來的明信片，但她還是會和喬安娜聊到兩人在小木屋發現的幾張明信片。上次喬安娜真的嚇壞了，但幸好後來沒再發生什麼事，她當時的恐懼就漸漸消退，轉而沈浸在功課和羽毛球中。

蘇菲不斷重讀亞伯特的來信，想找出線索來解答有關席妲的謎團。讀信的同時，她又能好好消化古典哲學。她已經可以輕鬆區分德謨克利特斯和蘇格拉底的學說，也能解釋柏拉圖和亞里斯多德的差異。

五月二十五日星期五，媽媽還沒回家，蘇菲在廚房做晚餐。這是母女兩人訂下的慣例。今天蘇菲煮魚丸蘿蔔湯，很簡便的一餐。

窗外開始颳風，蘇菲站著攪拌鍋裡的湯，同時轉頭看窗外。外面的樺樹被風吹得搖擺不定，像是玉蜀黍的莖。

就在這個時候，有東西「啪」一聲打在窗戶上。於是蘇菲又轉頭看，發現有張卡片貼在窗戶上。

是一張明信片。蘇菲透過玻璃看見上面的字：「請蘇菲．艾孟森轉交席妲．穆樂．奈格」。

她就知道！蘇菲打開窗戶，把明信片拿下來。總不可能是風把它一路從黎巴嫩吹過來吧？

這張明信片的郵戳也是六月十五日，蘇菲把那鍋湯拿下爐子，坐在餐桌上讀明信片：

親愛的席妲：

不曉得妳看到這張明信片時，生日是不是已經過了？希望還沒，至少不要過太久才收到。蘇菲生活中的一兩個星期，對我們來說可能沒那麼長。我應該會回家過仲夏節，席德，到時候我們可以一起坐在鞦韆上，看著海洋，就這樣度過好幾個小時。我們要好好聊聊天。有時候，一想到猶太人、基督徒和伊斯蘭教徒之間千年來的紛爭，實在讓我很沮喪。我得常常提醒自己，這三個其實都源於聖經裡的亞伯拉罕，所以他們應該都向同一個上帝禱告吧！在黎巴嫩這裡，該隱和亞伯依然在互相殘殺。

PS：請代我跟蘇菲打招呼。可憐的孩子，她還不知道這究竟是怎麼一回事。但我想妳應該曉得吧！

愛妳的爸爸

蘇菲累到整個人趴在桌子上。她確實不曉得這究竟是怎麼回事，但席妲好像知道。如果席妲的爸爸要她問候蘇菲，這就意味著席妲對蘇菲的瞭解比蘇菲對她的瞭解多。這實在太複雜了，蘇菲怎麼也想不透，只好繼續煮晚餐。

明信片竟然會自己打到廚房的窗戶！這簡直是航空郵件！

蘇菲把湯鍋放在爐子上，這時電話響了。

蘇菲好希望是爸爸打來的，好希望他快點回家，聽她說這幾個星期所發生的一切。但很可能只是喬安娜或媽媽打來的……蘇菲立刻拿起話筒。

「我是蘇菲。」她說。

「是我。」電話裡的聲音說。

這下蘇菲確認了三件事：這個人不是爸爸、是男人的聲音、是她聽過的聲音。

「請問你是？」

「亞伯特。」

「原來是你！」

蘇菲一時說不出話來。她這才記起來，原來自己曾在衛城的錄影帶聽過這個聲音。

「妳還好嗎？」

「還好。」

「以後我不會再寄信給妳了。」

「但是我沒有寄青蛙給你。」

「我們必須親自見面。因為情況變得有點急迫，妳知道吧。」

「為什麼？」

「席妲的爸爸正在包圍我們。」

「怎麼包圍？」

「蘇菲，他從四面八方包圍我們。現在我們得同心協力了。」

「要怎麼做……？」

「但是我得先告訴妳中世紀的事情，妳才幫得上忙。我們也該談談文藝復興和十七世紀。柏克萊是一個關鍵人物……」

「是不是少校的小木屋裡有幅肖像畫中的人？」

「就是他。說不定這場對抗和他的哲學有關。」

「你講得好像在打仗。」

「我倒覺得這比較像是一場意志之戰。必須先讓席妲注意到我們，並趁她爸爸回到利勒桑鎮之前，讓她加入我們的陣營。」

「我完全聽不懂。」

「或許哲學家會幫助妳瞭解。請妳早上八點來聖瑪莉教堂來找我，但是蘇菲，妳只能自己一個人來。」

「那麼早？」

話筒裡傳來「喀」一聲。

「喂？」

他把電話掛了！蘇菲急忙跑去關瓦斯爐，魚丸蘿蔔湯已經滾了，差點就要滿出來。

聖瑪莉教堂？那是一座中世紀的石造老教堂，現在只有作為音樂會和特殊儀式的場地，有時夏天會開放給遊客參觀。但是一大早教堂有開嗎？

媽媽回家的時候，蘇菲已經把黎巴嫩寄來的明信片放回亞伯特和席妲的資料夾。吃完晚飯之後，她去了喬安娜家。

「我們要特別準備一下。」喬安娜才剛開門，蘇菲就這麼告訴她。

蘇菲先等喬安娜關上她房間的門，才繼續說。

「有點麻煩。」

「快說吧！」

「我得跟媽媽說，我今晚要睡在妳家。」

「太好了！」

「不過這只是我的藉口，妳懂吧？我得去別的地方。」

「妳真是不聽話，要跟男生出去嗎？」

「不是，是和席妲有關的事。」

喬安娜輕輕吹起口哨。蘇菲嚴肅地看著她。

「我今天傍晚會過來，但是明天早上七點就要偷溜出門。妳得幫我掩護，等到我回來。」

「妳到底要去哪裡？有什麼事非做不可嗎？」

「對不起，我不能說。」

媽媽向來不反對蘇菲在同學家過夜，反而還蠻喜歡的。有時候，蘇菲覺得媽媽好像挺喜歡一個人在家。

蘇菲出門的時候，媽媽只問了一句：「妳應該會回家吃早餐吧？」

「如果我沒回來，就是在喬安娜家。」

她何必這麼說呢？這可是個破綻。

蘇菲就像平常在同學家過夜一樣，和喬安娜聊到深夜才睡。只是到了晚上兩點左右，他們終於要睡覺時，蘇菲把鬧鐘調到六點十五分。

五個小時後，蘇菲把鬧鐘按掉，喬安娜也醒了一下。

「路上小心。」她咕噥著說。

蘇菲就這樣出發了。聖瑪莉教堂位在舊城區外圍，要走好幾哩才會到。雖然她只睡了幾個小時，還是感到神智清醒。

她抵達這座石造老教堂的入口時，已經快八點了。蘇菲試著推開教堂巨大的門，竟然沒有鎖！

教堂裡荒涼又安靜。有道淡藍色的光束透過彩繪玻璃照進來，眼前出現了無數在空中遊移的微小塵粒。這些塵粒在教堂各處形成一道道大光束。蘇菲坐在教堂中殿的木椅上，往祭壇的方向看去，盯著一個古老且褪色的耶穌受難像。

過了幾分鐘，管風琴忽然開始演奏。蘇菲不敢往四周看。音樂聽起來像古老的聖歌，或許是來自中世紀吧。

教堂不久又恢復寂靜，接著蘇菲聽到後面有腳步聲。要回頭嗎？她決定專心看著耶穌身後的十字架。

腳步聲從她身旁經過，沿著木椅之間的通道走。蘇菲看見一個穿著咖啡色僧袍的身影，就像直接從中世紀走出來的。

她有點緊張，但還不算太害怕。僧侶在祭壇前轉了半圈，接著走上講壇。他身體前傾，往下看著蘇菲，用拉丁文對她說：「Gloria Patri, et Filio, et Spiritui Sanct. Sicut erat in principio, et nunc, et semper et in sæcula sæculorum. Amen.」

「誰聽得懂啊?!」蘇菲脫口而出。

她的聲音在整座石造老教堂裡迴響。

蘇菲已經發現這個僧侶就是亞伯特，但她還是很後悔自己在莊嚴的教堂大聲嚷嚷不敬的話。但這都是因為她太緊張了。當我們感到緊張的時候，要是能不顧所有禁忌，就會覺得比較自在。

「噓！」亞伯特舉起單手，彷彿是神父要會眾坐下。

「中世紀在四點鐘開始。」亞伯特說。

「中世紀在四點鐘開始？」蘇菲一開口，就覺得自己問了蠢問題。但她已經不緊張了。

「沒錯，大約是四點。然後是五點、六點、七點。不過，時間彷彿靜止了。接著到了八點、九點、十點，但仍然是中世紀，妳曉得吧。妳可能會想，該起床迎接新的一天了。沒錯，我懂妳的意思。但現在仍然是星期天，一連串無止盡的星期天接著就是十一點、十二點、下午一點。這是在十二世紀下半葉至十三世紀的哥德高峰時期，此時歐洲紛紛蓋起大教堂。接著大約在下午兩點，有隻公雞開始啼叫……漫長的中世紀也隨之漸漸消逝。」

「這麼說來，中世紀維持了十個小時？」蘇菲問道。亞伯特把頭探出咖啡色斗篷，打量著眼前的會眾，一位十四歲的女孩。

「如果每小時代表一百年，那就沒錯。我們可以假裝耶穌誕生在午夜，接近淩晨一點半時，保羅開始四處遊歷、傳教，並在十五分鐘後死於羅馬。淩晨三點左右，基督教教會仍受到禁止，但到了西元三一三年，羅馬帝國已接受了基督教，當時是君士坦丁大帝所統治。在多年之後，這位偉大的君主在臨死前受洗成為基督徒。從西元三八〇年起，基督教成為整個羅馬帝國的國教。」

「羅馬帝國最後不是滅亡了嗎？」

「在這個時候，帝國才剛開始瓦解。在文化史上，這個時期的變動非常大。西元第四世紀，羅馬不僅面臨北方蠻族的威脅，內部也有分裂危機。西元三三〇年，君士坦丁大帝將帝國首都由羅馬遷往君士坦丁堡，這是他在往黑海的通道所建造的城市。許多人認為這座新城市是第二個羅馬。西元三九五年，羅馬帝國一分為二：西方帝國以羅馬為中心，東方帝國以君士坦丁堡為首都。西元四一〇年，羅馬受到蠻族劫掠，到了西元四七六年，整個西方帝國被摧毀殆盡。東方帝國則延續到一四五三年，直到土耳其人征服了君士坦丁堡。」

「所以君士坦丁堡才改名為伊斯坦堡？」

「正是如此！伊斯坦堡就是那裡的新名字。另外也要留意西元五二九年，那年教會關閉了雅典的柏拉圖學院，同年成立了本篤會，成為有史以來的第一個大修會。也因為如此，西元五二九年成為基督教會箝制希臘哲學的象徵。從那時起，修道院壟斷所有教育、思考和冥想的管道。滴答滴答，指針正走向五點半……」

蘇菲明白亞伯特是用時間來解釋歷史年代。午夜是零，一點鐘是西元一百年，六點是西元六百年，下午兩點是西元一四〇〇年……

亞伯特繼續說：「中世紀其實是指界於兩個時代之間的一個時期。『中世紀』這個名詞在文藝復興時期出現，也被稱為黑暗時代，意思是在古代和文藝復興時期之間，籠罩歐洲的一千年之夜晚。英文的中世紀medieval這個字，現在有負面的意思，用來形容過度權威、缺乏彈性的事物。但也有人認為中世紀的一千年帶來了萌芽、成長。比如說，學校制度就是在中世紀建立的。歷史上第一批修道院學校也成立於中世紀初期，教會學校則在十二世紀成立。西元一二〇

○年左右，更成立了歷史上最早的幾所大學，當時大學研習的學科也像現在一樣，分成幾個不同的學院。」

「一千年真的很漫長。」

「沒錯，但基督教也利用這段期間，漸漸培養信眾。此外，許多民族也在此時相繼建國，建立了自己的城市、公民、民俗音樂和故事。沒有經歷中世紀這段時期，怎會有民俗故事和民俗音樂？歐洲又會變成什麼樣子？說不定只是羅馬的一個省份。英國、法國或德國這些國家的名稱，正是源於浩瀚的中世紀海洋。許多閃閃發光的魚兒悠游在這片汪洋中，但我們並非都能看見。史特盧森就是中世紀的人，挪威國王聖歐拉夫和查理曼大帝也是，更別說羅密歐與茱麗葉、聖女貞德、騎士文學的薩克遜英雄艾凡豪、傳說中的花衣吹笛手和威嚴的君王、俠義的騎士、美麗的少女、沒沒無名的彩繪玻璃工匠，還有巧手的管風琴師傅。我甚至還沒說到修道士、十字軍和女巫呢！」

「你也沒提到牧師和教士。」

「沒錯。其實一直到十一世紀，基督教才傳到挪威。若說北歐國家忽然就信了基督教，實在太過誇大。當時人們表面上信仰基督教，但實際上仍保留古代異教徒的信仰，而許多早期信仰後來也融入了基督教。比如說，在北歐斯堪地那維亞半島的聖誕節慶典中，至今仍可見基督教和古代北歐風俗的結合。俗話說，夫妻在婚後會越來越相像，其實兩種文化的結合也一樣。聖誕餅乾、聖誕小豬和聖誕麥酒等節慶風俗，和聖經故事中的『東方三智者』與『耶穌在伯利恆的馬槽誕生』越來越相似。基督教無疑漸漸成為北歐人主要的生活哲學。因此我們通常說中世紀是基督教文化的統一力量。」

「這麼說來，中世紀也不算太黑暗。」

「西元四百年以後的幾個世紀，文化確實式微了。在此之前的羅馬時期是『高等文化』，打造出許多大城市，城市裡有大型的排水溝、公共澡堂和圖書館等建設，還有宏偉的建築。然而，在中世紀的最初幾百年，整個文化都瓦解了，貿易和經濟也崩潰了。中世紀的人們恢復以往以物易物的交易方式，經濟採『封建制度』，土地所有權歸少數掌握權勢的貴族所有，農奴必須辛勤耕種才能維生。此外，在中世紀最初的數百年間，歐洲人口也急遽減少。古代的羅馬曾有一百多萬人口，但西元六〇〇年卻只剩下四萬人，簡直有天壤之別。相形之下，這麼少的人口生活在城市裡一度輝煌的宏偉建築中。當人們需要建材，就隨手從四周的廢墟取用。現代的考古學家感到非常可悲，盼望中世紀的人們好好維護歷史遺跡。」

「這只是後見之明。」

「政治上來說，羅馬時期結束於西元第四世紀末。然而，當時羅馬主教已成為羅馬天主教教會的最高領袖，被尊稱為『教宗』或拉丁文的papa，意思是『父』，同時也漸漸被視為基督在世上的代理人。所以幾乎在整個中世紀，羅馬一直是基督教的首府。但隨著新興民族國家的君主和主教握有更多勢力，就開始敢挑戰教會的勢力。」

「你說教會關閉了雅典的柏拉圖學院。意思是所有希臘哲人全都被遺忘了嗎？」

「還不至於。亞里斯多德和柏拉圖的部分著作仍為世人所知然，但古羅馬帝國卻日漸分裂，形成三種不同的文化。西歐是受到拉丁文化影響的基督文化，首都在羅馬；東歐則是希臘式的基督文化，首都為君士坦丁堡，後來改為希臘名『拜占庭』。所以我們會說歐洲的中世紀文化分成『拜占庭』和『羅馬天主教』。然而，北非和中東地區也曾屬於羅馬帝國，並在中世紀發展成使用阿拉伯語的伊斯蘭文化。穆罕默德逝於西元六三二年，此後中東和北非成為伊斯蘭教地區。不久，西班牙也成為伊斯蘭世界的一部分。伊斯蘭教以麥加、麥地那、耶路撒冷和巴格達作為『聖城』。從文化史上看來，有趣的是，當時阿拉伯人也佔據了古代希臘地區的城市亞力山卓。因此，阿拉伯人繼承了大部分的古希臘科學。整個中世紀，阿拉伯人在數學、化學、天文學和醫學等科學領域都位居領先。我們至今使用的也是阿拉伯數字。在某些特定領域，阿拉伯文化確實優於基督教文化。」

「希臘哲學後來的發展呢？」

「妳能不能想像，有一條大河分成三股支流，過了一段時間，又再度匯集成一條大河？」

「可以。」

「那麼，妳就能瞭解希臘羅馬文化分裂之後，如何以三種文化的形式延續下來，包括西方的羅馬天主教文化、東邊的東羅馬帝國文化和南邊的阿拉伯文化。雖然這樣講實在太籠統，但新柏拉圖派哲學可說在西方傳承了下來，柏拉圖和亞里斯多德的學說則分別在東方和南方獲得延續。然而，他們的哲學或多或少都存在三種文化中。關鍵在於，中世紀末期，三種文化在義大利北部匯集。西班牙的阿拉伯人帶來阿拉伯文化的影響，希臘和拜占庭帝國則帶來希臘文化。這也是文藝復興時期的開端，意味著古代文化的『再生』。從某個角度看來，古代文化在中世紀的黑暗時期延續了下來。」

「我懂了。」

「但是先別推測歷史的脈絡，我們先來談談中世紀的哲學。我不想再站在講壇上，我要下來了。」

蘇菲因為沒睡飽，眼皮越來越重。當她看到眼前奇怪的僧侶走下聖瑪莉教堂的講壇，不禁覺得像在作夢。

亞伯特走向祭壇的欄杆。他先抬頭看有著古老耶穌受難像的祭壇，再往下看蘇菲，慢慢走向她，最後和她並排坐在木椅上。

蘇菲覺得很奇妙，畢竟這是她第一次這麼靠近亞伯特。他的斗篷下有一雙深藍色的眼睛。眼睛的主人是一個有著深色頭髮的中年男子，留著一點削尖的鬍子。蘇菲心想，他究竟是誰？為何來擾亂我的生活？

「我們會越來越瞭解彼此。」他彷彿看穿了蘇菲的心思，這麼說道。

兩人並肩而坐，陽光透過彩繪玻璃窗照進教堂，光線越來越強。亞伯特開始談中世紀的哲學。

「中世紀哲學家幾乎都認定基督教義就是真理。」他說，「但問題在於，我們是否只能相信基督教的啟示？或者可以運用理性來探索基督教的真理？希臘哲學家和聖經中的故事有何關連？聖經和理性是否互相牴觸？信仰和知識能夠相容？中世紀哲學幾乎都在探討這些問題。」

蘇菲不耐煩地點頭。她在宗教課都上過這些了。

「我們來聊聊中世紀重要的兩大哲學家如何思考這個問題。就從聖奧古斯丁開始吧。聖奧古斯丁生於西元三五四年，死於四三〇年，他的一生反映了從古代末期到中世紀初期的變遷。聖奧古斯丁出生在北非的小鎮塔加斯特，十六歲前往迦太基求學，接著又到羅馬和米蘭遊歷，最後在迦太基往西幾哩的西波鎮度過餘年。但是，聖奧古斯丁並非一生都是基督徒，他仔細研究了幾種不同的宗教和哲學，才決定信仰基督教。」

「能不能舉例說明？」

「他有一段時間是摩尼教徒。摩尼教是古代末期極為典型的教派，一半是宗教，一半是哲學，並宣稱世界由二元的事物組成，比如善與惡、光與暗、精神與物質，而人類能運用精神來超脫物質世界，藉此讓靈魂獲得救贖。然而，年輕的聖奧古斯丁無法信服善與惡一分為二的理論。他全心思考我們所謂『惡的問題』，也就是惡從何而來。他曾有一段時間受到斯多葛學派影響。斯多葛學派認為，善惡之間並沒有明顯的分界。但聖奧古斯丁比較認同古代末期另一個重要的哲學學派，就是新柏拉圖學派。因此他知道，所有既存的事物，本質上都是神聖的。」

「那麼，他不就變成一位信奉新柏拉圖派哲學的主教？」

「沒錯，可以這麼說。他先成為基督徒，但他的基督教理念深受柏拉圖哲學的影響。所以，蘇菲，妳必須瞭解，人們並不是一進入基督教的中世紀，就完全拋開希臘哲學。希臘哲學大多被聖奧古斯丁這樣的教會領袖帶到新時代了。」

「你的意思是，聖奧古斯丁一半是基督徒，一半是新柏拉圖派哲學家？」

「他自認是百分之百的基督徒，因為他不認為基督教義和柏拉圖的哲學真的有所牴觸。對他來說，柏拉圖哲學和基督教教義顯然有相似之處，因此他認為柏拉圖必定曉得舊約的故事。但這幾乎是不可能的。我們或許可以說，聖奧古斯丁把柏拉圖『基督教』化。」

「所以說，他信仰基督教以後，並沒有完全拋開哲學嗎？」

「沒錯，但他曾表示，理性無法徹底解答宗教問題。基督教是一個神聖的奧秘，我們只能藉由信仰來領會。若我們相信基督，上帝就會『照亮』我們的靈魂，讓我們對上帝產生一種超自然的體悟。聖奧古斯丁內心深深覺得，哲學能做的很有限。他真正成為基督徒以後，靈魂才終於獲得平靜。『我們的心靈無法平靜，直到在祢懷中安息。』他這麼寫道。」

「我不太懂柏拉圖的哲學怎能和基督教並存。那他說的『永恆的理型』呢？」蘇菲提出意見。

「嗯，聖奧古斯丁當然堅稱上帝從虛空中創造出世界，聖經就是這麼記載的。希臘人則相信世界向來存在。但聖奧古斯丁相信，在上帝創造世界以前，神的心中就有『理型』的概念。他把柏拉圖的『理型』放在上帝心中，就這樣保留了柏拉圖所說的『永恆理型』。」

「還真聰明。」

「然而，這不只表示聖奧古斯丁和許多教會領袖致力於融合希臘和猶太思想。在某一方面來說，他們同時屬於兩種文化。聖奧古斯丁對『惡』的看法偏向新柏拉圖學派，他和普羅汀同樣相信邪惡是『上帝不在』所造成的。邪惡本身並不存在，因為上帝所造之物都是好的。聖奧古斯丁認為，邪惡源自人類的不服從。他這麼說過：『上帝創造了善的意念；遠離上帝，會導致惡的意念。』」

「聖奧古斯丁也相信人有神聖的靈魂？」

「相信，但也不信。聖奧古斯丁堅稱上帝和世界之間有一道無法跨越的界線。就這點來說，他堅決相信聖經的記載，反對普羅汀『上帝存在於萬物之中』的學說。但聖奧古斯丁仍強調人擁有靈性，他認為人擁有物質所組成的軀體，屬於『會因蟲、蛾、鐵的蛀蝕而朽壞』的物質世界，但人也擁有靈魂，得以認識上帝。」

「我們離開人世之後，靈魂會怎麼樣？」

「聖奧古斯丁認為，打從亞當和夏娃被逐出伊甸園後，全人類都迷失了。但上帝仍決定讓某些人免於毀滅。」

「要是如此，他為何不乾脆拯救所有人？」

「關於這點，聖奧古斯丁認為人無權批評上帝，他還引述保羅《羅馬書》中的段落：『你這個人哪，你是誰？竟敢向神強嘴呢？受造之物豈能對造他的神說：你為什麼這樣造我呢？窯匠難道沒有權柄，從一團泥裡拿一塊做成貴重的器皿，又拿一塊做成卑賤的器皿嗎？』」

「所以說，上帝高坐天上，把人類當成他的玩物嗎？只要是他不滿意的造物，就一律扔掉？」

「聖奧古斯丁認為沒有人值得上帝的救贖。但上帝仍決定拯救某些人免於下地獄，誰獲得救贖，誰又會受罰，都不是秘密。一切都是事先註定，我們任憑上帝處置。」

「所以，聖奧古斯丁算是回歸了古老的宿命論？」

「或許可以這麼說。但他也認為人類不可放棄對自己的生命負責。他教導人們要有自覺，相信自己就是上帝的選民。他不否認人有自由意志，但上帝已先一步『預見』我們將如何生活。」

「這不是很不公平嗎？蘇格拉底說人人皆有同樣的機會，因為我們都有同樣的常識。但聖奧古斯丁卻把人分成兩種，有人會得救，有人會受罰。」

「妳說得沒錯，聖奧古斯丁的神學相當脫離雅典的人本主義。但他並不是把人類分成兩種，而是在解釋聖經中救贖和懲罰的教義。他在《上帝之城》這本博學的著作中說明了這一點。」

「他怎麼說？」

「『上帝之城』或『天國』這兩個名稱，都出自聖經和耶穌的教誨。聖奧古斯丁相信，人類史就是『天國』和『世俗之國』對抗的歷史。這兩『國』並非在政治上分立，而是爭奪對每一個人的控制權。『天國』或多或少存在教會之中；『世俗之國』存在各個國家之中，好比在聖奧古斯丁時期已漸漸沒落的羅馬帝國。到了中世紀，教會和各國持續爭奪主權，這個『對抗』的觀念也日漸清晰。當時有一種說法：『在教會以外的地方，無法獲得救贖。』聖奧古斯丁說的『上帝之城』後來更成為『教會』的同義字。直到十六世紀的宗教改革之後，才有人敢反抗『人只能透過教會得到救贖』的觀念。」

「真的該抗議了！」

「另外，在我們談過的哲學家當中，只有聖奧古斯丁首先把歷史納入哲學學說。『善惡之爭』的概念並非他率先提出來，但他卻是第一個主張這場戰爭曾在歷史上演出。聖奧古斯丁這個理念並沒有太多柏拉圖的影子，事實上，反而是舊約的線性歷史觀對他影響較深，也就是『上帝要藉由全人類的歷史來實現天國理想』。為了使人類獲得啟蒙，並摧毀邪惡，歷史有其存在的必要。或是如聖奧古斯丁所說：『神以先見之明引導人類歷史的走向，始於亞當，終於世界末日，歷史就像一個人從孩提到衰老的故事。』」

蘇菲看著手錶，說道：「已經十點了。我馬上要回家了。」

「等等，我還得跟妳介紹中世紀另外一位大哲學家。要不要去外面坐坐？」

亞伯特站起身，雙掌合十，大步沿著木椅間的通道走出去。他看起來似乎在祈禱，或是深思什麼性靈的真理。蘇菲也沒轍，只好跟著他走。

太陽還躲在清晨的雲層後頭。亞伯特坐在教堂外的長椅上。蘇菲心想，要是經過的人看到他們，不曉得會怎麼想？早上十點坐在長椅上已經很奇怪了，身邊還坐了一個中世紀的僧侶，更是啟人疑竇。

「現在已經八點了。」亞伯特開始講，「距離聖奧古斯丁的時代已過了四百年，學校也開始成立了。從現在開始，到十點鐘為止，教育全都被修道院學校所壟斷。在十點鐘到十一點之間，將成立第一所由教堂創辦的學校。到了正午，將出現最早的幾所大學，同時，有幾座雄偉的哥德式大教堂也將建造完成。我們眼前這座聖瑪莉教堂也是在十三世紀，也就是所謂的『哥德高峰時期』所興建。這個鎮沒有足夠的錢蓋大教堂。」

「他們也不需要大教堂吧，像我就討厭空蕩蕩的教堂。」蘇菲插嘴道。

「不過，興建大教堂不只是為了讓信眾做禮拜，也為了彰顯上帝的榮耀，因此大教堂本身就是一種宗教慶典。但是呢，這段時間所發生的某件事情，對我們這樣的哲學家別具意義。」

亞伯特繼續說：「此時，西班牙的阿拉伯人逐漸展現了影響力。整個中世紀，阿拉伯人延續了亞里斯多德學派的傳統。從十二世紀末開始，阿拉伯學者在王公貴族的邀請之下陸續來到義大利北部，亞里斯多德的許多著作就此傳開，更由希臘文和阿拉伯文被翻譯為拉丁文，因此重新喚起人們對自然科學的興趣，也為基督教教義和希臘哲學的關係注入了新生命。顯然在科學領域，亞里斯多德的學說再也無法被忽視，但在哲學方面，我們何時該聽亞里斯多德的話，何時又要謹守聖經的教誨？蘇菲，妳知道問題在哪裡嗎？」

蘇菲點點頭。僧侶亞伯特繼續說：「在這段時期，最偉大、最重要的哲學家就是聖多瑪斯·阿奎那。他生於一二二五年，死於一二七四年，來自羅馬和那不勒斯之間的小鎮阿奎諾，曾在巴黎大學教書。我說他是哲學家，但他其實也是一位神學家。在那個時候，哲學和神學並沒有顯著的差異。簡單說，聖多瑪斯將亞里斯多德『基督教化』，就像在中世紀初期，聖奧古斯丁將柏拉圖『基督教化』。」

「可是，這些哲學家都是基督降生前好幾百年的人，把他們『基督教化』不會很奇怪嗎？」

「妳說得也沒錯，但所謂『基督教化』，其實只是用另一種觀點詮釋這兩位兩位希臘大哲學家的學說，讓他們的理念不至於和基督教教義相牴觸。像聖多瑪斯就試著想讓亞里斯多德的哲學和基督教教義和平並存。聖多瑪斯可說是巧妙融合了信仰和知識，先進入亞里斯多德的哲學世界，並衷心信服他的理念。」

「抱歉，我昨天晚上睡太少，你可能要解釋清楚一點。」

「聖多瑪斯認為，哲學、理性的思考方式和基督教的啟示、信仰之間，不一定有衝突。基督教教義和哲學學說往往是相通的。也正因如此，我們自己用理性思考而得的結果，經常和聖經記載的真理相同。」

「怎麼可能呢？難道我們運用理性思考，就能知道上帝在六天內創造了世界，或耶穌是上帝的兒子？」

「不是這樣，我們只能透過信仰和基督的啟示，才能得知這些所謂的『信仰的真理』。但聖多瑪斯相信世界上存在『自然的神學真理』，意思是指既能透過基督教的信仰來理解，也能運用我們與生俱來的理性得知的真理，例如『上帝確實存在』。聖多瑪斯相信，我們有兩種接近上帝的途徑，一是藉由信仰和基督的啟示，一是透過理性和感官。這兩種途徑中，信仰和啟示較為確實可靠，因為單靠理性推論很容易迷失方向。但聖多瑪斯想強調的是，像亞里斯多德這種哲學家的學說和基督教教義之間，不一定互相衝突。」

「所以說，我們可以自由選擇要相信亞里斯多德或是聖經囉？」

「完全不是這樣。亞里斯多德的學說只對了一部分，因為他沒受過基督教的啟示。然而，只對了一部份，並不等於錯。舉個例子好了，說雅典位於歐洲，這句話沒有錯，但是不太準確。要是有一本書只寫著雅典是歐洲的一個城市，那妳最好查一下地理書。書上會解釋雅典是歐洲東南部小國希臘的首都。運氣好的話，妳還會讀到有關衛城的資訊，以及蘇格拉底、柏拉圖和亞里斯多德等人的故事。」

「但是一開始只說雅典位於歐洲，那句話也是對的。」

「正是如此！聖多瑪斯想證明世界上只有一個真理。我們運用理性，就知道亞里斯多德的學說是對的，而他的說法和基督教教義並不衝突。我們可以藉由理性思考和感官察覺到的事實，成功推論出部分真理，像是亞里斯多德對植物和動物界的描述。而另一部分的真理，則由上帝透過聖經來啟示我們。兩個部分的真理在關鍵點上其實相互重疊。針對許多問題，聖經和理性都給了我們完全相同的答案。」

「好比上帝確實存在？」

「完全正確。亞里斯多德的哲學也認定上帝，或說『目的因』，是各種自然現象背後的力量。但他並未進一步描述上帝，所以在這方面，我們只能仰賴聖經和耶穌的教誨。」

「我們真能完全確定上帝的存在嗎？」

「這顯然還有討論空間。但就算是我們生活的現代，大多數人仍認為，我們無法運用理性來證明上帝並不存在。聖多瑪斯甚至相信，他能運用亞里斯多德的學說來證明上帝確實存在。」

「這倒不錯！」

「聖多瑪斯相信，只要運用理性，我們就能體認到身邊的事物背後，必然存在一個『目的因』。上帝透過聖經向人類顯現，也透過理性，所以既有『信仰神學』也有『自然神學』。在道德方面也一樣，聖經教導我們上帝希望人類怎麼過生活，但上帝也賦予我們良心，使我們『自然』能分辨是非善惡。這麼說來，我們要過道德的生活，也有兩種途徑。我們不需要先讀過聖經上『己所欲，施於人』的道理，就知道傷害人是不對的。在這方面也一樣，最令人放心的方式，就是遵守聖經的十誡。」

「我好像懂了。就好像我們無論看到閃電或聽到雷聲，都會知道大雷雨要來了。」蘇菲說。

「沒錯！即使雙眼瞎了，也能聽到雷聲；就算耳朵聾了，也能看見閃電。同時看到、聽到當然最好，但我們聽到和看到的事物並不互相牴觸。還正好相反呢，視覺和聽覺印象能夠彼此增強。」

「我懂了。」

「我再舉個例子。如果妳讀一本小說，例如史坦貝克的《人鼠之間》……」

「我有讀過這本書。」

「妳會不會覺得，讀完這本書，多少對作者本身有了一些認識？」

「我知道這本書是由一位作家寫的。」

「妳還知道別的嗎？」

「他似乎很關心邊緣人。」

「妳閱讀史坦貝克的『創作』，應該能大概捕捉到史坦貝克本人的性情。不過，妳在書中找不到作者的個人資料。比如說，妳讀完《人鼠之間》，會知道作者在幾歲時寫了這本書、住在哪裡，或是有幾個小孩嗎？」

「當然不知道。」

「但是妳可以在史坦貝克的傳記裡找到這些資料。妳只能藉由他的傳記或自傳，才能更瞭解史坦貝克這個人。」

「是啊。」

「這其實有點像上帝的造物和聖經的關係。我們在大自然中走動，就會體認到世界上確實有上帝存在，而且祂顯然很喜歡花朵和動物。（否則又怎會創造它們呢？）但有關上帝本人的資料，我們只能透過聖經得知。妳甚至可以說，聖經就是上帝的『自傳』。」

「你很會舉例子嘛。」

「嗯……」

亞伯特第一次想事情想到如此入神，沒有回答蘇菲的話。

「這些都和席妲有關嗎？」蘇菲忍不住問道。

「我們連世界上有沒有『席妲』這個人都不曉得。」

「但我們知道，有人到處留下關於她的證據。明信片啊、絲巾、綠色皮夾，還有襪子之類的東西……」

亞伯特點了點頭，說道：「感覺上，似乎是席妲的爸爸決定了他要留下多少線索。我們目前只知道，某個人寄了很多明信片給我們。我希望他也在明信片上寫點關於自己的事。但這個我們等會兒再說吧。」

「已經十點四十五了，我在中世紀結束前就得先回家了。」

「讓我很快做個結論，談談聖多瑪斯如何在所有和教會神學不相牴觸的領域，採納亞里斯多德的哲學，包括他的邏輯學、知識理論和自然哲學。舉例來說，妳記不記得亞里斯多德描述的生命層級？從植物開始，然後是動物，最後才是人類？」

蘇菲點了點頭。

「亞里斯多德相信，從生命層級的概念看來，上帝是最高的存在。關於這點，其實基督教神學也有類似說法。聖多瑪斯認為，萬物的存在分成幾個層次，從植物到動物，其次是人類，接著是天使，最後才是上帝。人和動物一樣有身體和感官，但也擁有理性，能夠思考。天使沒有身體和感官，因此他們的智慧是自發而直接的，不需要像人類一樣『思索』，也不需要運用理性思考來得出結論。天使不必像我們這樣逐步學習，就擁有人類所有的智慧。由於天使沒有身體，所以也不會死亡。雖然天使是上帝的造物，因此不像上帝能夠永恆存在，但他們並沒有一個終究得離開的身軀，因此永遠不會死亡。」

「感覺很不錯！」

「但是蘇菲，掌管萬物的上帝高居天使之上。上帝可以同時看見並知曉所有事物。」

「所以他現在也能看見我們？」

「沒錯，他或許可以，但不是『現在』。上帝的時間和我們不同，我們的『現在』不是他的『現在』。我們可能度過了幾個星期，但對上帝來說就不一定了。」

「好可怕！」蘇菲忍不住驚呼，接著摀住嘴巴。亞伯特往下看著蘇菲，而她繼續說：「我昨天又收到一張席妲爸爸寄來的明信片，他寫說『蘇菲生活中的一兩個星期，對我們來說可能沒那麼長』，這簡直就是你說的上帝！」

蘇菲在咖啡色斗篷下，看見亞伯特的臉上閃過一絲不悅。

「這傢伙真是不知羞恥！」

蘇菲不太確定亞伯特的意思，而他繼續說：「很遺憾，聖多瑪斯對女人的看法和亞里斯多德相同。妳可能還記得，亞里斯多德認為女人充其量只是不完整的男人，還說小孩子只會遺傳父親的特徵，因為女人是被動的，只能接受別人的想法；而男人既積極又有創造力。聖多瑪斯認為，這些觀點和聖經的話語一致，像是聖經上說，女人是從亞當的肋骨做出來的。」

「亂講！」

「有趣的是，到了一八二七年，人類才發現哺乳類有卵子。這樣看來，難怪人們會覺得在繁衍下一代的過程中，是男人創造了生命，並提供了生命的能量。但我們還要知道，根據聖多瑪斯的說法，女人只有身體構造比不上男人，在靈魂上則和男人相當。在天堂裡，兩性完全平等，因為所有身體上的性別差異都已不存在。」

「這樣講好像也沒什麼安慰效果。難道中世紀沒有任何女哲學家？」

「在中世紀時期，教會幾乎完全由男性掌控，但當時還是有女思想家，像是席妲佳……」

蘇菲忍不住睜大雙眼：

「她和席妲有關嗎？」

「問得好！席妲佳是一位住在萊茵河谷的修女，生於一〇九八到一一七九年間。她雖然身為女性，卻同時也是傳教士、作家、醫生、植物學家和博物學者。中世紀的女人通常比男人更實際，甚至更有科學頭腦，席妲佳正是最好的例子。」

「那她和席妲到底有沒有關係？」

「古代的基督徒和猶太人相信，上帝不只是個男人，同時也有女性或母性的一面，因此女人也是根據上帝的形象所創造。在希臘文中，上帝女性化的一面叫作蘇菲亞（Sophia）。蘇菲亞或蘇菲（Sophie）就代表智慧。」

蘇菲搖搖頭，感到無可奈何。為什麼沒人跟她說過這件事？而她又為什麼從來不問？

亞伯特繼續說：「中世紀時期，上帝的『蘇菲亞』，也就是母性，對猶太人和希臘正教的教會有重大意義。在西方，蘇菲亞被人們遺忘了。幸好有席妲佳，她在夢境中看見蘇菲亞穿著飾有華貴珠寶的金色袍子……」

蘇菲站起來。蘇菲亞在席妲佳的夢中現身……

「說不定我會向席妲現身。」

她又坐了下來。亞伯特手搭在蘇菲的肩膀上，這是第三次了。

「關於這點，我們還要好好聊聊，但現在已經十一點多了。妳得先回家，我們很快就會談到下一個時期。等到要講文藝復興時，我會通知妳。漢密斯會去花園接妳。」

這位奇怪的僧侶就說到這裡，接著站起來，開始走向教堂。蘇菲還坐在那兒思考席妲佳和蘇菲亞的事，還有席妲和蘇菲。她忽然站起來，跑向穿著僧侶服的哲學家亞伯特，喊道：

「中世紀也有一位亞伯特嗎？」

他稍微放慢步伐，微微轉過頭，說道：「聖多瑪斯有一位著名的哲學老師，叫大艾勃特……」

語畢，他點了點頭，踏進聖瑪莉教堂，接著消失了蹤影。

蘇菲不滿意他的答案，於是跟著他走進教堂，卻發現裡面空無一人。難道他鑽進地裡了？

她要離開教堂的時候，注意到一幅聖母像，便走近仔細瞧瞧。忽然間，她發現聖母有隻眼睛下方有一小滴水。是眼淚嗎？

蘇菲趕緊跑出教堂，快步奔回喬安娜家。

文藝復興

……藏身在俗世中的神聖血脈啊……

蘇菲上氣不接下氣地跑到喬安娜家的前門，時間剛好是十二點。喬安娜站在她家那棟黃色房子前的庭院。

「已經過了快五個小時！」喬安娜劈頭就說。

蘇菲搖了搖頭。

「才不是，我去了一千多年。」

「妳到底跑去哪了？妳真是瘋了，妳媽半小時前有打來。」

「妳跟她說什麼？」

「我說妳去藥局，她要妳回來再打電話給她。但今天早上十點，我爸媽端著熱巧克力和麵包卷到我房間，卻看到妳的床是空的……」

「妳跟他們說什麼？」

「真的很尷尬。我跟爸媽說我們吵了一架，妳就回家了。」

「那我們最好快點和好，而且確保這幾天都別讓妳爸媽和我媽說話。妳覺得有可能嗎？」

喬安娜聳聳肩。這時，喬安娜的爸爸從院子的轉角走來，推著一輛手推車，穿著連身工作服，忙著清掃去年堆積的落葉和樹枝。

「哈哈，我知道了，妳們又和好了。瞧，地下室的樓梯被我掃得多乾淨，連一片落葉也沒有。」

「這樣啊，那我們現在可以在那邊喝熱巧克力，不用回床上了。」蘇菲說。

喬安娜的爸爸勉強擠出微笑，但喬安娜卻嚇了一跳。喬安娜的爸爸是財務顧問，他們家境比蘇菲好，和爸媽講話不像蘇菲家那麼直接。

「喬安娜，真對不起，我只是想幫妳圓謊。」

「妳要跟我說發生了什麼事嗎？」

「我當然會說，但妳要陪我走回家。這可不能被什麼財務顧問或是超齡芭比娃娃聽到。」

「妳竟然說這種話！我看那種搖搖欲墜的婚姻也不會比較好吧？另一半還被逼到海上工作呢。」

「可能吧。總之我昨晚幾乎都沒睡，還有，我開始懷疑席妲是否能看到我們做的所有事情。」

她們走向苜蓿巷。

「妳是說，她可能有第三隻眼？」

「可能吧，也可能不是。」

喬安娜顯然對這個謎團沒什麼興趣。

「但就算如此，她爸爸又為何要寄一堆發神經的明信片到樹林裡沒人住的小木屋？」

「我承認這確實說不通。」

「妳要跟我說妳到底去哪裡了嗎？」

於是蘇菲把一切告訴了喬安娜，也說了她的神秘哲學課。她要喬安娜發誓絕不能說出去。

她們又走好長一段時間，兩人都沒有說話。終於到了苜蓿巷時，喬安娜說：「我不太喜歡這件事。」

她站在蘇菲家花園的入口，轉身要回家。

「沒人要妳喜歡啊。只不過，哲學並不是無傷大雅的團康遊戲，而是有關我們是誰、我們從何而來的問題。妳覺得學校有教我們回答這些問題嗎？」

「無論如何都沒人能回答那些問題。」

「沒錯，但也沒人教我們要『問』這些問題！」

蘇菲走進廚房時，桌上已經放了午餐。媽媽沒問她怎麼沒從喬安娜家打電話回來。

吃完飯之後，蘇菲說想睡午覺，她老實告訴媽媽，她在喬安娜家幾乎都沒睡，畢竟去同學家過夜就是會這樣。

蘇菲躺到床上之前，先照照牆上那面大銅鏡。她一開始只看到自己蒼白疲倦的臉，但過了一會兒，在她的臉後面，似乎隱隱約約出現了另一張臉。蘇菲深呼吸，一次，兩次。這下不妙，她開始產生幻覺了。

她仔細研究自己輪廓分明的蒼白臉龐，和臉的周圍簡直無法整理的頭髮。但在那張臉的後頭，卻浮現另一個女孩的幽靈。那個女孩忽然瘋狂地眨動雙眼，彷彿在跟蘇菲打暗號，說她真的在鏡子另一邊。幽靈只出現了幾秒就消失了。

蘇菲坐在床邊。她非常肯定鏡中所見的女孩就是席妲，因為她在少校的小木屋裡一張成績單上看過席妲的照片，確定剛才鏡子裡的女孩一定是她。

為什麼她總在疲倦至極的時候遇上這種詭異的事？真是太奇怪了。每次事情發生後，她總會問自己那到底是不是真的。

蘇菲把衣服披在椅子上，然後爬進被窩裡。她一上床就立刻睡著，還做了一個異常逼真的夢。

她夢見自己站在一座大花園裡，花園往下通往一個紅色船庫。有個年輕的金髮女孩坐在船庫後方的碼頭，正往海面眺望。蘇菲往下走到碼頭，坐在女孩的身旁，但她似乎沒注意到蘇菲。蘇菲開口自我介紹：「我叫蘇菲。」但那個女孩顯然沒看見她，也沒聽到她說話。蘇菲忽然聽見有人喊：「席妲！」那個女孩立刻起身，向船庫的方向飛奔。看來她耳朵聽得到，眼睛也看得見。有位中年男子從船庫大步向她走來，身穿卡其布制服，頭戴藍貝雷帽。那個女孩張開雙手，環繞男人的脖子，他把她抱起來轉了幾圈。蘇菲在女孩剛才坐的地方發現一條小小的十字架金鏈，於是撿了起來，拿在手中。然後蘇菲就醒了。

蘇菲看看時鐘，原來她已經睡了兩個小時。她在床上坐起身，想著剛才奇怪的夢境。夢裡的一切是多麼栩栩如生，她彷彿真的經歷了那些事。她很確定船庫和碼頭真的存在，看起來也確實很像她在少校的小木屋看過的那幅畫。總之夢中的女孩絕對就是席妲・穆樂・奈格，那個男人是她剛從黎巴嫩回來的爸爸。在蘇菲的夢裡，他長得很像亞伯特・諾克斯……

蘇菲起床開始折棉被，卻在枕頭下找到一條十字架金鏈，背面還刻著席妲的全名縮寫「HMK」。

蘇菲以前也曾夢見自己撿到貴重的東西，但這無疑是她第一次把東西從夢裡帶回來。

「可惡！」她大聲說。

她氣呼呼地打開衣櫃，把那條精緻的金鏈丟到最上面，和絲巾、白襪子以及黎巴嫩寄來的明信片放在一起。

隔天早上蘇菲起床時，媽媽已經準備了豐盛的早餐，有熱麵包、柳橙汁、蛋和蔬菜沙拉。媽媽在星期天早上通常睡得比蘇菲晚，偶爾她先起床時，就會幫準備好一頓豐富的套早餐。

吃早餐的時候，媽媽說：「花園裡有一隻奇怪的狗，整個早上都在老樹籬附近繞。不曉得牠在那裡幹嘛，妳知道嗎？」

「知道！」蘇菲脫口而出，但立刻就後悔了。

「那隻狗以前來過嗎？」

蘇菲已經離開餐桌，走到客廳，從面向花園的窗戶往外看。果然和她想的一樣。

漢密斯躺在祕密基地的入口前。

她要怎麼跟媽媽說？她還沒想好藉口，媽媽就已經走到她身邊。

「妳說牠以前來過？」

「牠可能是以前在那邊埋了一根骨頭，現在想來挖寶了。狗也有記性……」

「蘇菲，妳說得可能沒錯喔。妳是我們家的動物心理學家。」

蘇菲忙著想出一套說詞。

「我帶牠回家吧。」她說。

「妳知道牠住哪裡？」

蘇菲聳聳肩。

「牠的項圈上可能有地址。」

過了幾分鐘，蘇菲走向花園。漢密斯一看到她，就蹦蹦跳跳地跑向前，搖著尾巴，撲到蘇菲身上。

「漢密斯，乖狗狗！」

她知道媽媽正在窗前看，心裡暗暗祈禱漢密斯別鑽進樹籬。還好牠只是衝向屋前的石子路，飛快地跑過前院，奔向花園的大門。

大門關上後，漢密斯繼續領先蘇菲幾公尺跑著。這段路很長。正好是星期日，路上有一些人在散步。蘇菲看到別人全家一起出來玩，覺得很羨慕。

漢密斯不時嗅嗅別的狗，或是好奇地聞聞誰家花園的籬笆。但只要蘇菲一叫「狗狗過來」，牠就會立刻回到她身邊。

他們走過了一個老舊的牧場、大型運動場和一個遊樂場，來到交通比較繁忙的地區，沿著有電車行駛的寬廣鵝卵石路，往市中心前進。漢密斯領著蘇菲穿越市中心廣場，走到教會街，來到了舊市區，路上都是十九世紀末、二十世紀初時所建的莊重大宅，樣式單調。已經快要下午一點半了。

這裡是市區的另一頭。蘇菲不常來這裡，她只記得小時候爸媽曾帶她到這裡的一條街上，拜訪一個年老的姨媽。

最後他們來到幾棟老房子之間的小廣場，名為「新廣場」，雖然看起來很古老。不過呢，這整座城鎮歷史悠久，是中世紀時期所建立的。

漢密斯走向第十四號房屋，然後停下腳步，等著蘇菲開門。蘇菲開始心跳加速了。

蘇菲一打開前門，就看到幾個綠色信箱釘在牆上的嵌板上，最上排有個信箱口露出一張明信片。上面蓋了郵局的章，寫著「收件地址不詳」。

明信片上的地址是「新廣場十四號，席妲・穆樂・奈格收」，日期是六月十五日。現在離六月十五日還有兩個星期，但郵差顯然沒發現。

蘇菲把明信片取下來看：

親愛的席妲：

蘇菲正前往哲學家的家。她快要十五歲了，但妳昨天就滿十五了。還是今天？如果是今天，那就表示明信片太晚寄到了。但我們的時間不一定一致。新的一代來臨後，我們這一代就老了，這就是歷史的軌跡。妳有想過嗎？歐洲歷史就像某人的一生，古代彷彿是歐洲的童年，接著是漫長的中世紀，也是歐洲求學的階段；最後到了文藝復興，結束了漫長的學生時代，歐洲成年了，渾身充滿活力和對生命的渴望。文藝復興時期可說是歐洲的十五歲生日！現在已經六月中了，親愛的女兒，活著真好！

PS：聽說妳把十字架金鏈弄丟了，我很遺憾。妳必須學著好好保管自己的東西。

愛妳的爸爸（我就在你身旁）

漢密斯已經爬到樓梯上。蘇菲拿著明信片跟在後頭，她得用跑的才能追上漢密斯，而牠開心地搖著尾巴。他們走上了二樓、三樓，到了四樓，那裡只有一道通往閣樓的階梯。要爬到屋頂嗎？漢密斯沿著階梯上去，停在一扇窄門前，用爪子抓著門。

蘇菲聽到門後傳來腳步聲。接著門打開了，亞伯特．諾克斯站在那兒。他已經換上另一套衣服，是白長襪、紅膝馬褲搭配黃色墊肩的緊身上衣。蘇菲看到他這身打扮，不禁想起撲克牌裡的小丑。如果她沒記錯，這正是文藝復興時期典型的服裝。

「你簡直就是小丑！」蘇菲喊道，然後輕輕推了他一把，順勢走進屋裡。

蘇菲感到害怕又害羞，忍不住把情緒都發洩在倒楣的哲學老師身上。她一心想著剛才在玄關找到的明信片，腦中一片混亂。

「蘇菲，冷靜一點。」亞伯特說著關上門。

「你看看這封信。」她把信交給亞伯特，好像他該為這件事負起責任。

亞伯特讀完明信片的內容，搖了搖頭。

「他越來越放肆了。他搞不好把我們當作女兒的生日消遣。」

亞伯特說完，就把明信片撕成碎片，丟進字紙簍。

「明信片上寫著，席妲弄丟了她的十字架金鏈。」蘇菲說。

「我有看到。」

「我找到那個十字架，一模一樣的，就在我房間的枕頭下面。你知道鍊子怎麼會在那裡嗎？」

亞伯特嚴肅地直視她的雙眼。

「這件事似乎很明顯嘛，但他根本不必花什麼力氣，就能變出這種小把戲。我們還是專心想那隻被魔術師從宇宙禮帽裡面拉出來的大白兔吧。」

兩人走進了客廳。蘇菲從沒見過如此不尋常的房間。

亞伯特住的這個閣樓很寬敞，牆壁都斜斜的。強烈的陽光透過一面窗戶灑滿了整個房間，而另一扇窗則面對市區，蘇菲在這扇窗前看見舊市區所有房子的屋頂。

但蘇菲感到最驚訝的是，房裡擺滿了各種年代的傢俱與其他物品。有一張三十年代的沙發，一張二十世紀初期的舊書桌和一把似乎有上百年歷史的椅子。除了傢俱，還有各種實用或裝飾性質的古董，全都凌亂地放在架上或櫃子裡，像是古老的時鐘、花瓶、研缽和蒸餾器、刀子和娃娃、羽毛筆和書擋、八分儀和六分儀、羅盤與氣壓計等。有一整面牆擺滿了書，但都不是一般書店會看到的書，出版年代橫跨數百年。另一面牆掛滿了素描和畫，有些是近幾十年的作品，但大多非常古老。牆上還掛著許多古老的圖表和地圖，從圖上挪威的呈現看來，這些地圖都不太精確。

蘇菲站在那兒，沉默了好幾分鐘，專心感受這裡的一切。

「你倒是蒐集了好多舊垃圾。」

「說成這樣！這裡保存了幾百年的歷史，我不覺得是垃圾。」

「你是經營古董店還是什麼？」

亞伯特露出了幾近痛苦的表情。

「蘇菲，我們不能任由自己被歷史的浪潮沖走，總得有人收拾河岸殘留的東西。」

「你這麼說真是奇怪。」

「孩子，確實奇怪，但這全是真的。我們不只活在自己所屬的時代，我們身上也扛著歷史。別忘了，妳在這個房間看到的所有物品都曾是嶄新的。那個十六世紀的手工木娃娃可能是某個五歲女孩的生日禮物，或許是她的老奶奶親手做的……然後小女孩變成少女，接著成年、結婚。她可能生了一個女兒，並把木娃娃轉送女兒，自己則漸漸老去，終於離開人世。她雖然活了很久，但總是免不了一死，就此離開。其實，她只是在人間短暫一遊。但她的娃娃如今卻放在那個架子上。」

「聽你這樣講，好像所有事情都變得悲傷又嚴肅。」

「生命確實悲傷而嚴肅。我們來到這個美好的世界，在這裡相遇，彼此問候，同行了一段短暫的時間，接著失去了彼此，又忽然莫名其妙地消失，就像我們忽然莫名其妙地來到這個世界上。」

「我可不可以問你一件事？」

「我們已經不玩捉迷藏了。」

「為什麼你要搬到少校的小木屋？」

「為了縮短我們之間的距離，當時我們只靠信件聯絡。我知道小木屋沒人住。」

「於是你就這樣搬進去？」

「沒錯。我搬進去住。」

「那你或許能告訴我，席妲的爸爸怎麼知道你在那裡？」

「如果我說的沒錯，他知道所有事情。」

「但我還是不懂，你是怎麼讓郵差把信送到森林裡?!」

亞伯特狡黠地笑了。

「就連這種事情，對席妲的爸爸來說也是小事一樁，隨手一揮就能變出的把戲。我們可能正受到全世界最嚴密的監視。」

蘇菲開始火大了。

「最好別讓我遇到他，否則一定把他的眼珠給挖出來！」

亞伯特走到沙發那兒坐下。蘇菲跟在他身後，坐進寬大的扶手椅。

「唯有哲學能讓我們接近席妲的爸爸。」他終於開口，「今天我們要講文藝復興。」

「快說。」

「聖多瑪斯的時代過後不久，原本統一的天主教文化開始出現分裂跡象。哲學和科學越來越脫離教會神學，因此宗教生活和理性思考的關係漸趨自由。有更多人強調，人們不能透過理性和上帝溝通，因為上帝永遠不可知。人類的首要之務，並非去理解神的奧秘，而是服從神的旨意。宗教與科學的關係變得更自由，新的科學方法和新的宗教狂熱也隨之出現。基於這樣的社會氛圍，十五和十六世紀發生了文藝復興和宗教改革這兩大變動。」

「可以先講完一個再換別的嗎？」

「所謂文藝復興，指的是從十四世紀末期開始，文化的蓬勃發展，起初是源自義大利北部，在十五和十六世紀間迅速向北方拓展開來。」

「你不是說過『文藝復興』這個英文字代表『重生』？」

「我確實說過。文藝復興是指古代藝術和文化的再生，我們也稱之為『人文主義的復興』，因為在漫長的黑暗中世紀，生命的所有層面都以神的觀點來詮釋，然而，到了文藝復興時期，人又再度成為一切的中心。當時有一句格言『回歸本源』，主要就是想回歸古代的人文主義。」

亞伯特繼續說：「當時人們喜歡發掘古代的典籍和神明雕塑，簡直成了一種休閒娛樂，另外也很流行學希臘文。學習希臘的人文主義，也有其教育意義，除了能瞭解古希臘的思想文化，也能藉此發展人的特質。當時有這樣的說法：『馬天生就是馬，但人需要靠後天培養，才能成為真正的人。』」

「我們是否一定要受過教育，才能成為一個人？」

「沒錯，當時的觀念正是如此。但我們要先稍微介紹文藝復興的政治、文化背景，再進一步談談當時的人文主義思想。」

亞伯特從沙發上站起來，在房裡踱步。他走了好一會兒才停下來，指著架上擺放的一件古代儀器。

「那是什麼？」他問。

「看起來是一個舊舊的羅盤。」

「對！」

他又指著沙發後方的牆上所掛的一件古代火器。

「那個呢？」

「是老式步槍。」

「正確。那這個呢？」

亞伯特從書架上拿下一本大部頭的書。

「古書。」

「嚴格說來，是一本『古版書』。」

「古版書？」

「對，其實『古版書』這個字是『搖籃』的意思，代表在印刷業的襁褓時期所印製的古書，那可是西元一五〇〇年之前呢。」

「這本書真的那麼古老？」

「沒錯。羅盤、火器和印刷術等三大發明，正是促成文藝復興這個新時代的關鍵因素。」

「你可能要解釋清楚一點。」

「羅盤有利於航海，也為往後的偉大的探險航程打下基礎。火器的發明也多少有類似的影響，在歐洲大陸，火器象徵了國家的軍力；而歐洲因為擁有新式武器，軍力也優於美洲和亞洲。至於印刷術的重要貢獻，則是幫助傳播文藝復興的人本理念。教會從此不再是散播知識的唯一途徑，其中一個主因正是印刷術的發明。此後各種新發明和儀器快速且大量地出現，例如望遠鏡就是一項重要發明，促使天文學邁入嶄新的紀元。」

「現代又發明了火箭，還能探索外太空。」

「妳速度太快了，還沒講到那裡呢。但妳倒可以說，從文藝復興開始的一項轉變，最後讓人類得以登上月球，更間接引發了廣島原爆和車諾比爾核電廠爆炸事件。但這些歷史上的大事，最初都源於文化和經濟上的改變。其中有個關鍵，就是經濟體系從自給自足轉型為貨幣制度。接近中世紀末，城市發展成形，因為貿易制度運作順利，新商品交易興盛，還有健全的貨幣制度和銀行體系。新的中產階級也於焉誕生，能自由決定自己的生活水準，只要有錢，就能買到生活必需品。在這樣的時代，只要是勤奮努力、有想像力、有創意的人，就能獲得報償。個人在社會上有了全新的角色。」

「這倒有點像兩千年前希臘各城邦的發展。」

「對，多少有點像。我說過，希臘哲學脫離農民文化所形成的神話世界觀。在文藝復興時期也一樣，中產階級脫離了封建貴族和教會的勢力。同時，歐洲與西班牙的阿拉伯人，以及東方拜占庭文化越來越密切接觸，使歐洲人重新關注希臘文化。」

「古代的三條支流又匯聚成一條大河。」

「妳真是個用心的好學生。文藝復興時期的背景大致如此，我們來談談這個時期的新理念吧。」

「好啊，但我等下還要回家吃飯。」

亞伯特又在沙發上坐下，看著蘇菲。

「文藝復興最重要的影響，就是改變了我們對人類的看法。當時的人文主義精神讓大家重新相信人的本身，以及人的價值；而這和中世紀強調人性本惡的看法天差地別。文藝復興時期的哲學家認為，人極為崇高、可貴。當時首要的哲學家包括斐奇諾，他大聲呼籲人們：『你當認識自己，你是藏身在俗世中的神聖血脈啊！』另一位重要的哲學家是米蘭多拉，他的著作《論人的尊嚴》，在中世紀簡直無法想像會出現這樣的作品。整個中世紀時期，所有事物都源於上帝；但文藝復興的人文主義則以人為出發點。」

「但希臘哲學家也是這麼認為。」

「所以我們才說文藝復興是古代人文主義的『重生』。只不過，文藝復興的人文主義更強調『個人主義』，認為人不僅僅是人，更是獨一無二的個體。這個想法使得大家對天才抱持無限崇拜。理想中，大家都想成為『文藝復興人』，擁有廣泛的才華，徜徉於生活、藝術、科學等所有領域。也因為這種看待人的新觀點，人們開始對人體構造有了興趣。就像古代那時候，人們再度開始解剖屍體，藉此瞭解人體的結構，這在醫學和藝術領域都是必要之舉。此時也再度出現描繪裸體的藝術創作。歷經了一千年的假道學，也該是時候了。人們又能敢於表現自己，不再受限於羞恥之心。」

「感覺好棒。」蘇菲說著，把手靠在她和哲學家中間的小茶几上。

「真的。有了看待人的嶄新觀念，也創造出全新的視野。人並非全然為了神而存在，因此不妨及時行樂。擁有了這種新的自由，任何事都有了可能。人們的目標就是要打破所有藩籬。這對希臘人文主義來說，也是全新的想法，因為古代的人文主義強調寧靜、中庸和節制。」

「文藝復興的人文主義者是否變得很放縱？」

「他們當然不會特別節制。從他們的作為看來，整個世界彷彿重新復甦了。他們強烈感受到自己所處的時代脈動，因此將古代和文藝復興時期之間的幾百年稱為『中世紀』。各領域在文藝復興時期的長足進展，其他時代都難以匹敵。藝術、建築、文學、音樂、哲學和科學皆以前所未有的速度蓬勃發展。我來舉個具體的例子吧，我們說過古羅馬曾有『城市中的城市』、『宇宙中樞』等美名，但羅馬在中世紀逐漸衰微，到了西元一四一七年，人口更減少到一萬七千人。」

「那也比席妲住的利勒桑大沒多少。」

「文藝復興的人文主義者自認背負了重建羅馬的文化責任，其中首要的任務，就是在聖彼得的墳上建造聖彼得大教堂。這座教堂極其富麗堂皇。文藝復興時期的許多偉大藝術家，都曾參與其建造工程，從一五〇六年開始，歷時一百二十年才竣工，後來又花了五十年建造雄偉的聖彼得廣場。」

「這座教堂一定非常大！」

「聖彼得大教堂長兩百多米長、寬一百三十米，占地超過一萬六千平方米。文藝復興時代的人就是如此大膽、有自信，我就不多說了。另外還有一個重點，就是文藝復興運動也帶來看待大自然的全新觀點。當時的人更能自在生活，不再認為人活著只是準備好面對死後的世界，因此，人們對物質世界的看法也完全改觀。大自然開始有了正面的意義。許多人認為，上帝存在於祂所創造的萬物之中。如果上帝確實是無限的，就必然存在於萬物之中。這種觀念稱為『泛神論』。中世紀的哲學家堅持認為，神與祂的造物之間存在一道不可跨越的藩籬。到了文藝復興時期，人們則認為大自然是神聖的，甚至稱其為『神的花朵』。教會有時無法認同這樣的觀念，看看義大利哲學家布魯諾戲劇化的命運就知道了。布魯諾宣稱神存在於自然之中，還認為宇宙是無限大的。他因此受到非常嚴厲的懲罰。」

「什麼懲罰？」

「一六〇〇年，他被綁在羅馬花市的一根柱子上，活活燒死。」

「好可怕……而且好愚蠢。這算什麼人文主義？」

「不，完全不是。布魯諾是人文主義者，但處決他的人不是。在文藝復興時期，所謂『反人文主義』也同樣盛行。這是指各國政府和教會的威權。當時很盛行審判女巫、燒死異教徒，社會上充斥魔法和迷信，不時會發動血腥的宗教戰爭，美洲更是在此時被歐洲人以蠻橫的手段所征服。然而，人文主義一直有這樣的黑暗面。沒有任何時代是全然的好或壞。在人類歷史上，善惡就像兩條線，時常交織在一起。接下來我們要談的『新科學方法』也是如此，這是文藝復興的另一個新產物。」

「當時是不是建立了人類史上最早的工廠？」

「不，還沒有呢。但多虧了文藝復興時期發展出的新科學方法，才有後來的科技發展。這是一種看待科學的嶄新角度，要到更後面才能明顯看出成果。」

「是什麼新方法？」

「主要是一種用感官來探索大自然的方式。十四世紀以來，越來越多思想家提出警告，要人們別盲目相信舊有的權威，像是宗教教條或亞里斯多德的自然哲學。但也有人認為，切勿相信單憑思考就能解決問題。整個中世紀期間，人們太過相信理性思考。到了文藝復興時期則傾向認為，研究大自然現象必須本於觀察、經驗和實驗為基礎，這就是『實證法』。」

「什麼意思？」

「知識要以自己的親身經驗為基礎，而非古人的記載或憑空想像。古代也有實證科學，但以有系統的方式做實驗，則是嶄新的概念。」

「他們大概沒有現代這些科技設備。」

「他們當然沒有計算機或電子秤這些工具，但他們會算數，也有一般的天平。對他們而言，關鍵在於用數學的詞彙準確表達出科學的觀察結果。十七世紀義大利的偉大科學家伽利略說：『測量可測量之物，至於無法測量之物，則設法加以測量。』他還說過『大自然一書乃是以數學的語言撰寫而成。』」

「有了這些實驗與測量結果，自然能創造新的發明。」

「新科學方法促成了技術革命，這是第一個階段；接著技術革命為往後的所有發明奠下基礎。這個時候，人類可說已經開始脫離自然環境，不再只是大自然的一部分。英國哲學家培根說：『知識就是力量。』強調了知識的實用價值，而這確實也是一個新觀念。人們開始認真干預大自然，並設法掌控自然。」

「但這麼做是不是有好有壞？」

「是啊，就像我剛才說的，我們做的所有事情，都有正反兩面的力量交織其中。文藝復興開啟的技術革命帶來了紡紗機，但同時也造成失業；發明新藥物的同時，也帶來了新的疾病；農業生產提高了效率，但也耗盡了自然資源；有了洗衣機、電冰箱等實用的發明，也引發污染和工業廢棄物處理等問題。我們如今面臨嚴重的環境污染，許多人因此認為，技術革命是人類想調整自然環境的危險手段，並指出這場革命終究會失控。也有人樂觀認為，我們仍處於科技發展的初期，儘管一開始總是較為困難，但人類會逐漸學著掌控大自然，不致對環境和人類的生存構成威脅。」

「你覺得呢？哪一方說得對？」

「雙方都有點道理。在某些領域，我們必須停止干預自然；但在其他領域就可能成功。無論如何，我們確定不可能再走上中世紀的老路。打從文藝復興開始，人類不再只是上帝造物的一部分，開始設法干預、並隨心所欲改造大自然。人類真的很了不起！」

「我們已經能登陸月球了。中世紀的人根本不會相信！」

「他們當然不會相信。說到這個，我們得先談談『新世界觀』。中世紀時期，人們雖然也會站在天空下，看著太陽、月亮和宇宙中的星球，但他們自始至終都相信『地球是宇宙的中心』，地球保持不動，而各個天體在軌道上環繞著地球運行，並對此深信不疑。這種觀念叫作『以地球為中心的世界觀』，意思是萬物皆以地球為中心。基督教相信上帝主宰整個宇宙，高居各個天體之上，當時人們也因此相信地球是宇宙的中心。」

「真這麼簡單就好了！」

「但在一五四三年，有一本叫《天體運行論》的小書出版了，由波蘭天文學家哥白尼所撰寫，但他在本書出版的當天辭世。哥白尼在書中宣稱，太陽並未繞地球運行，反而是地球繞著太陽轉。他觀察既有的各個星球，認為極有可能是地球繞著太陽運行，他還說，人們相信太陽繞著地球轉，是因為地球也繞著自己的軸心轉動。哥白尼指出，先假設地球和其他星球皆繞著太陽運行，我們會更容易理解所觀察到的天體運轉現象。這就是『以太陽為中心的世界觀』，意思是萬物皆以太陽為中心。」

「這個世界觀是對的吧？」

「也不完全正確。哥白尼的主要論點是『地球繞太陽運轉』，這當然正確。然而，他還宣稱太陽是宇宙的中心。我們已經知道太陽系只是宇宙中無數個星系之一，宇宙中有數十億個銀河系，我們抬頭望見的星系只是其中之一。哥白尼還相信，地球和其他星球都在圓形的軌道上運轉。」

「不是這樣嗎？」

「不對。哥白尼之所以這麼說，只是根據一個古老的觀念：『天體是圓形的，並繞著圓形運轉。』從柏拉圖的時代開始，人們一直認為球體和圓形是最完美的幾何圖形。但在十七世紀初期，德國天文學家克卜勒發表他廣泛觀察的結果，認為各星球其實繞著橢圓形的軌道運轉，並以太陽為焦點。克卜勒還指出，星球在軌道上越接近太陽，就運轉得越快，反之則越慢。在克卜勒之前，從未有人明確指出『地球只是眾多行星之一』。克卜勒也強調，整個宇宙都適用同樣的物理法則。」

「他怎麼會知道？」

「他運用自己的感官觀察，研究星球的運轉，而非盲目接受古人的迷信。在克卜勒的時代，有另一位義大利科學家伽利略也用天文望遠鏡來觀察天體。他研究月球的表面，表示月亮和地球一樣有高山和深谷。伽利略更發現木星有四顆衛星，因此不只地球有衛星（月球）。不過，伽利略最偉大的成就在於，他首度提出了慣性定律。」

「什麼意思？」

「伽利略是這麼說的：若沒有外力強迫一個物體改變它既有的狀態，這個物體將保持原來靜止或移動的狀態。」

「是哦。」

「這個觀察相當具有意義。自古以來，一直有種說法反對『地球繞著軸心自轉』，這派人士認為，要是地球果真繞著軸心自轉，速度就會很快，因此當你垂直丟一塊石頭到空中，石頭會掉在好幾碼之外。」

「那這種現象為何沒有發生？」

「坐火車的時候，要是把蘋果掉在地上，蘋果不會因火車正在移動而向後掉落，而是直直落地，這正是因為慣性定律。蘋果維持它下墜之前的速度。」

「我應該懂了。」

「伽利略生活的時代沒有火車。但如果妳一直向前運球，再忽然放手……」

「……球就會繼續滾動……」

「……因為妳放手之後，球維持了原來的速度。」

「但如果房間夠大的話，球最後還是會停下來。」

「因為有其他外力讓球的速度漸漸慢下來。第一個力量來自地面，特別是那種粗糙不平的木頭地板；另外還有重力，重力遲早會讓球停下來。但是先等等，我給妳看個東西。」

亞伯特站起來，走到古老的書桌前，從抽屜拿出一樣東西，再走回沙發，把那個東西放在茶几上。只是一塊木板，一端有好幾公分厚，另一端非常薄，整塊木板幾乎把茶几都占滿了。他又在木板旁邊放了一顆綠色彈珠。

「這叫斜面，要是我在厚的這一端把彈珠放掉，會發生什麼事？」

蘇菲無奈地嘆了一口氣。

「我賭十克朗，彈珠會滾到茶几上，最後掉到地上。」

「試試看。」

亞伯特放掉彈珠。果真和蘇菲說的一樣，彈珠滾到茶几上，接著咚一聲滾到地上，最後碰到牆壁。

「真不賴。」蘇菲說。

「可不是嗎，妳瞧瞧，這就是伽利略做的實驗。」

「他真的那麼笨嗎？」

「要有耐心啊！伽利略想運用感官來觀察事物。我們現在才剛開始。請妳先告訴我，彈珠為什麼會沿著斜面滾下去？」

「因為彈珠有重量。」

「好，那請問重量是什麼？」

「這問題也太笨了吧。」

「如果妳回答不出來，這個問題就不笨。彈珠為什麼會滾到地上？」

「因為重力。」

「完全正確，也可以說是地心引力。重量和重力有關，重力就是讓彈珠移動的那股力量。」

亞伯特已經把彈珠從地上撿起來。他又彎腰站在斜木板旁邊，手上拿著彈珠。

「現在我試試讓彈珠滾過斜面。注意看彈珠是怎麼移動的。」他說。

蘇菲看著彈珠沿著木板的坡度斜斜滾下。

「彈珠怎麼了？」亞伯特問。

「彈珠斜斜滾下來，因為木板斜斜的。」

「我現在在彈珠上塗墨汁……我們來看看妳說的『斜斜滾下來』是什麼意思。」

亞伯特找出一支筆刷，塗黑了整顆彈珠，再讓它滾下來。這次蘇菲清楚看見彈珠在斜面上滾動的路徑，因為有一條黑色的痕跡。

「請描述彈珠移動的路線。」

「是弧形的……好像是圓形的一部分。」

「完全正確。」

亞伯特抬起頭看蘇菲，眉毛抬得老高。

「但這不是真的圓形。這叫拋物線。」

「是哦。」

「嗯，那彈珠為什麼會這樣滾動？」

蘇菲認真思考了一下，接著說：「因為木板有坡度，彈珠被重力拉往地上。」

「對，就是這樣！我簡直太興奮了，隨便找個不到十五歲的女孩到我的閣樓，才做了一個實驗，她就領悟了伽利略所發現的道理！」

亞伯特用力鼓掌。蘇菲一時擔心他是不是發瘋了。但他繼續說：「妳剛才親眼看到，當兩種力量同時作用在一個物體上，所產生的效果。伽利略發現這個原理也適用於炮彈等物體。炮彈被推入空中後，會持續在中空飛行一段時間，但最後仍會被帶向地面，形成和彈珠滾過斜面時相同的軌跡。這正是伽利略時代的新發現。亞里斯多德認為，斜斜向空中拋出的物體，移動的路徑首先會稍微呈現弧形，接著垂直掉落在地上。他說的不對，但除非用實驗證明，否則沒人知道亞里斯多德說錯了。」

「這些有很重要嗎？」

「重要嗎？當然重要！孩子啊，這件事有著超凡的意義，絕對是人類史上最重要的科學發現。」

「為什麼？」

「接著就到了英國物理學家牛頓的時代，他生於一六四二到一七二七年間，可說是把太陽系和星球軌道描述得最完整的科學家。他能解釋各星球如何繞太陽運轉，還能說明這些星期何以如此運轉。他的成就有一部份要歸功於我們說的『伽利略動力學』。」

「這些星球是不是就像滾過斜面的彈珠？」

「沒錯，是有點像。但是蘇菲，妳先慢慢來。」

「我急也沒有用吧。」

「克卜勒曾經指出，一定有股力量使各個星球互相吸引。就拿太陽來說吧，太陽一定有某種力量，使太陽系的星球都在固定的軌道上運轉，這也解釋了為何星球距離太陽越遠，就移動得越慢。克卜勒也相信潮汐的漲落必然受到月球引力所影響。」

「這倒沒錯。」

「對，克卜勒說得沒錯。但伽利略不同意這個理論，還嘲笑克卜勒，說他竟然同意『月亮掌管海洋』。這是因為，伽利略不相信重力能在遠距離外或星球之間作用。」

「他這次說錯了。」

「是啊，針對這一點，他確實錯了。說來還真奇怪，因為伽利略一心研究地心引力和落體，他甚至指出，當引力增強時，就會影響物體的移動。」

「你剛才不是有提到牛頓？」

「沒錯，接著牛頓出現了。他提出『萬有引力定律』，指出在宇宙中，兩個物體相互吸引的力量因物體的大小而增減，也隨著物體之間的距離拉遠而遞減。」

「我想我懂了。比如說，兩隻大象之間的引力大於兩隻老鼠之間的引力；某座動物園裡兩隻大象之間的引力，又大於印度的一隻印度象和非洲的一隻非洲象之間的引力。」

「妳的理解正確。現在我們要談到關鍵點了。牛頓證明了，這種引力，也就是地心引力，存在於整個宇宙中，在所有地方都產生作用，包括太空中的星球之間。據說，他在一棵蘋果樹下想出了這個道理。當時他看到一個蘋果從樹上掉下來，於是自問：月球是否也受到地球的引力影響，因此恆久繞著地球旋轉？」

「聰明，但又不算真的聰明。」

「蘇菲，妳為何這麼說呢？」

「這麼說吧，如果月球和蘋果一樣，受到地心引力所，那月球最後一定會撞上地球，不會永遠繞著地球轉。」

「這就要提到牛頓的行星軌道定律了。蘇菲，關於地球對月球的引力，妳只說對一半。月球為何不會撞到地球？因為地球確實有強大的重力能牽引月球。想想漲潮吧，要將海平面提高一兩公尺，那可是需要很大的力量。」

「我好像不太懂。」

「還記得伽利略實驗的斜面嗎？彈珠滾過斜面時，有什麼現象？」

「月球同時受到兩種力量的影響嗎？」

「完全正確。很久以前，太陽系形成的時候，月球被一股巨大的力量拋離地球。這股力量在真空中移動，沒有阻力，所以會恆久產生作用……」

「但月球也受到地球的引力影響，被拉向地球？」

「沒錯，兩股力量都持續不停，且同時產生作用，因此月球會一直繞著地球旋轉。」

「道理就這麼簡單？」

「真的這麼簡單。這種『簡單性』正是牛頓想強調的關鍵。他證明少數幾種自然法則就適用於整個宇宙。他計算行星軌道時，只應用了伽利略提出的兩個自然法則。首先是慣性定律，牛頓把慣性定律解釋成：『一個物體除非受到外力作用使其改變狀態，否則會維持原本靜止或直線行進的狀態』。另一個則是伽利略運用斜面證明的定律：當兩股力量同時作用於一個物體，該物體會循橢圓形路徑移動。」

「牛頓就這樣解釋了行星著圍繞太陽運轉的道理？」

「沒錯。所有行星都受到兩股強弱不同的力量所影響，因此在橢圓形軌道上繞著太陽旋轉。一股力量是太陽系形成之初，行星本身呈直線行進的力量，另一股力量則是太陽的重力牽引。」

「真聰明。」

「他確實聰明。牛頓證明物體移動的定律適用於整個宇宙，推翻了中世紀普遍相信天上和人間分別適用兩套不同法則的觀念。以太陽為宇宙中心的世界觀終獲證實，並得到完整的解釋。」

亞伯特站起來，把木板放回原來的抽屜，接著彎腰撿起地上那顆彈珠，放在他和蘇菲之間的茶几上。

蘇菲心想，科學家竟從一小塊傾斜的木板和一顆彈珠就想出這些道理，真了不起。她看著那顆仍沾著墨水的綠色彈珠，不禁想到地球。她說：「所以，當時大家只得接受現實，相信人類只是生活在宇宙中一個偶然形成的星球上？」

「是啊，就許多方面來說，這種新的世界觀造成了很大的衝擊，就像達爾文證明人類是動物演化而來時，所造成的影響。這兩個新觀念都讓人類失去了他們在上帝造物中的某些特殊地位，也因此受到教會的強力阻撓。」

「這個我懂。畢竟在這些新觀念中，哪來的上帝？古人相信地球是宇宙中心，而上帝和各個星球就在地球之上，這倒比較單純。」

「更大的挑戰還在後頭。當牛頓證明同樣的自然法則適用於全宇宙，有人可能覺得他破壞了人們心目中上帝的全能形象，但牛頓本人的信仰卻很堅定，他相信自然法則證明了偉大而萬能的上帝確實存在。而事實上，人對自我的觀念受到了更大的衝擊。」

「這又怎麼說？」

「打從文藝復興開始，人們不得不漸漸接受，自己只是住在浩瀚銀河中某個偶然形成的星球上。即使到了今天，也不見得每個人都接受這種觀念。但即使在文藝復興時期，也有人認為，這樣的新觀念讓每一個個人的地位，都變得比以往更重要。」

「我還是不太懂。」

「以前，地球是世界的中心；但天文學家現在卻說宇宙沒有絕對的中心，宇宙中有多少人，就有多少個中心，因為每一個人都是中心。」

「原來如此。」

「文藝復興運動引發了新的宗教狂熱。哲學和科學漸漸和神學脫鉤，基督徒也發展出前所未見的虔誠態度。接著，文藝復興帶來了看待人類的嶄新觀點，因此影響了宗教生活。個人和上帝的關係變得比個人和教會組織的關係更加重要。」

「像是自己在晚上禱告嗎？」

「對，這也算是。在中世紀的天主教教會，宗教儀式的主軸是以拉丁文念的祈禱文和教會例行禱告。當時的聖經都是以拉丁文撰寫，只有教士和僧侶讀得懂。然而，到了文藝復興時期，聖經被人從希伯來文和希臘文翻譯成各國語言，這正是引發『宗教革命』的主因。」

「馬丁路德……」

「對，馬丁路德是一個關鍵人物，但他並非當時唯一的宗教改革家。另外仍有一些改革人士決定留在羅馬天主教會，像是荷蘭的伊拉斯謨斯。」

「馬丁路德因為不肯購買贖罪券，所以和天主教會決裂，是這樣嗎？」

「沒錯，這是其中一個原因。還有一個更重要的原因，就是馬丁路德認為，人要獲得上帝的赦免，並不需要靠著教會或教士代禱，或購買教會販售的贖罪券。十六世紀中期起，天主教教會就禁止交易所謂的贖罪券。」

「上帝應該會很高興。」

「總之，馬丁路德揚棄了教會許多從中世紀起就根深蒂固的習慣和教條，想回歸新約中記載的早期基督教。他提出『回歸聖經經文』的口號，想藉此把基督教帶回『源頭』，彷彿文藝復興的人文主義者盼望回到藝術、文化的古老本源。馬丁路德把聖經翻譯成德文，因此創造了德文的書寫文字。他認為每個人都應該能讀懂聖經，這樣才能『做自己的教士』。」

「自己的教士？這會不會太誇張？」

「馬丁路德是說，教士和上帝的關係並沒有特別親近。路德派教會雇用教士，是有其實際的考量，要教士來主持禮拜或打理神職工作。然而，馬丁路德不相信有任何人能藉由教會所舉行的儀式，獲得上帝的寬恕和救贖。他說，人唯有透過信仰才能得到救贖，毋須以金錢交換，這正是他研讀聖經之後的領悟。」

「所以說，馬丁路德也是典型的文藝復興人？」

「是，但也不是。馬丁路德強調個人的重要性，以及個人和上帝的關係，就這點來說，他是典型的文藝復興人。因此，他從三十五歲開始自學希臘文，並著手進行把聖經翻譯為德文的繁重任務。馬丁路德用一般人使用的語言取代拉丁文，這也是典型文藝復興人的特質。但他並非斐奇諾或達文西那樣的人文主義者，也受到伊拉斯謨斯等人文主義者的批評，認為他對人的看法太過消極。馬丁路德曾宣稱，自從亞當和夏娃被逐出伊甸園，人類就徹底墮落了。他相信，人唯有透過上帝的恩典，才能免於罪孽。罪惡的代價就是死亡。」

「這種想法感覺好陰鬱。」

亞伯特站起來，撿起沾了黑墨的綠色小彈珠，放進上衣口袋。

「已經四點多了！」蘇菲嚇到叫出來。

「人類史上下一個偉大的年代是巴洛克時期。但我們要等改天再談囉，親愛的席妲。」

「你說什麼？」蘇菲倏地從椅子上起身。「你叫我席妲！」

「我只是不小心說溜嘴。」

「絕對不會只是因為不小心。」

「可能吧。妳會發現席妲的爸爸開始透過我們的嘴巴講話，我覺得他故意趁我們很累、沒有防備的時候在搞鬼。」

「你之前說你不是席妲的爸爸。這是真的嗎？」

亞伯特點頭。

「但，我是席妲嗎？」

「蘇菲，我現在很累，請妳諒解。我們已經在這裡坐了兩個多小時，而且大部分是我在講話。妳不是要回家吃飯？」

蘇菲覺得亞伯特簡直像在趕她走。她走到小小的走廊，不斷納悶他為何會喊錯她的名字。亞伯特也走在她身後。

漢密斯趴在一排掛衣鉤下面睡覺。衣鉤上掛了幾件很像戲服的怪異服裝。亞伯特往漢密斯的方向點點頭，說道：「牠會再去接妳。」

「謝謝你幫我上課。」蘇菲說。

她突然衝動地抱了亞伯特，並說道：「你是我遇過最好、最親切的哲學老師。」

說完她打開通往樓梯的門。亞伯特關門時說道：「我們很快就會再見面了，席妲。」

接著門就關上了。

這傢伙又叫錯名字了！蘇菲有股強烈的衝動，想跑回去搥門，但基於某種原因，她終究沒有這麼做。

蘇菲走到街上，才忽然想起身上沒帶錢，這下得走路回家了。氣死人了！她知道如果六點前沒回到家，媽媽一定會生氣又著急。

蘇菲走了幾公尺，忽然發現人行道上有一枚硬幣，是十克朗，剛好可以買一張公車票。

蘇菲一路找到公車站，等著開往大廣場的公車。她不必再另外買票，就能在大廣場換車，坐到離家很近的站牌。

蘇菲到了大廣場，等待另一班公車時，才開始懷疑自己為何如此幸運，剛好撿到十克朗的硬幣。

該不會是席妲的爸爸把硬幣放在那裡？他還真會把東西放在「該放」的地方。

這怎麼可能，他人不是在黎巴嫩嗎？

亞伯特又為什麼叫錯她的名字？還不只一次！

蘇菲忍不住打冷顫，感到一股寒氣沿著脊椎直竄而下。

巴洛克時期

……就像夢境的本質……

蘇菲一連好幾天都沒有亞伯特的消息，但她仍時常留意花園的動靜，想看看漢密斯有沒有來。她跟媽媽說，那隻狗已經自己找到路回家了，後來有一個退休的哲學老師，也就是狗的主人，請她到屋裡坐坐。他還教了蘇菲一些事，像是太陽系的構造和十六世紀所發展的新科學。

蘇菲告訴喬安娜更多上次去找亞伯特的情形、信箱裡的明信片，還有她在回家的路上撿到十塊錢等等；但她沒說自己夢見席妲，還發現一條金十字架項鍊。

這天是五月二十九日，星期二，蘇菲在廚房洗碗，而媽媽在客廳看電視新聞。新聞片頭音樂漸漸減弱之後，蘇菲從廚房聽到主播報導一則消息，是挪威聯合國部隊的某個少校被炮彈擊中，因而喪命。

蘇菲把擦碗巾先丟在桌上，就急忙跑進客廳，剛好看到電視播出那個少校的臉，才過了兩三秒鐘，主播就開始播報別的新聞了。

「天啊！」蘇菲叫了出來。

媽媽轉頭看她。

「的確，戰爭真的很可怕！」

蘇菲哭了起來。

「可是蘇菲，這也沒有那麼糟啊！」

「新聞有沒有報出他的名字？」

「有，但是我忘了，只知道好像是葛林史達那裡的人。」

「那不就是利勒桑嗎？」

「才不是呢，傻孩子。」

「可是，如果住在葛林史達，不是也會到利勒桑上學嗎？」

蘇菲停止哭泣，但這下媽媽卻起疑了。她站起來關掉電視，問道：「蘇菲，妳到底怎麼了？」

「沒事。」

「有，一定有事。妳是不是有男朋友？我猜他年紀比妳大很多。現在老實回答我：妳是不是認識一個在黎巴嫩的男人？」

「不，也不算是……」

「他是不是某個在黎巴嫩的男人的兒子？」

「才沒有，我連他的女兒都沒見過。」

「誰的女兒？」

「我不想講。」

「我就是要妳講。」

「不然我也要問妳問題。為什麼爸爸總是不在家？是不是因為你們不敢離婚？妳是不是有交男朋友，不想讓我和爸爸知道？我還有很多問題，要問就來問啊！」

「蘇菲，我們需要好好聊聊。」

「再說吧，我好累，我要睡覺了，我月經來了。」

蘇菲跑回樓上的房間，她眼淚都快掉下來了。

她先去上廁所、刷牙洗臉，再鑽進被窩，接著媽媽就走進她房間。

蘇菲假裝已經睡著，雖然她知道媽媽不會相信，她也知道媽媽知道；但媽媽還是假裝以為她睡著了，只是坐在蘇菲的床邊，撫摸她的頭髮。

蘇菲心裡想著，一個人同時過兩種生活實在太複雜了。她開始希望哲學課程早點結束，或許到她生日的時候就會上完吧。至少在仲夏節，席妲的爸爸從黎巴嫩回來時……

「我想開一個生日宴會。」蘇菲突然說。

「好啊，妳想請誰來參加？」

「我想找很多人……可以嗎？」

「當然可以啊，我們家的花園很大。希望現在的好天氣可以維持到那時候。」

「重點是我想在仲夏節那天舉行。」

「好啊，就選那天。」

「這可是重要的日子。」蘇菲嘴上這麼說，心裡想的卻不只是她的生日。

「沒錯。」

「我覺得自己最近好像長大不少。」

「這不是很好嗎？」

「我不曉得耶。」

蘇菲一直把頭蒙在枕頭裡講話，媽媽終於開口問道：「蘇菲，妳一定要告訴我，妳剛才為什麼好像有點……失控了？」

「你十五歲的時候不會這樣嗎？」

「可能會，但妳知道我在問什麼。」

蘇菲突然翻身，面對媽媽說：「那隻狗叫作漢密斯。」

「是哦？」

「牠的主人叫亞伯特。」

「原來如此。」

「亞伯特住在舊城區。」

「妳那天就是一直跟著那隻狗走？」

「不會很危險啦。」

「妳上次說那隻狗常來這裡。」

「我說過嗎？」

蘇菲需要好好想一想了，她想盡可能把一切都告訴媽媽，但又不能全盤托出。

「妳現在幾乎都不在家。」蘇菲試探地問。

「我只是太忙了。」

「亞伯特和漢密斯來過這裡很多次。」

「他們來做什麼？有進到家裡來嗎？」

「媽，妳可以一次問一個問題嗎？他們沒進來過，但他們常在森林裡散步。這會很神秘嗎？」

「不，完全不會。」

「他們跟其他人一樣，散步時會經過我們家門口。有天我放學回家，跟那隻狗說了幾句話，於是就認識了亞伯特。」

「那妳為什麼會說白兔和那些奇怪的事情？」

「是亞伯特告訴我的。跟妳說喔，他是一位真正的哲學家，他教我很多哲學家的事。」

「你們只是站在樹籬旁邊聊天？」

「他也會寫信給我，其實他寫了很多封。有時候用寄的，有時他會在散步途中放進我們家信箱。」

「就是那幾封所謂的情書嗎？」

「不是真正的情書。」

「他在信裡面只談哲學？」

「沒錯，很不可思議吧！他教我的遠比我八年來在學校裡學的還要多，比方說，妳聽說過布魯諾嗎？一六〇〇年，他被被燒死在火刑柱上，那妳有聽過牛頓的萬有引力定律嗎？」

「沒有，我不懂的事情可多了。」

「媽，我敢說妳一定不曉得地球為什麼繞著太陽轉吧？這是妳生活的地球耶！」

「這男人幾歲？」

「我不曉得，大概五十吧！」

「他跟黎巴嫩有什麼關係？」

這有點難回答。蘇菲很快想了一下，決定採用比較有說服力的說法。

「亞伯特有一個弟弟住在利勒桑，是駐黎巴嫩聯合國部隊的少校。搞不好他就是以前住在小木屋的少校。」

「亞伯特，這名字是不是有點怪？」

「有點吧。」

「聽起來像義大利人。」

「這個嘛……重要的東西好像都是從希臘或義大利來的。」

「可是，他會講挪威文吧？」

「對阿，說得很流利。」

「蘇菲，我覺得啊，妳應該找天請這個亞伯特來我們家。我從來沒見過真正的哲學家呢。」

「再說吧。」

「要不要請他參加妳的生日會？請不同年紀的人來，這樣會很好玩，我搞不好也可以參加，至少我可以幫妳招待客人。妳說呢？」

「怎樣？」

「看他肯不肯吧。跟他聊天比和我們班上的男生講話有趣多了。只不過……」

「大家搞不好會起鬨，說亞伯特是我新交的男朋友。」

「那妳就否認啊！」

「好啦，再說。」

「好吧。還有，蘇菲，我和妳爸有時的確會有摩擦，但我們之間從來沒有第三者……」

「我想睡覺了。我月經來，肚子很痛。」

「要不要吃一顆阿斯匹靈？」

「好，謝謝。」

媽媽拿了藥和水回到房間，但是蘇菲已經睡著了。

五月三十一日，這天是星期四，蘇菲在學校上課，一整個下午都覺得時間很難熬。開始上哲學課之後，她有些科目的成績進步了，她本來大部分的科目都還不錯，但最近成績又更好了，只有數學沒進步。

最後一節課，老師把改好的作文發回來。蘇菲寫的題目是《人和科技》。她洋洋灑灑寫下文藝復興的種種和當時的科技突破、對大自然的新觀念、培根說的「知識就是力量」，還特別指出是先出現實證法，才有種種科技突破，接著又提到一些她認為對社會未必有利的科技。最後總結說，人們做的每一件事都有利有弊，是非善惡就像緊密交織的黑線與白線，有時很難分開。

老師發作業本時，從講台上看著蘇菲，對她使了個眼色。

蘇菲的文章得到Ａ，老師寫的評語是：「這些妳是從哪裡學來的？」她看看講台上的老師，拿出一支筆，在作業本的空白處寫下：「我現在在研究哲學。」

蘇菲闔上作業本，有個東西從裡面掉了出來。是黎巴嫩寄來的明信片，上面寫著：

親愛的席妲：

妳收到這張明信片時，我們可能已經在電話中聊過這裡發生的死亡悲劇。有時候我會想，如果人類的思想能力稍微進步一些些，是不是能避免戰爭？說不定消除暴力最好的方法，就是幫大家上一門短期的哲學課，或許可以出版一本《聯合國哲學小冊》，翻譯成各國語言，發給所有世界公民。我會向聯合國秘書長提議。

上次在電話中，妳說妳越來越會保管自己的東西，我聽了好高興。說真的，我沒遇過像妳這麼會丟三落四的人。妳說自從我們上次通電話之後，只弄丟一個十塊錢銅板，我會儘量幫妳找回來。雖然我人在很遠的地方，但我在家附近有一個小幫手（如果有找到，就把它和妳的生日禮物放在一起）。我感覺自己好像踏上漫長的回家之路了。

愛妳的爸爸

蘇菲才剛看完明信片，最後一節下課的鈴聲就響了。她的思緒又陷入一團混亂。

喬安娜像平常一樣在操場等她。蘇菲在回家的路上打開書包，拿明信片給喬安娜看。

「郵戳是幾月幾號？」

「好像是六月十五日……」

「不是吧，妳看……上面寫五月三十日。」

「那是昨天……就是新聞說黎巴嫩某位少校死掉的第二天。」

「我覺得，黎巴嫩寄來的明信片一天之內應該到不了挪威吧。」喬安娜說。

「而且地址又這麼不尋常，請傅利亞國中的蘇菲轉交席妲……」

「妳覺得明信片是寄來的嗎？然後被老師夾進妳的作業本？」

「我不知道，我也不知道我敢不敢問老師。」

接著她們就不聊名信片的事了。

「仲夏節那天，我要在我家花園辦一個宴會。」蘇菲說。

「要請男生來嗎？」

蘇菲聳聳肩說：「也不一定要請那些笨蛋來。」

「但妳會找傑瑞米吧？」

「如果妳希望的話。還有，我可能會請亞伯特來。」

「妳瘋了嗎？」

「我是啊。」

聊到這裡，兩人已經走到超市了，只好分頭回家。

蘇菲回到家，首先看看漢密斯在不在花園。牠果然在那裡，還在蘋果樹旁邊聞來聞去。

「漢密斯！」

漢密斯靜止不動了一秒鐘。蘇菲知道，牠先聽到她的叫聲、認出她的聲音，並轉頭看她是否在聲音傳來的地方。接著，牠看到她，開始向她跑來，越跑越快，最後四隻腳像鼓棒一樣打在地上。

在這一秒鐘之內，發生的事情可真不少。

漢密斯跑向蘇菲，忙著搖尾巴，又跳起來舔她的臉。

「漢密斯，你好聰明。下去……下去……不行，別把口水弄得我滿臉……好了，乖！夠了！」

蘇菲走進屋裡，這時雪瑞卡從樹叢裡跳了出來。牠很提防漢密斯這位陌生的訪客。蘇菲幫牠準備了貓食，並在鸚鵡的杯子裡倒一些飼料，拿一片生菜給烏龜吃，然後寫了一張字條給媽媽。

她寫著，她要帶漢密斯回家，如果七點之前還沒回來，會打電話回家。

然後蘇菲和漢密斯就出發了。這次蘇菲特別在身上帶了點錢。她本來在想要不要帶漢密斯一起坐公車，但還是決定先問問亞伯特。

她和漢密斯同行的時候，腦海裡一直想著，動物到底是什麼？

狗和人類有什麼不同？她記得亞里斯多德說過，人和動物都是自然的生物，有許多相同的特徵，但是人和動物也有一個明顯的差異：人擁有理性思考的能力。

亞里斯多德為何如此確定？

相反的，德謨克利特斯則認為，人和動物其實很像，都是由原子所構成的。他認為人和動物都沒有不朽的靈魂，還說人的靈魂是由原子組成的，人死去之後，這些原子就隨風四散。他認為人的靈魂和大腦是密不可分的。

然而，靈魂怎麼可能是由原子所組成？靈魂和身體其他部位不同，無法觸碰，是一種「精神」。

蘇菲和漢密斯走過大廣場，即將抵達舊市區。當蘇菲走到上次撿到十塊錢的人行道時，忍不住看看腳下的路面。就在她那天彎腰撿錢的地方，有一張明信片，有風景的那面朝上，上面印著一個種了棕櫚樹和橘子樹的花園。

蘇菲彎腰撿起明信片。漢密斯開始叫，好像不希望蘇菲去碰那張明信片。

明信片寫著：

親愛的席妲：

生命就是一長串的巧合。妳弄丟的十塊錢有可能就在這裡，可能在利勒桑的廣場被一位老太太撿到，而她正準備搭火車，到挪威南部的克里斯蒂安桑去看孫子。很久很久以後，她搞不好在新廣場這裡又把那枚銅板弄丟了。就在那一天，銅板很可能被一個需要零錢坐公車回家的女孩撿走了。席妲，這很難說，但如果真是如此，我們就必須問：每一件事都是天意嗎？現在，我的心已經飛到我們家旁邊的船塢了。

愛妳的爸爸

PS：我答應過會幫妳找回十塊錢。

地址欄寫著「請路過的人轉交席妲．穆樂．奈格」，郵戳是六月十五日。

蘇菲跟在漢密斯的後面跑上台階。亞伯特一打開門，她就說：

「讓讓，郵差來了。」

蘇菲覺得自己很有資格發脾氣，她一衝進門，亞伯特就讓到旁邊。漢密斯則是一如往常，躺在衣帽架下面。

「蘇菲，少校是不是又給妳明信片了？」

蘇菲抬頭看他，發現他今天又換了另一套衣服。她首先注意到他戴了一頂又長又捲的假髮，穿了一套寬鬆的衣服，上面鑲了許多蕾絲花邊，還戴著一條異常鮮豔的絲巾，再套上一件紅色披肩，另外還穿了白色長襪，以及薄薄的皮鞋（鞋面上有蝴蝶結），蘇菲看到這整套服裝，不禁想起電影裡的路易十四宮廷。

「你這個小丑！」她把明信片遞給他。

「嗯……妳真的在他放這張明信片的地方撿到十塊錢？」

「沒錯。」

「他越來越沒禮貌了，不過這樣也好。」

「為什麼？」

「這樣我們就更容易拆穿他的面具，他的把戲實在太誇張了，一點也不高明，簡直像廉價香水。」

「香水？」

「他努力裝高雅，但其實虛有其表。妳看出來了嗎？他竟然把自己監視我們的卑劣行為比作天意，臉皮還真厚。」

亞伯特拿起那張明信片，撕成碎片。蘇菲怕他越來越生氣，於是沒提在學校時從作業本掉出來的那張明信片。

「進來坐吧。幾點了？」

「四點。」

「今天我們要談十七世紀。」

他們走進有著四面斜牆和天窗的客廳。蘇菲發現，房裡的擺設和上次不太一樣。

茶几上有一個小小的古董箱，裡面收藏著各式各樣的鏡片。箱子的旁邊有本攤開的書，看起來有點年代了。

「那是什麼？」蘇菲問。

「初版的笛卡兒哲學文集，裡面收錄知名的《方法論》，西元一六三七年出版的，是我的寶貝收藏。」

「那個箱子呢？」

「裡面裝著我獨家收藏的鏡片，也叫光學玻璃，都是十七世紀中由荷蘭哲學家斯賓諾莎所打磨的。這些鏡片都非常昂貴，也是我的寶貴收藏。」

「要是我知道斯賓諾莎和笛卡兒是誰，大概比較能瞭解這些東西有多珍貴。」

「當然，但我們還是先聊聊他們的時代背景好了。坐下吧！」

他們坐在跟上次一樣的地方。蘇菲坐在大扶手椅裡，亞伯特坐沙發。放著書和收藏箱的茶几就在兩人中間。亞伯特把假髮摘下來。放在書桌上。

「我們今天要談十七世紀，也就是我們一般所說的『巴洛克時期』。」

「巴洛克？這名字好怪。」

「巴洛克的意思本來是『形狀不規則的珍珠』，這也是巴洛克藝術的典型特徵，比起文藝復興時期平實而和諧的型式，巴洛克藝術顯得對比鮮明。整個十七世紀的主要特色，就是在各種矛盾的對比中所展呈現的張力。當時許多人繼續懷抱文藝復興時期的樂觀精神，而另一方面，也有許多人過著禁欲苦修的宗教生活。在藝術或現實生活上，都可見誇張華麗的自我表達形式，但同時也興起一股隱居避世的修道風潮。」

「也就是說，不但有華麗的宮廷，同時也有僻靜的修道院？」

「對，完全正確。巴洛克時期有句諺語叫carpe diem，是拉丁文『把握今天』的意思；還有另一句很流行的拉丁諺語memento mori，意思是『別忘記你終究會死』。在藝術方面，當時的繪畫可能描繪了極其奢華的生活，但在畫的一角卻出現骷髏頭。」

亞伯特接著說：「從很多方面來說，巴洛克的特色就是浮華、矯飾；但在另一方面，當時也有許多人意識到世事無常，身邊的美好事物終究會凋零。」

「沒錯。意識到生命無常，這件事確實令人感傷。」

「妳的想法和十七世紀的許多人一樣。就政治上來說，巴洛克也是一個充滿衝突的年代。當時的歐洲戰火連年，最慘烈的戰役就是從一六一八年打到一六四八年的『三十年戰爭』，幾乎波及了整個歐洲大陸。所謂三十年戰爭，其實是指一連串戰役，而德國受害最深。法國也多少因為這些戰爭，逐漸成為歐洲的強權。」

「戰爭的起因是什麼？」

「大多是出於基督新教與天主教之間的衝突，但有些是為了爭奪政權。」

「有點像黎巴嫩的情況。」

「除了戰爭之外，在十七世紀，社會的階級差距也很大。妳一定有聽過法國的貴族和凡爾賽宮，但不曉得妳是否瞭解法國人民的貧困生活？話說回來，財富往往建立在權力之上。大家說巴洛克時期的政治情勢也反應了當時的藝術與建築，巴洛克建築的特色就是屋角和隙縫等細部的裝飾，而當時的政治情勢也充斥了各種陰謀、暗殺。」

「是不是有個瑞典國王在戲院遇刺？」

「那是古斯塔夫三世，妳舉的例子很好。他遇刺的時間其實是一七九二年，但當時的情勢和巴洛克時期很像，他在一場化裝舞會中遇害。」

「我以為他是在戲院被殺的。」

「那場化裝舞會在一座歌劇院舉行，古斯塔夫三世遇刺後，瑞典的巴洛克時期就算結束了。在他的時代，已經開始有所謂的『開明專制』，和將近一百年前路易十四統治的時期很類似。古斯塔夫三世本身也很愛慕虛榮，崇尚所有的法國儀式和禮節，但他也喜愛戲劇……」

「……他正是因此而死，對吧？」

「對，但是巴洛克時期的戲劇不只是一種藝術形式，也是當時最普遍的一種象徵。」

「什麼的象徵？」

「蘇菲，是生活的象徵。我不曉得十七世紀的人到底說過多少次『人生如戲』，總之他們很常說。現代戲劇就是巴洛克時期誕生的，包括各種形式的佈景和舞台機關。他們在舞台上創造一種假像，而最終的目的，就是要表達戲劇終究只是假像，因此戲劇成為整個人生的縮影，能夠傳達『驕者必敗』的道理，也可以無情地呈現人類的軟弱。」

「莎士比亞是巴洛克時期的人嗎？」

「他最偉大的幾齣劇作，大約都是在一六〇〇年寫的，因此算是橫跨了文藝復興和巴洛克時期。莎士比亞的劇本常提到人生如戲。要不要讀幾段給妳聽？」

「好啊。」

「在《皆大歡喜》這齣劇中，他說，世界是一座舞台，所有男男女女都只是演員。有上場的時候，也有下場的時候；每個人在一生中都扮演了好幾個角色。在《馬克白》中，他說，人生不過是一個行走的影子，一個在舞台上高談闊步的可憐演員，無聲無息地悄然退下；這只是一個傻子說的故事，說得慷慨激昂，卻毫無意義。」

「他還真是悲觀。」

「他時常想到生命的短暫。妳一定聽過莎士比亞最著名的一句台詞吧！」

「存在或不存在，這是問題所在。」

「對，是哈姆雷特說的。今天我們還在世上到處行走，明天我們就死了，消失了。」

「謝謝，現在我懂了。」

「除了將生命比喻為舞台，巴洛克詩人也將生命比喻為夢境。像是莎士比亞就說：我們的本質就像夢，短短的一生就在睡夢中度過……」

「這句話很有詩意。」

「有位西班牙劇作家叫卡德隆，生於一六〇〇年，寫了一齣名為《人生如夢》的戲，有這麼一句台詞：『生命是什麼？是瘋狂。生命是什麼？是幻象、是影子、是虛構的故事。生命中最美好的事物亦微不足道，因為生命只是一場夢境……』」

「他說的或許沒錯。我們在學校也讀過一個劇本，叫《傑普大夢》。」

「沒錯，是霍爾堡寫的。他是北歐的重量級劇作家，代表巴洛克到開明時期的這段過渡。」

「傑普在壕溝裡睡著了……醒來時，發現自己躺在男爵的床上，以為他夢見自己是一個貧窮的農場工人。後來他再次睡著，被人抬回壕溝，接著他又醒過來了，這次以為他剛才只是夢見自己躺在男爵的床上。」

「霍爾堡延續了卡德隆的創作主題，而卡德隆則借用了古代阿拉伯民間故事《一千零一夜》的主題。但更早以前，就有人將生命喻為夢境，例如印度和中國的作家。中國古代的智者莊子曾說：『昔者莊周夢為蝴蝶，栩栩然蝶也，自喻適志與！不知周也。俄然覺，則蘧蘧然周也。不知周之夢為蝴蝶與？蝴蝶之夢為周與？」』

「這個嘛，我們實在很難證明何者才是真的。」

「巴洛克時期，挪威有一位天才詩人叫達斯（一六四七至一七〇七年）。他描寫當下的現實生活，同時也強調唯有上帝是永恆不變的。

「即使天地盡荒，上帝仍為上帝。即使人人皆亡，上帝仍為上帝。」

「但是，達斯在這首讚美詩中，也描寫了挪威北部的鄉村生活，像是魴魚、鱈魚和黑鱈魚。這是巴洛克作品的典型特徵，描寫當下的生活，同時也刻劃天上和來世，有點像柏拉圖的理論，把宇宙分成具體的感官世界和不變的概念世界。」

「巴洛克時期的哲學是什麼？」

「巴洛克的哲學特色，同樣存在兩種完全相反的思想模式，而且兩者充滿了強烈的衝突。我說過，有些哲學家相信，自然界在本質上存在著一種精神，這種看法稱為『理想主義』；另一種截然不同的看法則是『唯物主義』，這派哲學家認為自然萬物都是由具體的物質所產生。十七世紀時，也有許多人提倡唯物主義，其中影響最大的可能是英國哲學家霍布斯。他相信自然萬物都是由物質的分子所組成，包括人和動物。就連人類的意識，也就是靈魂，同樣也由人腦中微小分子的運動而產生。」

「所以，他同意兩千年前德謨克利特斯的說法？」

「在整部哲學史上，妳會一直看到理想主義和唯物主義的論點，但幾乎只有在巴洛克時期，兩者曾經明顯地共存。當時受到各種新科學的影響，唯物主義逐漸盛行。牛頓證明了整個宇宙適用同樣的運動定律，也證明包括地球和太空，整個自然界的變化，都能以宇宙重力和物體移動等定律來解釋。」

亞伯特又說：「因此，他認為萬物都受到同樣的不變法則，或稱『機制』所左右。理論上自然界的一切變化都能用數學來精確計算。於是，牛頓提出了所謂『機械論的世界觀』。」

「他認為整個世界是一部很大的機器？」

「沒錯，mechanic也就是機械，這個字源自希臘文的mechane，意思是機器。特別的是，霍布斯和牛頓都不認為機械論的世界觀和信仰上帝有所牴觸，但十八、十九世紀的唯物主義者則不然。十八世紀的法國物理學家兼哲學家拉美特利寫了《人這部機器》一書，闡述人腦有『肌肉』能用以思考，就像人腿有肌肉可以行走。在他之後，法國數學家拉普拉斯也發表極端機械論的觀點，他認為，如果能藉由智慧，在某個時刻知道所有物質分子的位置，那就『不會存在未知的事物，人們也能看到過去和未來的事情』。他認為所有事情都是命中註定，所有發生的事都早有定數。這個觀點就叫『決定論』。」

「這麼說，他們認為世界上沒有所謂的自由意志？」

「沒錯，他們認為萬物都是機械過程的產物，就連我們的思想和夢境也是。十九世紀德國的唯物主義者宣稱，思想和腦袋的關係就像尿液與腎臟，還有膽汁和肝。」

「但尿液和膽汁都是物質，而思想不是。」

「蘇菲，妳說到重點了。我要告訴妳一個類似的故事，有位俄羅斯太空人和腦外科醫生在討論宗教問題。腦外科醫生是基督徒，但太空人不是，而太空人說：『我去過外太空好幾次，但從沒見過上帝或天使。』腦外科醫生回答：『我曾經剖開很多聰明的腦袋，也從沒見過任何思想。』」

「但這不代表思想不存在。」

「沒錯，但是這故事強調了一個事實，就是思想無法被開刀或分解成較小的單位。好比一個人如果滿腦子幻想，則很難藉由開刀來根除，因為思想生長的部位太深入，難以動手術。十七世紀一位重要的哲學家萊布尼茲指出，物質和精神的不同之處，在於物質可以不斷被分割成更小的單位，但靈魂卻連分成一半也不行。」

「的確，不曉得要用哪一種手術刀才能分割靈魂？」

亞伯特只是搖搖頭。過了一會兒，他指著兩人中間的茶几說：「十七世紀最偉大的兩位哲學家笛卡兒和斯賓諾莎也曾絞盡腦汁思考『靈魂』和『身體』的關係，我們會進一步討論這兩人的思想。」

「好吧，先繼續說，但我七點之前要回家。」

笛卡兒

……他想徹底清除地上的瓦礫……

亞伯特起身脫下紅色披肩，披在椅子上，然後再次坐在沙發的一角。

「笛卡兒生於一五九六年，一生中曾經在好幾個歐洲國家居住。他從年輕的時候開始，就很想解答人和宇宙本質的奧秘，但是研究了哲學之後，他卻漸漸體認到自己的無知。」

「蘇格拉底也是這樣？」

「對，多少有點像他。笛卡兒和蘇格拉底一樣，相信人要藉由理性才能獲得確實的知識，並認為我們不能完全相信古籍的記載，也不能完全信任感官的知覺。」

「柏拉圖也這麼想，他相信唯有透過理性才能得到確實的知識。」

「沒錯，蘇格拉底、柏拉圖、聖奧古斯丁和笛卡兒，這幾個人可說是一脈相傳，都是典型的理性主義者，相信理性是通往知識的唯一途徑。笛卡兒在廣泛研究之後，得到一個結論，就是中世紀以來的哲學未必可靠，這就像蘇格拉底不相信他在雅典廣場所聽到的各家觀點。蘇菲，這下笛卡兒應該怎麼做呢？妳能告訴我嗎？」

「那就創立自己的哲學吧。」

「對！於是笛卡兒決定到歐洲各地遊歷，就像蘇格拉底一生都在雅典與人交談。笛卡兒表示，今後他將致力尋求前人所未見的智慧，無論是自己內心的智慧，或是『偉大的世界之書』中的智慧。所以他選擇從軍打仗，因而有機會在中歐各地生活。後來，他在巴黎住了幾年，但在一六二九年前往荷蘭，住了將近二十年，致力撰寫數學和哲學著作。一六四九年，他應克利思蒂娜皇后之邀前往瑞典，卻在他所謂的『熊、冰雪和岩石之地』罹患了肺炎，在一六五〇年的冬天辭世。」

「這麼說來，他五十四歲就去世了。」

「沒錯，但他死後對哲學界仍有重要的影響力。所以我們說笛卡兒是現代哲學之父，真是一點也不為過。文藝復興時期，人們重新發現人和大自然的價值，開始覺得必須將現代思想整理成一套哲學體系，而笛卡兒正是首位創立一套重要哲學體系的人。在他之後，又有斯賓諾莎、萊布尼茲、洛克、柏克萊、休姆和康德等人。」

「什麼是哲學體系？」

「就是一套從基礎開始建立的哲學，想解釋所有重要的哲學問題。古希臘有柏拉圖和亞里斯多德等等偉大的哲學體系創立者；到了中世紀，聖多瑪斯努力為亞里斯多德的哲學和基督教的神學建立聯繫；在文藝復興時期，有關自然與科學、上帝與人的思潮紛紛出現，新舊雜陳；直到十七世紀，哲學家才開始嘗試整合新的思想，分類成條理分明的哲學體系。第一位嘗試的人就是笛卡兒，他也成為後世最重要的哲學課題之先驅。他最感興趣的課題有兩個，首先是我們擁有的確實知識，其次，是肉體和靈魂的關係。這兩大問題成為往後一百五十年間，哲學家討論的主要內容。」

「他的思想一定超越了自己所屬的時代。」

「嗯，但這些問題確實屬於那個時代。說到如何獲取確實的知識，當時很多人都抱持全然懷疑的態度，認為人應該接受自己一無所知的事實，但笛卡兒不願如此。他如果接受這個事實，就不是真正的哲學家。他就像當年的蘇格拉底，不肯接受詭辯學派的懷疑論調。在笛卡兒的年代，新的自然科學已發展出一套方法，能夠精確描述自然現象。於是，笛卡兒認為有必要找出類似的精確方法，運用在哲學思考上。」

「這我可以理解。」

「這還只是一部分，當時新興的物理學也提出『物質的本質』和『影響自然現象的因素』等問題，越來越多人同意用機械論的觀點來解釋大自然。然而，人們越是用機械論的觀點來看待物質世界，就越需要解答肉體和靈魂之間的關係。十七世紀之前，人們普遍認為靈魂是所有生物都有的『生命氣息』。其實靈魂（soul）和精神（spirit）兩個字的原意就是『氣息』和『呼吸』，在大部分的歐洲語言中都是如此。亞里斯多德，認為靈魂乃是生物體中無所不在的『生命因素』，無法和肉體分離。因此，他也會提到『植物的靈魂』和『動物的靈魂』。直到十七世紀，哲學家才開始提出靈魂和肉體的區隔，因為他們認為所有物質的變化都具有機械性，就連動物和人的身體也一樣。但人的靈魂顯然不是身體機器的一部分，那麼靈魂又是什麼？所以哲學家必須解釋，『精神性』的事物何以能夠啟動一部機器？」

「這麼一想，還真是奇怪。」

「什麼很奇怪？」

「我想舉起手臂，接著手就自己舉起來了。我決定跑步趕公車，我的雙腿就立刻像發條一樣開始跑了。有時候我想起傷心難過的事，眼淚就忽然流下來。這麼說來，肉體和意識之間一定有某種神秘的連結。」

「這正是笛卡兒努力思考的問題。他和柏拉圖一樣，相信『精神』和『物質』截然不同，然而身體究竟如何影響靈魂？靈魂又如何影響身體？這點柏拉圖尚未解答。」

「我也沒有答案，所以我很想知道笛卡兒的理論。」

「我們就按照他的思想脈絡來談吧。」

亞伯特指著茶几上的那本書，繼續說：

「在《方法論》中，笛卡兒提出哲學家必須用特定的方法來解決哲學問題。在這方面，科學界已經發展出一套新方法……」

「這點你有說過。」

「笛卡兒認為，我們必須清楚知道某件事情是真實的，才能認定它是真的。為了做到這一點，我們可能要將一個複雜的問題盡量細分為許多不同的因素，再從其中最簡單的概念出發。也就是說，我們必須斟酌、衡量每一種思想，就像伽利略說每件事物都必須測量，就算是無法測量的事物，也必須設法使它變得能夠測量。笛卡兒主張，哲學應該由簡單出發，接著延伸到複雜的課題，如此才能建立一個新觀點。最後，我們列舉並控制各項因素，以免有任何遺漏，這樣一來，才能獲得哲學性的結論。」

「聽起來簡直像在考數學。」

「是啊，笛卡兒確實是個數學家，還被譽為『幾何學之父』，在代數方面也有很多貢獻。他把數學方法套用到哲學思考上頭，用數學定理的證明方式來證明哲學的真理。換句話說，他希望我們用算數學時運用的『理性』來解答哲學問題，因為唯有透過理性，才能得到確實的知識，而感官則是完全不可靠的。我們說過他和柏拉圖的相似之處，柏拉圖也說過，數學和數字的比例比感官的體驗更加確實可靠。」

「但是這種方法能解決哲學問題嗎？」

「我們最好先繼續談笛卡兒。他的目標是確實解答生命的本質是什麼，而他第一步就主張，我們一開始應該對所有事情都加以懷疑，他不希望思想是建立在不確實的基礎之上。」

「嗯，要是地基垮了，整棟房子就會跟著倒塌。」

「蘇菲，妳說得很好。笛卡兒認為，對一切事物都抱持懷疑態度，這樣未必合理，但原則上我們確實可能必須對一切都抱持懷疑。舉例來說，我們不一定會因為讀了柏拉圖或亞里斯多德的著作，就變得更想研究哲學。哲人的理論固然能增進我們對歷史的認識，但不一定能使我們更瞭解這個世界。笛卡兒認為，在他建構自己的哲學體系之前，必須先掙脫前人理論的影響。」

「動手蓋自己的新房子以前，他想徹底清除地上的瓦礫……」

「謝謝妳的解釋。他想用全新的材料來建造這棟房屋，好確認他建構的新思想體系能站得住腳。然而，笛卡兒不只懷疑前人的理論，更認為我們不能信任自己的感官，因為可能會因此受到誤導。」

「怎麼說？」

「我們做夢的時候，會以為自己身在真實世界。那麼，我們清醒時的感覺，和做夢的感覺又有何區別呢？笛卡兒這麼寫道：『我仔細思考這個問題，發現人清醒和做夢的狀態並沒有明確的分別。你又怎能確定自己的生命不是一場夢？』」

「在《傑普大夢》的劇中，傑普還以為，自己躺在男爵床上的那段時間，只是在做夢。」

「當他躺在男爵的床上，又以為自己的貧農生活只是一場夢。所以，笛卡兒對所有事物都抱持懷疑。在他之前的許多哲學家也曾想到這一點，接著就走不下去了。」

「這麼說來，那些哲學家並沒有走多遠。」

「但笛卡兒卻設法從這個零點出發，懷疑每一件事，而這正是他唯一能確定的事。他也因此悟出一個道理：有一件事情必定是真實的，那就是他心存懷疑。當他懷疑時，他必然是在思考，而由於他在思考，他必定是個會思考的存在。用他自己的話來說，就是『Cogit, ergo sum.』」

「什麼意思？」

「我思故我在。」

「他會覺悟到這一點，我完全不意外。」

「很好，但是請注意，他突然認定自己是一個會思考的存在，這帶有一種直覺的肯定。妳可能會想到柏拉圖說過，我們藉由理性所領會的知識比感官體會到的更加真實。對笛卡兒來說也是如此。他察覺到自己是一個會思考的『我』，也發現這個會思考的『我』比感官體驗到的物質世界更加真實。同時，他也繼續探索，他的哲學之旅並未停止。」

「後來呢？」

「笛卡兒自問，能否用這種直覺的確定性來體會其他事物？他的結論是：在他的心中有一個清楚而明確的『完美的實體』，他心中一直有這個概念，但他認為這顯然不是天生就有的想法。因為，完美實體的概念不可能來自一個本身並不完美的人，必定是來自那個完美實體本身，也就是上帝。因此笛卡兒認為，上帝的存在也是很明確的事實，正如一個會思考的存在者必定存在。」

「他太快做出這個結論，一開始的時候他好像比較謹慎。」

「沒錯，很多人認為這是笛卡兒的弱點。不過妳剛才說『結論』，其實這個問題並不需要證明。笛卡兒只是說，我們都擁有完美實體的概念，因此這個完美的實體必定存在，因為如果這個完美的實體不存在，就算不上完美。此外，如果世上沒有所謂的完美實體，我們也不會有完美實體的概念，因為我們本身並不完美，不可能天生就有完美的概念。笛卡兒認為，上帝這個概念是與生俱來的，從我們一出生時就烙印在身上，『就像工匠在他的作品上留下記號』。」

「沒錯，可是我有『鱷象』這個概念，那也不代表『鱷象』真的存在啊。」

「笛卡兒會說，『鱷象』的概念中不包含它必然存在的事實，但是，『完美實體』的概念中卻包含它必然存在的事實。笛卡兒認為這就像『圓』的概念，這個概念有一個要素，就是圓周上所有的點到圓心的距離必然等長，如果不符合這個原則，就不是一個圓。同理，如果缺少『存在』這個最重要的特質，一個『完美的實體』就不是『完美的實體』了。」

「這種想法還真怪。」

「這是典型『理性主義者』的思考模式。笛卡兒和蘇格拉底、柏拉圖一樣，相信理性和存在之間有所關聯。理性所判定越是明顯的事情，我們就更能肯定其存在。」

「目前為止，笛卡兒只說了兩件事，首先，他是會思考的人，還有宇宙間存在一個完美的實體。」

「沒錯，他從這兩點出發，再繼續探討。笛卡兒談到我們對外在現實（像是太陽和月亮）的概念時，認為這些概念可能都是幻象。然而現實世界也有我們能運用理性判斷的特點，就是它們的數學特質，例如長度、寬度、高度等可以測量的特性。對於我們的理性來說，『量』的特性就像『人會思考』這個事實一樣顯而易見，至於『質』的特性，像是顏色、氣味和味道，則和我們的感官經驗有關，因此不能用來描述外在的真實世界。」

「這麼說來，自然萬物到頭來並不是一場夢。」

「沒錯。關於這一點，笛卡兒再度援引我們對完美實體的概念。當我們的理智清楚認知到某件事物，例如真實世界的數學特性，這麼一來，這件事物必定和我們所認知的相同。因為完美的上帝不會欺騙我們，笛卡兒宣稱，『上帝保證』我們用理智所認知到的一切必然和現實相符。」

「好吧，那他目前為止已經發現人會思考、上帝確實存在，還有世界上存在一個外在的真實世界。」

「但是啊，這個外在的真實世界，在本質上還是不同於我們思想的真實世界。笛卡兒堅稱，世界上有兩種形式的真實世界，也可以稱為『實體』。其中一種實體是思維，或稱『心靈』；另一種則是『擴延』，或稱物質。心靈純粹屬於意識層面，不占空間，也因此不能被分解為更小的單位；物質純粹是擴延，會占據一定的空間，可以不斷被分解成更小的單位，但卻不具意識。笛卡兒認為兩種實體都源自上帝，因為唯有上帝本身是獨立於萬物之外的存在。但雖然『思想』和與『擴延』雖然都來自上帝，彼此卻毫無接觸。思想不受物質影響；物質的變化也不會因思想而更改。」

「這麼說來，笛卡兒把上帝的造物一分為二。」

「完全正確。我們說笛卡兒是『二元論者』，他致力區分思想的真實世界和擴延的真實世界。比如說，只有人才有心靈，動物則完全屬於擴延的真實世界，牠們的生命和行為都是機械化的。笛卡兒把動物視為一種複雜的機械生物，他談到擴延的真實世界，完全採取機械論觀點，就像唯物論者的看法。」

「如果說漢密斯只是一部機器或一種機械生物，我實在無法相信。我覺得笛卡兒一定不太喜歡動物。照他這樣講，那我們人呢？難道人類也是一種機械生物？」

「是，但也不是。笛卡兒的結論是，人是一種二元的存在，能夠思考，也佔據了空間。因此人有心靈，也有擴延的身體。聖奧古斯丁和聖多瑪斯也說過類似的話，認為人有動物般的身體，也有天使般的靈魂。笛卡兒認為，人的身體是一部完美的機器，但人也擁有心靈，能夠獨立運作，不受身體所影響。但是人體不像心靈這麼自由，必須依照一套既有的法則來運作。我們的理性思考不是在身體裡，而是在心靈中產生，完全不受擴延的真實世界所影響。順帶一提，笛卡兒不否認動物也可能有思想，但如果牠們有思考能力，必定也適用『思想』和『擴延』的二分法。」

「我們剛才也講過這點。如果我要追一輛公車，我整個身體這部『機械裝置』就會開始運轉；要是我沒追到公車，眼睛就會流淚。」

「就連笛卡兒也無法否認心靈和身體時常相互作用。他相信，只要心靈存在於身體之中，就會透過一個他稱為『松果腺』的特殊腦部器官，和人的大腦產生連結，而『靈魂』和『物質』就在松果腺內持續互動。因此，心靈可能時常受到因身體需要而產生的感受和情欲所影響。然而，心靈也能掙脫這種原始衝動，不受限於身體而獨立運作，這是為了使理性重獲掌控權。因為，就算我肚子痛到不行，一個三角形的內角的和還是一百八十度。人類的思想能超脫身體需求，做出合乎理性的行為。這麼說來，心靈優於身體。我們的腿可能會變得無力，背可能變駝，牙齒也會掉落，但只要我們還有理性，二加二就永遠是四。理性不會變駝、衰老，老化的是身體。對笛卡兒來說，心靈的本質就是理性，而欲望、憎恨等原始的衝動和感情，則和身體的機能較為相關，屬於擴延的真實世界。」

「我還是無法接受笛卡兒說人體就像一部機器，或一種機械的裝置。」

「這是因為，在他所生活的時代，人們很著迷那些彷彿能自行運轉的機器和鐘錶。『機械裝置』指的就是能自行運轉的東西。然而，這些顯然只是幻覺，它們並不是真的能自動運轉。例如，一座天文鐘要由人類來製造，還必須有人上發條才能動。笛卡兒特別說明，這類巧妙的發明其實是由各種零件以簡單的方式組合而成；人類和動物的身體也是由骨骼、肌肉、神經、動靜脈等零件組成，只是零件的數量比較多。既然如此，上帝為什麼不能根據機械定律來創造動物或人類的身體？」

「現在很多人在討論『人工智慧』。」

「沒錯，人工智慧就是現代的機械裝置。我們已經創造某些看起來似乎很有智慧的機器，要是被笛卡兒看到，他應該會嚇破膽，也可能因此懷疑人類的理性是否真像他以為的那麼獨立而自由。現在也有哲學家相信，人類精神生活未必會比身體感官自由。人的靈魂確實比任何資料程式都更加複雜，但有些人認為，我們基本上就和這些資料程式一樣不自由。但是蘇菲，我現在要給妳看個東西。」

亞伯特指著房間另一頭的大書桌，書桌上有一台小型電腦。他走向書桌，蘇菲跟在他身後。

亞伯特把電腦開機，不久螢幕上方就顯示C:。他輸入「萊拉」兩個字，同時跟蘇菲解釋，這是一個先進的對話程式。

螢幕上方馬上出現一行字：

「你好，我的名字叫萊拉。你現在坐得舒服嗎？」

蘇菲還沒有坐下，但她還是輸入：

「是的。」這時，亞伯特拿了一張椅子給她。

「你叫什麼名字？」螢幕出現這個問題。

「蘇菲．艾孟森。」蘇菲輸入這幾個字，電腦回應道：

「苜蓿巷三號。蘇菲，很高興認識妳。妳是不是很期待十五歲生日？」

蘇菲嚇了一跳。亞伯特用手搭著她的肩膀說：

「我只是輸入了妳的姓名、地址和出生年月日。這就好像有人要介紹新朋友給妳認識，最好先稍微瞭解一下對方的背景。」

「還蠻期待的。」蘇菲輸入。

「親愛的蘇菲，希望妳沒有覺得不舒服。請盡量輸入完整的句子。」

「謝謝你，我很好，我可以問你一件事嗎？」

「你沒事就好。有什麼事就問吧！」

「你今年幾歲？」蘇菲寫道。

「我是一九八八年八月八日在亞特蘭大製造的，但是在一九九〇年三月二十八日，被挪威理工學院翻譯成挪威文。」

「天啊！」

「我說過請你輸入完整的句子。」

「我只是說『天啊』。」

「我不懂俚語。我的字型檔裡有十多萬字，但我所能找到最接近『天啊』（Gosh）的字是『福音』（Gospel）。」

「福音是耶穌的故事。」

「蘇菲，妳是基督徒嗎？」

「我也不曉得。」

「照理說，無知是通往新知的一步。」

「關於這點，蘇格拉底很可能會說同樣的話，笛卡兒也是。」

「蘇格拉底是希臘哲學家，生於西元前四七〇年到西元前三九九年間。如果妳想知道更多，請按F7鍵。笛卡兒是法國哲學家，生於西元一五九六年到一六五〇年間。如果妳想知道更多，請按F8。」

「謝謝你，這樣就夠了。我可以問你別的事嗎？」

「我很高興這樣就夠了。請問吧！」

亞伯特偷偷笑了一下。蘇菲輸入：

「誰是席妲・穆樂・奈格？」

「席妲・穆樂・奈格住在利勒桑，和蘇菲・艾孟森同年。」

「你怎麼知道？」

「我不曉得。我在硬碟上查到她的資料。」

蘇菲感覺到有人把手放在她肩上。

「我已經把我們所知的一點點關於席妲的資料，都輸入這個程式。」亞伯特說。

「關於席妲的事，你還知道什麼？」

「席妲的父親是一位駐黎巴嫩的聯合國觀察員。他的軍階是少校，而且一直寄明信片給他女兒。」

「我要把他找出來！」

「我找不到他，他不在我的檔案裡，而且我不能和其他資料庫連線。」

「我要你把他找出來！！！！！」

「蘇菲，妳生氣了嗎？這麼多驚嘆號是一種強烈情感的表現。」

「我要跟席妲的父親說話！」

「妳已經快要失控了。如果想聊聊妳的童年，請按F9。」

亞伯特再度把手搭上蘇菲的肩膀。

「電腦說得沒錯。萊拉不是水晶球，它只是一個資料庫程式。」

「閉嘴！」蘇菲輸入。

「我會閉嘴。蘇菲。我們只認識了十三分鐘又五十二秒。我會記得我們說過的每件事情。我要結束這個程式了。」

接著，螢幕上再度出現「C:」。

「我們可以坐下了。」亞伯特說。

但蘇菲已經按了其他幾個鍵。

「奈格。」她輸入。

螢幕上立刻出現：

「我在這裡。」

這下亞伯特嚇到從椅子站起來。

「你是誰？」蘇菲輸入。

「艾勃特．奈格少校向您報到。我直接從黎巴嫩來，請問您有何命令？」

「這簡直太過分了！」亞伯特喘著氣說，「這傢伙竟然偷溜到硬碟裡！」

他示意要蘇菲站起來，自己坐到電腦前。

「你如何跑進了我的電腦？」

「親愛的同仁，這很簡單。我想去哪裡，就在哪裡。」

「你這個討厭的病毒！」

「等等啊！我現在可是一個生日病毒，可以向壽星獻上特別的祝賀嗎？」

「不用了，謝謝，我們已經聽過很多了。」

「只要一下下就好。親愛的席妲，這是獻給妳的祝福，我要再說一次，祝妳十五歲生日快樂。我竟然在這種場合出現，請多多見諒，我只是希望妳走到哪裡，都能看到我的生日祝福。真想用力擁抱妳。愛妳的爸爸。」

亞伯特還來不及輸入任何字，螢幕上就再度出現「C:」。

亞伯特鍵人「dir奈格*.*」，結果螢幕上就出現下列資料：

奈格.lib　147,643　06-15-90　12:47

奈格.lil　326,439　06-23-90　22:34

亞伯特輸入「清除奈格*.*」，並關掉電腦。

「我已經把他刪除了，但是無法保證他下次會在哪裡出現。」

亞伯特繼續坐在電腦前，盯著螢幕。然後說：

「最糟的就是名字。艾勃特．奈格……」

蘇菲第一次發現，「艾勃特．奈格」和「亞伯特．諾克斯」兩個名字竟如此相像，但她看到亞伯特這麼生氣，連一句話也不敢說。接著，兩人再次走到茶几旁邊坐下。

斯賓諾莎

……上帝並不是操縱傀儡的人……

他們坐了好久好久都沒有說話。後來蘇菲打破沉默，希望亞伯特忘記剛才發生的事。

「笛卡兒一定是個怪人。他後來有成名嗎？」

亞伯特開始深呼吸，吸氣、吐氣，過了好幾秒才回答：

「他的地位很重要，對後來的哲學家影響很深，尤其是有名的荷蘭哲學家斯賓諾莎，他生於一六三二，一六七七年去世。」

「你要跟我說他的事情嗎？」

「我正打算開始說。我們才不會被剛才的軍事挑釁影響呢。」

「說吧，我準備要聽了。」

「斯賓諾莎是生活在阿姆斯特丹的猶太人，因為發表異端邪說而被逐出教會。近代哲學家很少像他這樣，因為個人的想法而受到毀謗、迫害。這是因為他批評既有的宗教，表示基督教和猶太教只因為有嚴格的教條和外在的儀式，才得以流傳下來。他是第一個對聖經提出『歷史性批判』的人。」

「可以解釋清楚一點嗎？」

「他不認為聖經的內容完全是受到上帝啟示。他說閱讀聖經的時候，必須時時謹記它所撰寫的年代。他建議大家對聖經進行『批判性閱讀』，就會發覺內容的矛盾之處。不過他認為，新約的經文代表耶穌，而耶穌可說是上帝的代言人，因此，耶穌的教誨代表基督教已脫離正統猶太教。耶穌宣揚『理性的宗教』，強調『愛』是至高的價值。斯賓諾莎將耶穌宣揚的『愛』理解為上帝的愛和人類的愛，但他認為，基督教後來仍受限於本身嚴格的教條和外在儀式。」

「我覺得，不管是基督教或猶太教，大概都很難接受他的觀念。」

「事態一度非常嚴重，就連斯賓諾莎的家人都跟他斷絕關係，藉口他散佈異端邪說，想取消他的繼承權。諷刺的是，很少人像斯賓諾莎這樣努力提倡言論自由和宗教寬容。他的理念受到各方反對，最後終於決定安靜地遁隱，全心研修哲學，勉強靠著磨鏡片糊口。我還收藏了他磨的一些鏡片呢。」

「真的啊！」

「磨鏡片維生這件事，其實很有象徵意義。身為一個哲學家，必須幫助人們用新的眼光看待生命，而斯賓諾莎的首要哲學理念之一，正是用永恆的觀點來看待事物。」

「永恆的觀點？」

「沒錯，蘇菲。妳覺得妳能用宇宙的觀點來看待自己的生命嗎？妳必須想像此時此刻，自己在這個世界上的生活……」

「嗯……有點難。」

「提醒自己，妳只是整個大自然的生命中，一個微小的部分，是一個宏大整體的一部分。」

「我想我懂你的意思……」

「妳可以試著感覺嗎？妳能不能一次就感受到整個大自然（事實上是整個宇宙）？」

「我不確定，可能需要鏡片吧。」

「我說『整個大自然』，指的不只是無限的空間，也是永恆的時間。從前從前啊，在三萬年前的萊茵河谷，住著一個小男孩。他曾是整個大自然的一小部分，是一片無盡汪洋中的一點漣漪。蘇菲，妳也一樣，妳是整個大自然生命的一小部分。妳和那個小男孩沒有不同。」

「只是我現在還活著。」

「沒錯，但我就是希望妳試著想像，過了三萬年之後，妳會是誰呢？」

「這就是異端邪說嗎？」

「不算是……斯賓諾莎不只說萬物都屬於自然，他認為大自然就是上帝。他說上帝就是萬物，而萬物都在上帝之中。」

「這麼說來，斯賓諾莎是泛神論者。」

「沒錯。對他來說，上帝創造世界，並不是要置身其外。其實，上帝就是世界。有時候斯賓諾莎會用不同的說法，主張世界就在上帝之中。關於這點，他引用了保羅在亞略古巴石臺對雅典人說的話：『我們生活、動作、存留都在乎他。』我們先繼續談斯賓諾莎的學說吧，他最重要的著作是《幾何倫理學》。」

「幾何……倫理學？」

「我們可能會覺得書名有點奇怪。在哲學上，『倫理學』是在研究良好生活中的道德行為，我們先前提過蘇格拉底和亞里斯多德的『倫理學』，也是同樣的意思。然而，到了今天，倫理學多少變得只是一套生活準則，讓我們避免冒犯別人。」

「這是不是因為，要是一直想到自己，就有『自我主義』的嫌疑？」

「對，有點這種意味，斯賓諾莎所謂的倫理學，指的是生活的藝術和道德行為。」

「好吧……但是生活的藝術要怎麼用幾何方法來展現？」

「所謂幾何方法，是指斯賓諾莎在數學公式中所用的術語。妳記得嗎，笛卡兒曾想在哲學思考中套用哲學方法，他的意思是說，用絕對合乎邏輯的推論來進行哲學思考。斯賓諾莎也遵循這種理性主義的傳統，想用倫理學來說明人類的生命遵循大自然的普遍法則。他也相信，我們唯有掙脫自己的感受和衝動，才能獲得滿足與快樂。」

「我們一定不只受到自然法則的規範吧？」

「好吧，斯賓諾莎的學說不容易懂，我們得慢慢來。還記得嗎，笛卡兒相信真實世界是由『思維』和『擴延』兩種截然不同的實體所組成。」

「當然記得。」

「『實體』這個詞可以解釋成『組成某種東西的事物』或『某種東西的本質或原始面貌』。笛卡兒認為萬物都可依此被劃分，不是思維就是擴延。」

亞伯特頓了一下，又說：「然而，斯賓諾莎拒絕接受這樣的二分法。他認為宇宙中只有一種實體，既存的萬物皆可被分解成一種稱為『實體』的真實事物，有時也稱為『上帝』或『大自然』。斯賓諾莎對真實世界的觀點不同於笛卡兒的二元論，我們說他是『一元論者』，意思是說，他把大自然和萬物的狀態簡化成一個單一的實體。」

「兩種觀點還真是南轅北轍。」

「對，雖然有些人認為笛卡兒和斯賓諾莎的理論有極大差異，其實並非如此。笛卡兒也同樣指出，唯有上帝是獨立存在的；只是斯賓諾莎認為上帝即是自然（或說上帝即是他的造物），唯有在這個論點上，他和笛卡兒的學說及猶太、基督教教義有顯著差距。」

「這麼說，他認為大自然就是上帝，就這樣。」

「可是，斯賓諾莎所謂的『自然』不只代表擴延的自然界。他所說的實體、上帝或自然，都是指所有既存的事物，包含精神上的。」

「你是說，同時包括思維和擴延？」

「蘇菲，妳說對了！斯賓諾莎認為，我們人類能認出上帝的兩種特質，或是上帝存在的證明，他稱之為上帝的『屬性』。這兩種屬性就是笛卡兒說的『思維』和『擴延』。上帝（自然）以思維或擴延的形式出現。上帝可能具有無限的屬性，但我們只知道『思維』和『擴延』

兩種。」

「有道理。但他解釋得好複雜。」

「是啊。我們簡直要用錘子和鑿子才能參透斯賓諾莎的語言，但努力會有回報，到了最後，妳會挖掘出鑽石般的思想，清澄而透明。」

「我等不及想知道了！」

「斯賓諾莎認為，自然萬物不是思維就是擴延。我們在日常生活中所見的各種現象，例如一朵花或華茲華斯的一首詩，都是思維屬性或擴延屬性的各種『模式（modes）』。『模式』就是實體、上帝或自然的特殊表現方式。一朵花是擴延屬性的一種模式，一首詠嘆花朵的詩是思想屬性的一種模式。但基本上，兩者都是實體、上帝或自然的表現方式。」

「你真是說得天花亂墜。」

「其實也沒有他說的那麼複雜。在他嚴峻的公式之下，埋藏一種對生命的美妙體悟，其實簡單到無法用通俗的語言來表達。」

「我還是比較喜歡用通俗的語言來解釋，相信你也是吧。」

「沒錯。那我就用妳來舉個例子好了。妳肚子痛的時候，感到疼痛的人是誰？」

「你剛才就說了，是我啊。」

「對，妳後來又想到自己曾經肚子痛，那這個想的人是誰？」

「也是我。」

「所以說，妳這個人一會兒肚子痛，一會兒又思考肚子痛的感覺。斯賓諾莎認為，所有物質和發生在我們身邊的事物，都是上帝或自然的表現方式。這麼說來，我們的所有思緒也都是上帝或自然的思緒，因為萬物皆為一體。宇宙中只有一個上帝、一個自然或一個實體。」

「可是啊，我想著一件事的時候，正在思考的人是我；我移動的時候，做動作的人也是我。這和上帝有何關連？」

「太好了，妳很投入這個討論。但妳究竟是誰？妳是蘇菲．艾孟森，但妳也是某種浩瀚存在的表現。妳當然可以說思考、移動的人是妳，但妳是不是也能說，自然透過妳思考或移動？一切都在於妳選擇從哪一個觀點來看。」

「你是說，我無法為自己做決定嗎？」

「沒錯，但也不是完全如此。妳可能有權決定怎麼移動自己的大拇指，但妳的拇指只能根據它的本質來移動，不能跳離妳的手，在房間裡跳舞。同樣地，親愛的蘇菲，妳在生命的結構中也有既定的位置。妳是蘇菲，但妳也是上帝身上的一根手指頭。」

「所以我做的每一件事都是上帝決定的？」

「也可以說是由自然（或自然法則）決定的。斯賓諾莎認為，上帝（或自然法則）是所有事情的『內在原因』。上帝不是一個外在原因，因為他透過自然法則發言，並且只透過這種方式發言。」

「我好像還是不懂兩者的差別。」

「上帝並不是傀儡師，他不會拉動所有的繩子，來操縱萬事萬物。真正的傀儡師是從外面來操縱木偶，因此他是木偶產生動作的『外在原因』。然而，上帝不是以這種方式來掌控世界，而是透過自然法則。因此上帝（或自然）是所有事物的『內在原因』。意思是說，物質世界所發生的每一件事情都有其必要性。斯賓諾莎對物質世界，或說自然世界的看法，是決定論者的觀點。」

「你之前好像提過類似的觀點。」

「妳是說斯多葛學派吧。他們也宣稱，世界上發生的每件事情都有其必要。因此，我們無論遇到何種情況，都要抱持『斯多葛』式的態度，不該被感情沖昏了頭。簡單來說，這也是斯賓諾莎的道德觀。」

「我懂你的意思，但我還是不太喜歡『我不能為自己做決定』這個看法。」

「好吧，我們再來聊聊三萬年前石器時代的小男孩。他長大之後，會拿著矛去打獵，還愛上了一個女人，和她生了孩子，並篤定地信奉部落裡的神。妳真的覺得，這一切都是他自己決定的嗎？」

「我不曉得。」

「或是想想非洲的某隻獅子。你覺得獅子是自己決定要成為捕捉獵物的野獸嗎？牠是因為這樣才會攻擊跛腳的羚羊嗎？牠有可能自己決定吃素嗎？」

「不會，獅子會遵循自己的天性。」

「妳說的天性就是『自然法則』。蘇菲，妳也一樣，因為妳也是自然的一部分。當然，妳可以用笛卡兒的話來反駁我，說獅子是動物，而不是擁有自由心智的自由人類。但請妳想一想，一個新生的嬰兒會哭叫，要是不能喝奶，就會吸吮自己的手指。妳認為那個嬰兒有自由意志嗎？」

「應該沒有。」

「那麼，小孩子什麼時候才有自由意志？她兩歲時，會跑來跑去，用手指著身旁看到的所有東西；三歲時，她纏著媽媽一直說個不停；四歲時，她忽然開始怕黑。蘇菲，她用自由意志做了什麼事情？」

「我也不曉得。」

「她十五歲的時候，坐在鏡子前練習化妝。難道她就這樣開始為自己做決定，隨心所欲做事情了嗎？」

「我開始懂你的意思了。」

「這個女孩正是蘇菲．艾孟森，但她同時也遵循自然法則生活。關鍵在於，她自己並不瞭解這點，因為她所做的每一件事情，背後都有許多複雜的原因。」

「好了，你不必再說了。」

「等等，妳還得回答最後一個問題。在一個很大的花園裡，長著兩棵一樣老的樹。其中一棵長在肥沃的土地上，陽光普照、水分充足；另一棵長在貧瘠的黑暗角落。妳覺得哪一棵樹比較高大？哪一棵樹結的果實比較多？」

「當然是得到最佳生長條件的那棵樹。」

「斯賓諾莎認為，這棵樹是自由的，完全能隨心所欲地發展先天條件。但如果它是蘋果樹，就絕對無法長出梨子或李子。同樣的道理也適用在人類身上，我們的發展和個人成長可能受到政治環境等因素阻礙。外在條件可能會限制我們，唯有當我們能『自由』發展天生的能力，才能活得自由。但我們就像在石器時代成長於萊茵河谷的男孩，還有那隻非洲獅或花園裡的蘋果樹，同樣受到內在潛能和外在機會所左右。」

「好吧，我幾乎要投降了。」

「斯賓諾莎強調，世界上只有一種完全自主，且能自由行動的存在，就是上帝或自然。唯有上帝或自然可以表現這種自由的『非偶然』過程。人可以努力爭取自由，摒除外在束縛，但永遠無法得到『自由意志』。我們不能控制發生在自己體內的每一件事，這就是擴延屬性的一種模式；同樣地，我們也無法『選擇』自己的思想。所以說，人沒有自由的靈魂，靈魂多少算是被囚禁在一個機器般的的身體裡。」

「這個理論實在很難懂。」

「斯賓諾莎說，我們內心的衝動（像是野心和欲望）使我們無法獲得真正的幸福和諧；但如果我們體認到所有事情的發生都有其必然性，就能憑著直覺來理解整個大自然，所有事情都會變得澄澈明朗，我們會領悟萬物之間都有關聯，所有事情都是一體的。我們最終的目標，是以全然接納的觀點來理解既存的萬物。唯有如此，才能獲得真正的幸福與滿足。這就是斯賓諾莎說的『specie aeternitatis』。」

「什麼意思？」

「『以永恆的觀點看待萬物』。我們一開始就講過了。」

「先說到這裡吧。我得走了。」

亞伯特站起來，從書架上拿了一大盤水果，放在茶几上。

「走之前要不要吃點水果？」

蘇菲拿了一根香蕉，亞伯特拿了一顆青蘋果。

她撕開香蕉的頂端，開始剝皮。

「這裡有寫字。」她忽然開口。

「哪裡？」

「這裡，就在香蕉皮裡面，好像是毛筆寫的。」

蘇菲靠過去，把香蕉拿給亞伯特看。他唸出上面的字：

「席妲，我又來了。我無所不在。生日快樂！」

「這還真好笑。」蘇菲說。

「他越來越會作怪了。」

「這不可能吧……不是嗎？你知道黎巴嫩有沒有種香蕉？」

亞伯特搖頭。

「我才不吃這種香蕉！」

「別吃了。竟然有人把送給女兒的生日祝福寫在沒剝皮的香蕉裡面，真是腦袋有問題。但他應該也很聰明。」

「沒錯。」

「那我們可以認定席妲的爸爸很聰明嗎？也就是說，他不笨。」

「我早就跟你說過了。上次我來這裡的時候，就是他讓你一直叫我席妲，搞不好他是透過我們的嘴巴說話。」

「任何情況都有可能，但我們也應該隨時抱持懷疑。」

「我只知道，我們的生命可能是一場夢。」

「還是別太早下結論，搞不好這些事情背後有個簡單的解釋。」

「好啦，不管了，我要快點回家了。媽媽還在等我。」

亞伯特送她到門口。她離開時，他說：

「親愛的席妲，我們還會再見面。」

接著門就關上了。

洛克

……赤裸而空虛，有如老師抵達教室前的黑板……

蘇菲回家時已經八點半了，比她和媽媽約好的時間晚了一個半小時。其實她也沒真的和媽媽約好，她只是在吃晚飯前離家，留了一張紙條給媽媽說她七點前會回來。

「蘇菲，妳以後不能這樣。我剛才急得打去查號台問，有沒有登記一位舊城區的亞伯特。結果查號台的人竟然還笑我呢。」

「我走不開呀！我們差點就要破解這個大謎團了。」

「鬼扯！」

「真的。」

「妳有邀請他參加妳的生日宴會嗎？」

「糟糕，忘了！」

「那我一定要見見他。最晚明天。像妳這樣一個年輕女孩，和年紀比妳大的男人見面，實在不尋常。」

「妳不用擔心亞伯特。說不定席妲的爸爸更糟。」

「席妲又是誰？」

「黎巴嫩那個男人的女兒。那個男的真的很壞，他可能快要控制全世界了。」

「如果妳不立刻介紹妳的亞伯特讓我認識，我就不准妳再跟他見面。我至少要知道他長得什麼樣子，才能放心。」

蘇菲想到了一個絕妙的主意，於是馬上衝進房間裡。

「妳現在又怎麼啦？」媽媽在背後喊著。

一眨眼的工夫，蘇菲就回來了。

「妳馬上就可以看到他的長相了。我希望妳以後就別再管這件事了。」

她揮了揮手中那捲錄影帶，然後走到錄影機旁。

「他給妳一卷錄影帶？」

「這是從雅典寄來的……」

不久，銀幕上就出現了雅典的衛城。亞伯特也出現了，開始向蘇菲說話。這讓媽媽看得目瞪口呆。

蘇菲這次注意到一件她本來已經忘記的事。衛城裡到處都是三五成群的觀光客在晃來晃去，但其中一群人當中，可見到有塊小牌子高舉著，上面寫著「席妲」……亞伯特繼續在衛城漫步，不久之後往下穿越入口，爬上當年使徒保羅對雅典人演講的亞略巴古石臺。然後他繼續從那邊的廣場上向蘇菲說話。

媽媽坐在那兒，不時發表著簡短的評論：「不可思議……那就是亞伯特嗎？他又提到兔子的事了……可是，對啊，他真的在對妳講話呀，蘇菲。我不知道保羅還去過雅典……」

這時錄影帶正要播放到古城雅典突然從廢墟中突然興起的那部分。蘇菲及時把錄影帶停掉。既然已經讓媽媽看到亞伯特了，也就沒有必要再把柏拉圖介紹給媽媽。

客廳裡一片靜寂。

「妳覺得他這個人怎麼樣？長得很好看對不對？」蘇菲開玩笑地說。

「他一定是個怪人，才會在雅典自拍，還把帶子送給一個他不認識的女孩。他是什麼時候跑到雅典去的？」

「不知道。」

「還有別的……」

「還有別的什麼？」

「他看起來很像住在林間小木屋的那個少校。」

「嗯，說不定就是他呢！」

「可是已經有十五年都沒人見過他了。」

「也許他到處跑……也許去了雅典也說不定。」

媽媽搖搖頭說：「我在一九七〇年代見過他，那時的他決不會比我剛才看到的這個亞伯特年輕。他的名字聽起來很像是外國人……」

「是叫諾克斯嗎？」

「大概吧，蘇菲，他的名字可能就是諾克斯。」

「或是奈格？」

「我完全不記得了……妳說的這兩個人是誰？」

「一個是亞伯特，一個是席妲的爸爸。」

「我聽得頭都昏了。」

「家裡有東西吃嗎？」

「去把肉丸子熱一熱吧。」

整整兩個星期過去了，亞伯特消息全無。這期間蘇菲又接到了一張寄給席妲的生日卡。不過雖然她自己的生日快到了，她卻連一張卡片也沒接到。

有天下午，她到舊市區去敲亞伯特的門。他不在家，只見門上貼著一張短短的字條，上面寫著：

席妲，生日快樂！那個重要的大轉捩點快要到了，見真章的時刻到了，孩子。每次我一想到這裡，就笑到快要不行了。當然這和柏克萊有點關係，所以把妳的帽子抓緊吧！

蘇菲臨走時，把門上的字條撕下來，塞進亞伯特的信箱。該死！他該不會跑回雅典了吧？還有這麼多問題沒解答，他怎麼可以離她而去呢？

六月十四日這天，她放學回家時，漢密斯已經在花園裡跑來跑去了。蘇菲向牠跑去，牠也快樂地迎向她。她用雙手抱著牠，彷彿漢密斯可以解開所有的謎題。

蘇菲又留了一張紙條給媽媽，但這次她還寫下了亞伯特的地址。

他們經過鎮上時，蘇菲心裡不斷想著明天。她主要想的並不是自己的生日，再說她的生日要等到仲夏節那一天才過。她想的是，明天恰好也是席妲的生日。蘇菲相信明天一定會有非常奇特的事情發生。至少從明天起，再也不會有人從黎巴嫩寄生日卡來了。

他們經過大廣場，朝著舊市區走，經過一個有遊樂場的公園。漢密斯在一張椅旁停了下來，彷彿希望蘇菲坐下來似的。

於是蘇菲坐了下來，拍拍漢密斯的頭，看著牠的眼睛。突然間，漢密斯開始猛烈顫抖。蘇菲心想，牠馬上就要開口狂吠了。

接著，漢密斯的下顎開始振動，可是牠既沒有咆哮，也沒有吠叫。牠反而開口說：「生日快樂，席妲！」

蘇菲驚訝得連話都講不出來了。剛才真的是漢密斯跟她講話嗎？不可能的呀。一定是幻覺吧，因為她才正想著席妲。可是在她內心深處，她仍相信剛才漢密斯真的有開口說話……聲音低沉而厚實。

一秒鐘後，一切又恢復正常。漢密斯又吠了兩三聲，彷佛是想掩蓋剛才牠開口說人話的事實，接著他們又繼續往亞伯特家走。他們正要進屋時，蘇菲抬頭看了一下天上。這一整天都是晴朗的天氣，不過現在遠方已經開始聚集厚重的雲層。

亞伯特一打開門，蘇菲就立刻說：「拜託，別多禮了。你是個大白癡，你自己也知道。」

「怎麼啦？」

「少校教漢密斯講話了！」

「哦，已經到了這個地步？」

「是呀！你能想像嗎？」

「牠說了什麼呢？」

「我讓你猜三次。」

「我猜，他應該是說些像生日快樂的話。」

「答對了！」

亞伯特請蘇菲進門。他又穿了不同的衣服，雖然與上次的差別不是很大，但今天他身上幾乎沒有任何飾帶、領結或花邊。

「我還有別的事要說。」蘇菲說。

「什麼意思？」

「你有沒有看到信箱裡的紙條？」

「喔，妳是說那個。我當時就把它扔掉了。」

「我才不在乎他每次想到柏克萊就會笑到不支，可是那個哲學家到底有什麼好笑的？」

「這個我們就再看看吧。」

「但你今天不就是要講他嗎？是吧？」

「是，啊，沒錯，就是今天。」

亞伯特舒適地坐在沙發上，然後說：「上次我們坐在這兒時，我談到了笛卡兒和斯賓諾莎的哲學。我們都同意他們兩人有一個重要的共同點，那就是：兩人都是理性主義者。」

「理性主義者就是堅信理性很重要的人。」

「沒錯，理性主義者相信理性是知識的泉源。不過他也相信，人在還沒有任何經驗之前，心中就先有一些與生俱來的概念。這些概念越清晰，必然就越與實體相符。妳應該還記得笛卡兒對於『完美實體』抱有清楚而獨特的想法，且以此為基礎而斷言上帝真的存在。」

「我的記性不差。」

「類似這樣的理性主義思想是十七世紀哲學的特徵。這種思想根源於中世紀時期，而我們記得柏拉圖與蘇格拉底也有這種傾向。但到了十八世紀時，理性主義思想受到的批判日益嚴格，當時有些哲學家認為，我們心中所有的經驗，都是透過感官體驗而來的。這種觀點被稱為『經驗主義』。」

「所以你今天就是要談那些主張經驗主義的哲學家嗎？」

「是的。最重要的經驗主義哲學家是洛克、柏克萊與休姆，三個都是英國人。十七世紀主要的理性主義哲學當中，笛卡兒是法國人，斯賓諾莎是荷蘭人，萊布尼茲則是德國人。所以我們通常區分為『英國的經驗主義』與『歐陸的理性主義』。」

「這些名詞都好艱澀呀！你可以把經驗主義的意思再說一次嗎？」

「經驗主義者所擁有一切關於這個世界的知識，都是從感官的經驗所獲取的。亞里斯多德曾經對經驗主義做出最好的詮釋，他說：『心靈中的所有事物，都是先透過感官而來的。』這種觀點頗有批評柏拉圖的意味，因為柏拉圖認為人生下來的時候，就從觀念世界帶了一整套的『觀念』。洛克說的話和亞里斯多德差不多，但洛克卻是針對笛卡兒說的。」

「心靈中的所有事物，都是先透過感官而來的？」

「這句話的意思是說，在我們看到這個世界之前，對它並沒有任何既定的概念或觀念。假如我們的某個觀念或概念和我們所經驗過的事實完全不相關，則這個觀念或概念一定是個虛假的東西。舉例來說，當我們說『上帝』、『永恆』或『實體』這些字眼時，我們並沒有運用到理智，因為從來沒有人曾經體驗過上帝、永恆或哲學家所謂的『實體』這些東西。所以縱然曾有許多有學問豐富的著作問世，但事實上這些著作裡面並沒有新的見解。像這種巧心構築的哲學體系，固然可能令人印象深刻，事實上卻是百分之百虛幻的東西。十七、十八世紀的哲學家雖然繼承了若干這類理論，但他們現在要把這些理論拿到顯微鏡下仔細檢視，去掉一切空洞不實的觀念。這個過程可以比喻成淘金，挖出來的東西大多是沙子和泥土，但三不五時會發現小小一粒閃亮的黃金。」

「那小小的黃金就是真正的經驗嗎？」

「至少是與經驗有關的思想。英國的經驗主義哲學家們認為，我們必須仔細檢視人類的觀念，以確定它們是否源自實際的經驗，這件事很重要。不過，我們還是一次談一位哲學家好了。」

「好，來吧。」

「第一位是英國哲學家洛克，一六三二出生，一七〇四年去世，最重要的作品是一六九〇年出版的《人類理解力論》。他在書中想要澄清兩個問題：首先，我們的概念是哪來的？其次，我們是否可以信賴感官的經驗？」

「真有趣啊。」

「我們一次談一個問題好了。洛克認為，我們所有的思想和觀念，都反映了我們曾看過或者聽過的事物。我們看過或聽過任何事物之前，我們的心靈就像一塊tabula rasa，這個拉丁詞彙的意思是『空白的板子』。」

「拉丁文的部分就省略吧。」

「在我們的感官開始感知任何事物之前，我們的心靈是赤裸而虛空的，正如老師還沒有抵達教室之前的黑板一樣。洛克也把我們這個階段的心靈比擬為一個沒有家具的房間。後來我們開始經驗一些事物，看到周遭的世界，聞到、嘗到、摸到、聽到各種東西。而嬰兒的感知又比任何人都敏銳。就這樣，我們的概念出現了，洛克稱之為『單一的感官概念』。可是，我們的心靈並非只有被動地接收外界的訊息而已，心靈也同時主動進行一些活動，透過思考、推理、相信、懷疑等方式來處理它所得到的各種單一感官概念，因此產生了洛克所稱的『思維』。他認為感覺與思維是兩種不同的東西，我們的心靈並不只是一具被動的接收器而已；心靈也會將不斷湧入的感覺加以分類、處理。而這些就是我們需要留意的地方。」

「需要留意什麼？」

「洛克強調，我們只能感覺到『單一感覺』的事物。舉例來說，我在吃蘋果時，並不能一次就感知到整個蘋果。事實上，我所接到的是一連串的單一感覺——綠色的、聞起來很新鮮、吃起來又脆又多汁等等。等我吃了好幾次蘋果之後，我才能體會到說：我正在吃『蘋果』。洛克的意思是說，我們已經形成了一個關於蘋果的『複合概念』。當我們還是小嬰兒、第一次嘗到蘋果的時候，我們並沒有這種複合概念。我們當時只看到一個綠色的東西，嘗起來新鮮多汁，好吃……還有點酸。於是，我們就這樣一點一滴的把許多類似的感覺加在一起，形成蘋果、梨子或橘子等概念。可是在基本上，我們賴以認識這個世界的一切素材，都是從感官來的。凡是無法回溯到一種單一感覺的知識，便是虛假的知識，我們不應該接受這些虛假的知識。」

「無論如何，我們能確定的是，我們透過觀看、聽、聞和嘗等方式，來感知事物。」

「可以說是，也可以說不是。講到這點，恰好可以接下去討論洛克想要解答的第二個問題。剛才他已經解答了『我們的概念是從哪裡來的？』這個問題。接著他提出的問題是：『這個世界是不是真和我們所感知的相同？』答案並不清楚。因此，蘇菲，我們還不能太快下定論。一個真正的哲學家絕不會太快就下定論。」

「我沒說話呀！」

「洛克將感官依照性質，分為『主要』與『次要』。他承認，在這方面是受到之前的大哲學家如笛卡兒等人的影響。」

亞伯特接著說：「所謂的『主要性質』，指的是擴延、重量、運動和數量等等。當我們談論這類的特質時，可以確定的是，我們的感官已經用客觀的方式將它們再現。可是世上的事物還有其他特質，如酸或甜、綠或紅、熱或冷等。洛克稱這些是為『次要性質』。而顏色、氣息、味道、聲音等感覺，並不能真正呈現事物本身的固有性質，只能呈現出外部實體對我們感官產生的作用。」

「也就是說，人各有所好。」

「完全正確。在尺寸、重量等洛克所說的主要性質上，每個人的看法都一樣，因為這些性質就存在於事物本身之內。但顏色、味道等次要性質就可能因人而異，因動物而異，要看每個人感覺的本質而定。」

「喬安娜每次吃柳橙時，臉上的表情就像人家在吃檸檬似的。她說柳橙很酸，一次最多只能吃一片。不過同樣的一個柳橙，我吃起來卻覺得很甜，很好吃。」

「妳們兩個人的感覺並沒有誰對誰錯的問題，妳只是敘述柳橙對妳的感官產生了什麼作用。我們對顏色的感覺也是一樣。或許妳不喜歡某種色調的紅，但若喬安娜買了一件那種顏色的衣服，那麼妳最好還是不要出言批評。妳個人對顏色的體驗與別人完全不同，但顏色本身則沒有美醜可言。」

「可是每一個人都會說柳橙的形狀是圓的。」

「沒錯。如果妳看見的柳橙是圓的，妳就不會『認為』它是方的。妳可以『認為』它是甜的或酸的，但如果它的重量是兩百克，妳應該不會『認為』它有八公斤。妳當然可以『相信』它重達好幾公斤，但這樣的話妳就大錯特錯了。如果有幾個人同時來猜測某個東西的重量，那麼一定會有一個人的答案比較接近事實。在數目上，也是同樣的道理。罐子裡豌豆的數量要不就是九百八十六個，要不就不是這個數目。動作也是一樣。一輛汽車要不就是正在移動，要不就是在靜止的狀態。」

「我懂了。」

「所以如果是與『延伸的事實』有關的問題，則洛克同意笛卡兒的說法，認為有些性質是可用人的理智來瞭解的。」

「在這方面取得共識應該不難吧。」

「洛克承認，所謂『直覺的』或『明示的』知識也存在其他方面。例如，他認為人都具有一些共通的道德原則，也就是，他相信世界上存在著的『自然權利』。理性主義者的特徵就在這裡。洛克與理性主義者還有一點相似之處：他相信人類光憑理性，就自然而然可以知道上帝的存在。」

「他說的也許沒錯。」

「妳是指哪一方面？」

「上帝存在這件事。」

「這當然是有可能的，不過他並不是從信仰的角度出發的。他相信的是，上帝這個概念是從人類的理性當中誕生的。這種看法，其實也是理性主義者的特色。另外，他也為了思想自由與寬容的精神而大聲疾呼，同時還很關心兩性平等的問題。他表示，女性服從男性的現象，是出自男人的操縱，因此這種情況是可以加以改變的。」

「這點我相當贊成。」

「在近代的哲學家當中，洛克是率先關切性別角色的人之一。他對於另外一個英國哲學家約翰．彌爾有很大的影響，而彌爾又在兩性平權運動當中有著關鍵的角色。總之，許多開明的觀念是是由先洛克倡導，後來這些觀念在十八世紀的法國啟蒙運動中才大放異彩。他也是率先鼓吹『權力分立』政治原則的人。」

「他的意思是不是說，國家的政權必須由不同的機關分別擁有？」

「妳還記得是哪些機關嗎？」

「人民所選出的代議士主管立法權，法院握有司法權，行政體系握有行政權。」

「權力分立的觀念，最早是由法國啟蒙運動時期的哲學家孟德斯鳩所提出。但最早強調立法權與行政權必須分立的人是洛克，以防止專制政治。他生在路易十四統治的年代，路易十四這個國王一人獨攬天下大權，還說：『朕即國家。』我們可以說他是擁有絕對無上權力的統治者，今日我們會稱路易十四這種政權『法紀不彰、專斷自用』。洛克的觀點是：為了確保國家依法治國，一定要由人民的代表制定法律，而由國王或政府執行法律。」

休姆

……把它們燒了吧……

亞伯特坐著，又低頭看看桌子，後來才轉過身看著窗外。

「雲層越來越厚了。」蘇菲說。

「嗯，好悶熱呀。」

「你現在要談柏克萊了嗎？」

「三位英國經驗主義哲學家當中，他是第二位，但在許多方面，他可說是自有特色。所以我們還是先談休姆好了。休姆生於一七一一年，一七七六年去世，是經驗主義哲學家中最重要的一位，也啟發了大哲學家康德，使康德走上哲學研究之路。」

「你難道沒注意到，我對柏克萊的哲學比較有興趣嗎？」

「妳的興趣暫時不重要。休姆生長的地方，是蘇格蘭的愛丁堡，家人希望他學習法律，但他覺得自己『對於任何事情都有無法超越的抗拒心態，獨愛哲學和學習』。他和法國大思想家伏爾泰與盧梭等人同屬啟蒙時期的人物，也曾遍遊歐洲，晚年才回到愛丁堡定居。他的主要作品是二十八歲那年出版的《人性論》，不過他宣稱自己在十五歲的時候就有了寫這本書的構想。」

「那我覺得我也不應該繼續浪費時間了。」

「妳已經開始善用時間了呀。」

「如果我要建構一套自己獨創的哲學，那我要讓這套哲學與我聽過的任何理論都大不相同。」

「難道妳認為我們談的這些哲學理論缺少了什麼東西嗎？」

「嗯，首先，你談過的哲學家都是男的，而男人好像只活在他們自己的世界裡。我對真正的現實世界比較有興趣。我是指一個有花、有動物、有小孩出生長大的世界。你說的那些哲學家老是在談什麼『人與人類』的理論。現在又寫了一本《人性論》，彷彿『人』都是中年男人似的。我覺得，生命的起點是懷孕和生產，但是到目前為止，從來沒有人談到尿布呀、嬰兒哇哇大哭之類的事情，也幾乎沒有人談到愛情和友情。」

「當然，妳說的很對。不過休姆和其他哲學家的想法不太一樣，他是最擅長於以日常生活為起點的哲學家。我認為他對兒童（也就是世界未來的公民）體驗生命的方式，有很強烈的感覺。」

「那我倒是想好好聽聽。」

「休姆是經驗主義者，他的自我期許是要把先前男性哲學家發明出來的那些模糊的思想與觀念，好好整理一番。從中世紀開始到十七世紀的理性主義哲學家，流傳下來了大量的言論和著作。休姆認為，人應該回復到一種『對世界有自發感覺』的狀態。他說，沒有一個哲學家能夠『協助我們超越自己日常生活的體驗』；而哲學家提出的那些行為準則，都是『只要我們省思自己的日常生活之後，就可以領悟出來了』。」

「到這裡為止，他說的不錯。你能舉例嗎？」

「在休姆的時代，一般人都相信有天使的存在。天使長得很像人，可是身上卻有翅膀。妳見過這樣的東西嗎？」

「沒有。」

「但妳總見過人吧？」

「好蠢的問題呀！」

「妳也見過翅膀吧？」

「當然，但沒看過翅膀長在人身上。」

「所以，據休姆的說法，天使就是一個複合的概念，由兩個不同的經驗組成。雖然這兩個不同的經驗，彼此之間並不相關，但人類仍仍運用想像將這兩個經驗結合在一起。換句話說，這是一個謬誤的觀念，不應該接受的。同理，我們也必須用這種方式來厘清自己所有的思想觀念，以及整理自己的藏書。他說，如果我們手裡有一本書的話，那我們應該問：『書裡是否包含任何與數量和數目有關的抽象思考？』如果答案是沒有，那麼我們就接著再問：『書裡是否包含任何與事實和存在有關的經驗性思考？』如果答案還是沒有，那麼我們還是將這種書燒掉好了，因為這種書的內容純粹是詭辯和幻想。」

「好極端的看法啊。」

「不過這個世界依舊會存在，而且感覺上世界更清新、輪廓也變得更分明。休姆的願望是，人類能夠回復到童年時代對世界的印象。妳剛才也說到，妳對真實世界比較有興趣，而且許多哲學家都活在自己的世界裡。」

「對呀。」

「類似這樣的話，休姆也可能會說。不過我們還是繼續往下討論談他的理念吧。」

「好。」

「首先，休姆認定人有兩種知覺：一種是印象，指的是人對於外界事實的直接感受；一種是觀念，指的是對印象的回憶。」

「你舉個例子好嗎？」

「假如妳曾經被熱爐子燙到，那妳就會得到一種『印象』。至於『觀念』呢，就是妳會在事後回想起自己曾經被燙到。這兩者的差別是，當場的印象會比事後的回憶更鮮明，更生動。妳可以說感受是原創的，而『觀念』（或省思）則只不過是一種模仿而已。『印象』是在我們的心靈中形成『觀念』的直接原因。」

「說到這裡為止，我都還聽得懂。」

「休姆接下來強調，印象與觀念可能是單一的，也可能是複合的。我們先前談到洛克時，曾經提到蘋果這個例子，記得吧？對於蘋果的直接經驗就是一種複合印象。」

「抱歉打個岔，這件事有那麼重要嗎？」

「重要？妳怎麼這樣問呢？雖然哲學家們可能會專注在一些假議題上面，但妳現在卻不可以輕言放棄理論的建構。笛卡兒說過，思考的過程必須從最基礎之處開始建立，休姆也應該會同意這個說法。」

「好好好。」

「休姆的意思是說，有些概念在物質世界中並不共存，可是人會把這些概念加以結合在一起，例如我們剛剛談到的天使。以前我們也提過『鱷象』這個例子，另外還有一個例子是『飛馬』，長了翅膀的馬兒。從這些例子我們可以知道，人的心靈很會玩這種剪貼拼湊的把戲。我們的感官曾經體驗過這些概念中的每個元素，而且每個元素都是以真實的『印象』為形式，進入我們的心靈。事實上，心靈只是把不同的事物放在一起，創造出一個虛假的『觀念』。我們的心靈並沒有從新創設任何一件事物。」

「好，那我明白了。這件事確實很重要。」

「嗯，搞清楚就好。休姆想把每一個觀念都加以細察，看看這些觀念是否是在一種『不符合現實』的情況下被複合出來的。他會問：這個觀念是從哪一個印象來的？每當他遇到一個複合觀念時，他總想要分析一下，這些複合的觀念是由哪些『單一概念』組成的，這樣他才能夠加以批判、分析，並進而厘清我們的觀念。」

「你可以舉幾個例子嗎？」

「休姆生存的那個世代，大家人對『天堂』或『新耶路撒冷』有各種活潑而鮮明的想像。不知妳是否還記得笛卡兒說的話：假使我們對某些事物有『清楚分明』的概念，則這些事物就可能確實存在。」

「我剛不是說過我的記性不錯嗎？」

「只要稍加分析就可以發現，我們心中『天堂』的這個概念，其實是由『珍珠門』、『黃金街』和『大隊的天使』等許多不同的元素所組合而成的。說到這裡，我們還沒有把每件事物都分解為單一的元素，因為珍珠門、黃金街與天使本身也都是複合的概念。唯有等我們瞭解到，我們對於天堂的概念是由『珍珠』、『門』、『街道』、『黃金』、『穿白袍的人』及『翅膀』等各種不同的單一概念所組成的，我們才能自問：是否真的體驗過這些『單一印象』。」

「其實我們真的體驗過這些單一印象。只不過後來又把這些『單一印象』拿來拼湊出一幅想像的畫面。」

「就是這樣沒錯。我們人類在拼湊這類想像的圖畫時，只差沒把剪刀、漿糊都用上了。休姆強調，這些單一、個別的元素，應該是在某個時刻以『單一印象』的形式進入我們的心靈，後來我們才能拼湊出一幅想像的畫面。否則，一個從未見過黃金的人，又怎能憑空想像出黃金街道的模樣？」

「休姆很聰明哪。但他如何解釋笛卡兒對於上帝有很清晰判明的觀念這個現象呢？」

「休姆的解釋是：如果我們想像上帝是一個『非常智慧、聰明、善良的事物』，則『上帝』這個觀念就是由某個非常智慧、某個非常聰明，以及某個非常善良的事物所共同組成的一個『複合觀念』。如果我們不知道智慧、聰明、良善是什麼的話，那麼我們也絕不可能形成這樣一個對上帝的觀念。當然，有些人會說上帝是一個『嚴厲且公義的父親』，但嚴厲且公義的父親這個觀念，同樣是由幾個單一元素所構成的，例如『嚴厲』、『公義』與『父親』等。休姆之後的很多宗教批評家都說，人類之所以對上帝存有這些觀念，應該和我們童年時代對父親的印象有關。他們認為人類對於父親的觀念，導引出了我們對『天父』的概念。」

「或許吧。但我從來就沒想過上帝一定是男人。有時我媽會為了公平起見，把上帝叫成『天母』。」

「不管怎樣，假如有某些思想與觀念，無法往上推回到特定的感官認知經驗的話，則休姆就拒絕接受這種思想與觀念。他甚至以『駁斥那些長久以來主導哲學思想、使哲學蒙羞的無稽之談』為己任。其實，我們也經常在日常生活中使用一些複合的觀念，從來沒仔細想過這種觀念是否有道理。舉例來說，笛卡兒哲學的基礎是『我』或者『自我』，他全部的哲學思想就建立在這個清楚、獨特的感知之上。」

「希望休姆不要否認『我』就是我，否則就真的是胡說八道了。」

「蘇菲，我希望這門課能教妳不要輕易做出結論。」

「抱歉。請繼續說吧。」

「我先不說。但妳要不要使用休姆的方法，來分析一下妳認知中的『自我』？」

「那我就要先弄清楚，『自我』到底是一個單一概念，還是複合概念。」

「妳覺得呢？」

「我覺得好複雜。比方說，我很容易發脾氣，有時候又會猶豫不決，還會對同一個人又愛又恨。」

「那麼，這個自我的概念，就是一個『複合觀念』。」

「這樣喔？那我現在得想一下，對於這個『自我』，我是否有過與它符合的『複合印象』……我覺得大概有吧。事實上，我一直都有。」

「這樣會讓妳擔心嗎？」

「我這人相當善變，今天的我已經不是四歲時的我了。我的脾氣和我對自己的看法可能會在很短的時間之內就改變，我可能會突然覺得自己『好像完全是個新造的人似的』。」

「如果自以為自己擁有一個不變的自我，那麼這樣的想法就錯了。一個人對自我的認知，實際上是由一長串的單一印象組成的，而人從來就無法同時體驗到這些單一印象。正如休姆說的，對自我的認知『只不過是各種不同的知覺加以集合而成，而這些不同的知覺正以無法想像的高速接踵而至，並且不斷改變並移動』。他還說，心靈是『一個劇場。在這個劇場裡，不同的認知以各種不同的姿態和位置陸續登場，不斷出現、再現、消退並融合』。休姆指出，在這些來來去去的知覺和感覺之外，我們心中並沒有一個根本的『自我同一性』。這就好像電影銀幕上的影像一樣，影像是用非常快的速度不斷變換，使得我們無法看出這部電影事實上是由許多單獨的圖像所組成的。而實際上，這些圖像並未互相連接，一部影片只是許多片刻的組合而已。」

「我放棄了。」

「妳的意思是說，妳已經放棄了『人擁有一個不變的自我』的這個想法了嗎？」

「我想是吧。」

「妳想想，就在剛剛，妳的想法還正好相反呢！我應該再提到一點：休姆的這些理論，早在兩千五百年前地球的另一頭就已經有人提出了。」

「誰？」

「佛陀。奇妙的是，這兩人的想法非常相近。佛陀認為，人不斷在改變，人生就是一連串心靈與肉體的變化。嬰兒與成人不同，今天的我也已經不是昨日的我了。佛陀說，人無法指著某個東西說這是『屬於我』的，也無法指著某個東西說『這就是我』。因此，並沒有『我』或不變的自我。」

「真的很像休姆說的話。」

「許多理性主義者認定人有一個不變的自我，結果也理所當然認定人有一個永恆的靈魂。」

「這樣想難道有錯嗎？」

「據休姆和佛陀的看法，這確實是個錯誤的認知。妳知道佛陀在圓寂前對弟子說過什麼嗎？」

「我怎麼會知道？」

「『所有複合之物必見朽壞；應勤勉努力，以求自身之解脫。』休姆很可能也會說出同樣的話。德謨克利特斯也一樣。不管怎樣，休姆認為人類並沒有必要去證明靈魂不朽，也不必證明上帝確實存在。但這也不代表他認為『人沒有永恆的靈魂』或『上帝不存在』。他的信念是，若要用人類的理性來證明宗教信仰，那是不可能的。休姆不是基督徒，但也非無神論者，他是我們所謂的不可知論者。」

「不可知論者指的是什麼？」

「不可知論者認為，上帝是否存在，或者世界上是否有神，這件事無法證明為真，但也無法證明為假。休姆去世之前，有個朋友問他是否相信人死後還有生命，據說他的回答是：一塊煤炭放在火上，也可能不會燃燒。」

「我懂了。」

「休姆的這個回答，正好是個典型的例子，證明了了他心裡沒有任何成見。他只接受他用感官所認知的事物。除此之外，他不願對任何事物下定論。他並不排拒基督教或神蹟，但他認為這兩者都屬於信仰的範疇，且無關知識或理性。我們可以這樣說：在休姆的哲學觀點之下，信仰與知識之間最後的那一點聯繫也終於被切斷了。」

「你說他並不否認神蹟會發生？」

「這並不代表他相信神蹟。恰好相反。休姆強調一個事實：人類似乎強烈渴求現代人稱之為『超自然現象』的神蹟，可是我們聽過的神蹟好像全部都發生在遙遠的地方或者古老的年代。其實，休姆之所以不相信神蹟，原因是他從未體驗過任何神蹟。但他也從來沒有『神蹟一定不會發生』的這種體驗。」

「請你再多加解釋。」

「休姆認為，神蹟違反了自然的法則。但如果我們宣稱自己『曾經體驗過自然法則』，那麼這樣也沒有意義。如果我們手拿一塊石頭，然後鬆手讓石頭墜地，這是我們的體驗；如果我們鬆手之後石頭沒有墜地，那這也是我們的體驗。」

「是我的話，我就會說這是神蹟，或是超自然現象。」

「這樣的話，妳相信有世界上存在著兩種『自然』——一種是『自然的』自然，一種是『超自然』的自然。這樣的話，豈不是又回到理性主義的空談了嗎？」

「也許吧。但我還是認為我每次把手上的石頭放掉時，石頭肯定會掉到地上。」

「為什麼？」

「怎麼換你在空談了？」

「不是這樣，蘇菲，哲學家本來就應該不斷提出問題。我們馬上就要談到休姆哲學的重點了。請妳告訴我，妳為什麼這麼肯定石頭每次都會往下墜？」

「我看過太多次了，所以我才完全肯定。」

「休姆會說，妳只不過是有過很多次『看見石頭掉在地上』的經驗而已，但妳從來沒有過它一定會掉的體驗。通常我們會說，石頭之所以掉到地上，是因為重力的關係，可是我們卻從來沒有體驗過重力的定律。我們有的，只是東西掉下來的經驗而已。」

「這樣又有什麼差別？」

「兩者並不完全一樣。妳說妳因為見過石頭往下掉太多次了，所以妳相信石頭會往下掉。這正是休姆的重點：妳已經習慣了一件事接連在另一件事後面發生，所以每次妳鬆手放開石頭，就一定會期待發生同樣的事。也正是因為這樣，我們所稱的『自然界不變的法則』才會誕生。」

「難道休姆真的認為，鬆手後石頭可能不會往下掉嗎？」

「可能休姆和妳一樣都相信石頭一定會往下掉。可是他也指出，他還沒有體驗過石頭往下掉這種現象之所以會發生的原因。」

「你看，我們又遠離嬰兒和花朵這些日常生活的事情了。」

「沒有，恰好相反。其實小孩也能用來證明休姆的理論為真。假如石頭飄浮在空中一、兩個小時，妳猜是誰會比較驚訝：是妳，還是一歲大的嬰兒？」

「應該是我吧。」

「為什麼呢？」

「因為我比那個小嬰孩更知道，這是個超自然的現象。」

「為什麼那個小嬰孩不知道這是個超自然現象呢？」

「因為他還沒有學到大自然運作的法則。」

「還是說，因為他還沒有習慣大自然？」

「我懂你的意思了。休姆希望人們能夠鍛鍊自己的知覺變得更敏銳。」

「妳現在可以練習一下：如果妳和一個小孩子去看魔術表演，表演之中有好多東西飄浮在空中。妳和那個小孩子兩人當中，誰會覺得比較有趣？」

「應該是我。」

「為什麼？」

「因為我知道這種現象真的不太可能發生。」

「所以嘛，對那個小孩而言，他還沒理解到自然法則，因此他看到違背自然法則的現象時，就不會覺得很好玩了？」

「我想應該是這樣。」

「這也就是休姆的經驗哲學的重點。用休姆的話來說，那個小孩子還沒有被『習慣性的期待』所束縛。妳和那個小孩子這兩個人當中，他是比較沒有成見的一個。我在猜，小孩可能也會是比較好的哲學家，因為他完全沒有先入為主的成見觀念。而這一點，親愛的蘇菲，正是哲學家最獨特之處。小孩子眼中見到的是這個世界原來的樣貌，小孩不會添加別的東西。」

「我發現別人有偏見的時候，感覺都很不太好。」

「休姆談到習慣對人的影響時，把重點放在『因果法則』之上。所謂的因果法則就是說，每件事的發生必有其原因。他舉撞球桌上的兩個球為例：如果把一個黑球推向一個靜止的白球，白球會怎樣？」

「如果黑球撞到白球，白球就會開始移動。」

「為什麼白球會移動呢？」

「因為它被黑球撞到了呀。」

「通常我們會說，白球開始滾動的原因，是黑球的碰撞。但別忘了，我們只能討論我們自己曾經實際經驗到的事物。」

「這種經驗我很多呀，喬安娜家的地下室就有一張撞球桌。」

「休姆會說，妳經驗到的唯一事情，就是白球開始在撞球桌面上滾動。妳並沒有經驗到白球滾動的真正原因。妳體驗到的是：第一件事情發生之後，另外一件事情跟著發生。但妳並沒有經驗到第一件事是第二件事的原因。」

「真是吹毛求疵。」

「不，這很重要。休姆強調，一件事情發生緊接在另一件事情之後發生，這樣的想法只是我們心中的預期，而不是事物本身的特質。我們也已經知道了，期待的心理與習慣相關。再回到小孩子的例子，如果有個小孩看到一個球碰到另外一個球，但兩個球都靜止不動，小孩子也不會目瞪口呆。當我們談論『自然法則』或『因果關係』的時候，我們談論的其實只是我們期待的現象，而不是『這樣的現象是否合理』。自然法則只是單純地存在，它本身並沒有合理或不合理的問題。我們並非生下來就預期著白色的球被黑球碰到後會移動。當我們出生的時候，對於外面世界的面貌該怎麼樣、世上的事物如何運作等等，並沒有懷抱著一套既成的期待。這世界自有它的樣貌，我們必須要去瞭解它。」

「我們好像又把話題扯遠了。」

「沒有扯遠，除非我們的期待會使得我們隨便就下了結論。休姆承認，世界上存在著不變的『自然法則』，但他也認為，正因為我們無法體驗自然法則本身，所以很容易做出錯誤的結論。」

「例如什麼？」

「例如看到一大群黑色的馬，並不代表全世界的馬都是黑色的。」

「當然不是。」

「雖然我這輩子見過的烏鴉都是黑色的，但這也不表示世界上沒有白色的烏鴉。對哲學家或科學家來說，都不能否認世上可能有白色的烏鴉。這種想法很重要。妳甚至可以說，科學的主要任務就是找尋白色的烏鴉。」

「好，我懂了。」

「談到因果問題時，很多人看到閃電之後就會打雷，所以可能會以為閃電就是造成打雷的原因，這個例子和黑白球的例子其實是一樣的。可是，打雷真的是閃電造成的嗎？」

「不是。其實閃電和打雷是同時發生的。」

「兩者都是因放電作用而發生，所以事實上是有另一個因素，才造成了打雷和閃電這兩個現象。」

「是啊。」

「二十世紀實驗主義哲學家羅素曾經舉過另一個比較恐怖的例子：有隻雞每天都體驗到，只要農婦進來雞舍內，牠就有東西可吃。久而久之，這隻雞一定會產生一種結論，那就是農婦的到來，與牠的飼料缽子裡有飼料可以吃，這兩件事之間必然有某種關聯。」

「後來有一天這隻雞沒得到食物？」

「不是，有一天農婦進來雞舍裡，把這隻雞的脖子給擰斷了。」

「好噁心喔。」

「所以，如果一件事情緊接在另一件事情之後發生，並不代表兩者之間必然存在著因果關係。哲學的用意之一，就是教人們不要隨便下定論。因為，妄下定論可能會導致迷信。」

「怎麼會呢？」

「如果有一天妳先看到一隻黑貓過街，然後就摔了一跤，把自己的手都跌斷了。即使這樣，也不能妄下結論說，黑貓和摔跤這兩件事之間有關聯。在科學上，更要避免妄下結論。舉例來說，有很多人吃了某一種藥之後，病就痊癒了，但這並不代表他們是被那種藥治好的。這也是為什麼科學家在實驗中，一定會把另外一大群病人稱為『控制組』，讓他們以為自己吃的藥和另一組病人所吃的藥一模一樣，但其實他們服用的只是麵粉和水。如果控制組的病人也痊癒了，就表示他們的病之所以痊癒，其實另有原因—可能是因為他們相信那種藥有效，於是被心理作用給治好了。」

「我想，我開始瞭解經驗主義的意義了。」

「而在倫理學這個領域上，休姆也反對理性主義者的看法。理性主義者一直認為人的理性天生就能辨別是與非，許多哲學家都認為人類擁有所謂的『自然權利』，從蘇格拉底到洛克都是這樣。不過休姆的看法卻是，我們的言行舉止並不是由理性決定的。」

「那還會由什麼決定？」

「由我們的感情。若妳決定要幫助某個亟需幫助的人時，那是出於妳的感情，而不是出於理智。」

「如果我不想幫忙呢？」

「那也是出於妳的感情。就算妳不想幫忙一個需要幫助的人，這也沒有什麼合理或不合理可言，只不過有點殘忍。」

「可是界限在哪裡？譬如說，大家都知道殺人是錯的。」

「休姆認為人有同情心，所以每個人都能感受到別人的幸福。但同情心也和理智沒有什麼關係。」

「我不太同意。」

「蘇菲，有的時候，把一個人做掉，這種做法未必不好，說不定還是個好辦法呢——如果妳想要達成特定目的的話。」

「喂，等等！我抗議。」

「那就請妳說明一下，假如有個人是個麻煩人物，我們為何不能殺他？」

「因為那個麻煩人物也想活下去呀，所以你不可以殺他。」

「邏輯上的理由在哪裡呢？」

「不知道。」

「妳只不過是從一句敘述的語句『那個麻煩人物也想活下去』，就得出結論『所以你不可以殺他』。妳的結論是所謂的規範性語句。從理性的觀點來看，這樣並沒有意義，否則我們也可以說『因為很多人都在逃漏稅，所以我也應該逃漏稅』。休姆說，我們絕不可從『是不是』的敘述語句，就推出『該不該』的結論。問題是，這種情況又太常見了，從報紙媒體上的文章到政黨的演講，隨處可見。要不要我舉一些例子？」

「好。」

「『越來越多人想搭飛機外出旅遊，所以應該興建更多機場。』妳認為這樣的結論適當嗎？」

「不行，這樣講不行，我們必須要考慮環境，所以正確的解決之道應該是加強鐵路運輸建設。」

「可能也有人說：開發新油田，可望使人民的生活水準提高百分之十，因此我們應該儘快開發新的油田。」

「還是不行。還是要考慮環境議題，何況我們挪威的生活水準已經夠高了。」

「有時候我們會聽到這種說法：『本法律已獲參議院通過，因此全體國民都應該一體遵守。』但往往這種法律，卻和人民內心最深處的信念相違背，所以無從遵守起。」

「嗯，我明白。」

「所以我們就知道，不應該以理智做為行事的標準。我們之所以會做出負責任的舉動，原因並不在於我們很有理智，而是因為我們看重對別人的同情。休姆說：『一個人可能寧願整個地球被毀滅，也不願意自己的手指被割到。這與理智並沒有什麼衝突。』」

「這種說法真恐怖。」

「歷史上有更多恐怖的事情。納粹殺害了好幾百萬的猶太人，妳認為這是因為納粹的理性有問題呢，還是他們的感情有問題？」

「他們的感情一定出了什麼問題。」

「許多納粹的頭腦非常聰明。妳要知道，最冷酷無情的決定，背後往往經過最冷靜的策劃。許多納粹黨人在戰後的審判中被判決有罪，但理由並不是因為他們沒有理性，而是因為他們根本就是冷血殺人犯。心神喪失的人可以在法律上免責，因為我們認為他們無法為自己的行為負責；可是迄今還未曾有人因為自己『感情喪失』而獲得宣告無罪。」

「我也希望不要有人這樣。」

「這麼可怕的例子，還是不要一直談好了。如果有幾百萬人因為水災導致無家可歸，我們會憑著感情來決定是否出手幫助他們。如果我們冷血無情，只論理性的話，搞不好還會認為這個世界已經人口過剩了，死掉幾百萬人也是件好事。」

「光聽到你這種說法，就夠讓我生氣了。」

「請注意，使妳生氣的，並非妳的理智。」

「好，我懂你的意思了。」